KB267987

임진운 판타지 장편 소설

대공학자

대공학자 10

임진운 판타지 장편 소설

초판 1쇄 찍은 날 § 2003년 11월 18일
초판 1쇄 펴낸 날 § 2003년 11월 28일

지은이 § 임진운
펴낸이 § 서경석

편집장 § 문혜영
편집 § 권민정 · 유경화 · 김민정
마케팅 § 정필 · 강양원 · 이선구 · 김규진 · 홍현경

펴낸곳 § 도서출판 청어람
등록번호 § 제1081-1-89호
등록일자 § 1999. 5. 31
어람번호 § 제1-0430호

주소 § 경기도 부천시 원미구 심곡1동 350-1 남성B/D 3F (우) 420-011
전화 § 032-656-4452　팩스 § 032-656-4453
http://www.chungeoram.com
E-mail § eoram99@chollian.net

값 8,000원

ISBN 89-5505-849-7 04810
ISBN 89-5505-332-0 (SET)

임진운 판타지 장편 소설

대공학자

제국 개발 사업 발표회

10

도서출판
청어람

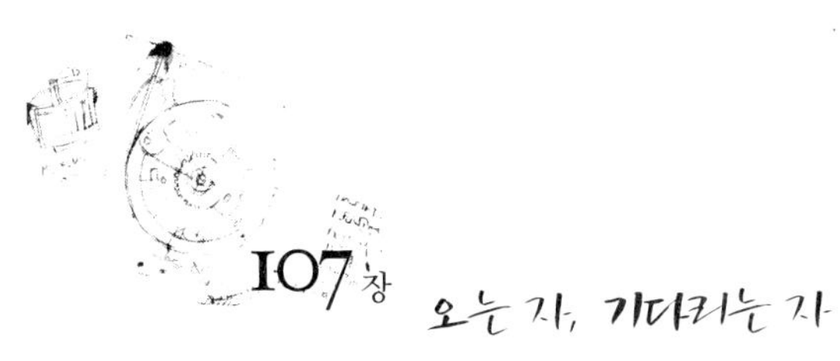

107장 오는 자, 기다리는 자

한낮의 드넓은 보리밭, 내리쬐는 뙤약볕 아래 농부들의 손길이 쉴틈 없이 움직이고 있었다. 농부들 사이에서 '보리 농사는 100일 동안 심어 3일 동안 거두어들인다'라는 말이 전해지는데, 초여름의 바람에 보리가 눕기 전에 거두어들여야 했기에 봄날의 농부들은 그 어느 때보다 바쁜 것이었다.

사각, 사각.

보리 이삭은 휘둘러지는 낫에 닿는 족족 힘없이 베어져 갔고 농부들은 한줄기조차 흘리기 아까운 듯 잘려진 보리 이삭을 굳게 움켜쥐고 있었다. 보고 있는 것만으로도 따분한 일련의 반복 동작이었지만 농부들에게는 그것마저도 큰 즐거움이었기에 밝은 표정을 하고 있었다.

그렇게 바쁜 시간을 보내던 중 무뚝뚝한 얼굴을 한 농부가 눈에 들어간 땀방울을 닦아내기 위해 잠시 손을 멈추며 허리를 펴보았다. 등 허리를 타고 뻐근함이 흘러내렸고 해를 더할수록 전 같지 않은 몸을 느끼며 자신도 모르게 세월을 한탄하는 말을 중얼거렸다.

"흐음… 이놈의 몸은 벌써부터 말썽이군. 아직도 해야 할 일들이 태산인데 말이야."

그는 해가 얼마나 남았는지 가늠하기 위해 하늘을 올려다보았다. 노랗다 못해 새하얗게 보이기까지 하는 해는 이미 점차 서녘 쪽으로 기울어가기 시작했는데, 아직 해야 할 일이 많은 그로서는 짧기만 한 해가 원망스러울 뿐이었다. 하지만 그것도 잠시, 너덜해진 수건으로 얼굴을 훔치던 농부는 무엇인가를 본 듯 단춧구멍만큼이나 작은 눈을 있는 대로 부릅뜨며 손에 들고 있던 수건을 떨어뜨렸다. 그리곤 놀란 마음에 잘 나오지도 않는 목소리를 쥐어짜며 동료들을 향해 소리치기 시작했다.

"다, 다들 저걸 보라고! 뭔가가 하늘을 날고 있다! 엄청난 크기의 새……."

그의 부산스러운 외침에 낫질을 하던 농부들은 고개를 갸웃거리며 하늘을 올려다보게 되었다. 마을에서도 무뚝뚝하기로 유명한 그가 안색까지 바꾸며 놀라는 것은 이례적인 일이기 때문이었다.

"대체 무슨 일 때문에 그러는 겐가? 하늘이라니?"

하지만 그가 놀라는 이유를 다른 농부들이 알게 되는 데는 그리 오랜 시간이 필요치 않았다. 좌우로 갸웃거리며 하늘을 바라보던 농부들의 고개는 금세 쇠꼬챙이라도 꽂은 듯 뻣뻣하게 굳어졌고, 의아함으로 가득 차 있던 눈동자에는 공포의 그림자가 서서히 드리워지기 시작했다.

"드, 드래곤이다! 드래곤이 나타난 거야!!"

"오! 주신이여, 어찌하여……!"

"으아악! 브, 브레스에 불타 죽기 싫으면 모두 도망쳐라!"

누군가의 외침을 시작으로 평화롭기만 하던 보리밭은 순식간에 아수라장으로 변했고, 오늘 하루의 농사일만을 걱정하던 농부들은 언제 그랬냐는 듯 손에 든 농기구들을 내던지며 줄행랑을 놓기 시작했다.

그들의 시선이 닿았던 곳에는 해를 가리울 정도로 거대한 비행선이 유유자적한 모습으로 하늘을 날고 있었다. 광택을 띠는 순백의 선체는 빛을 은은히 반사시키며 보는 이로 하여금 신비감을 느끼게 만들었고, 그사이로 확연히 드러나는 진붉은색의 드래곤 문장은 그 비행선이 도이첸 제국 공학원의 것임을 알 수 있게 해주었다. 하지만 비행선의 존재에 대해 무지한 농부들의 눈에는 그저 공포감을 이끌어내는 괴비행물체로 비춰질 뿐이었다.

우우웅―

지상에서 제풀에 놀란 농부들이 나름대로 살길(?)을 찾아 다급한 발걸음을 옮기고 있을 때, 과묵하게 움직이고 있는 비행선의 내부는 평온함이 지나쳐 적막감까지 흐르고 있었다.

공학원에서 출항한 지 이틀이라는 시간이 흐르면서 하늘을 난다는 신기함과 여행에 대한 설레임은 이미 사라진 지 오래였던 것이다. 게다가 하늘에서 내려다보는 지상의 풍경은 처음이나 지금이나 별반 다름이 없었기에 밖을 내려다보는 재미마저도 시들해지자 비행선의 내부라는 한정된 공간은 그것에 탑승한 이들에게 감옥과 같은 갑갑함을 느끼게 할 뿐이었다.

비행선 내부에 마련된 응접실.

뮤스와 친구들은 금세라도 한숨을 터뜨릴 것 같은 얼굴로 작은 탁자 주변에 둘러앉아 카드 놀이를 하는 중이었다. 그들은 카드 놀이에 싫증을 느낀 지 오래였기에 손은 기계처럼 같은 동작을 반복할 뿐이었고 승패 또한 아무래도 상관없는 듯했다.

응접실의 한쪽에는 크라이츠가 평소와 다를 것 없이 고고한 태도로 안락의자에 앉아 붉은 표지의 책을 읽고 있었다. 사실 크라이츠 역시 뮤스와 그의 친구들에 못지않게 무료함을 느끼는 중이었지만, 그녀에게 있어 이미지 관리란 그 무엇보다도 앞선 가치였기에 애써 참고 있는 것이었다.

응접실 안의 공기가 차분히 가라앉을 무렵 손에 들고 있던 카드를 손가락으로 툭툭 건드려 본 히안은 그것을 탁자 위로 던진 채 뒤로 벌러덩 드러누웠다. 그리곤 투정을 부리는 아이마냥 허공에 발길질을 해대며 투덜거리기 시작했다.

“에고! 나는 죽었어! 이제는 카드 놀이도 지긋지긋하다고!”

히안이 손을 털며 자리를 벗어나자 폴린 역시 누군가가 먼저 말을 꺼내길 기다렸다는 듯이 들고 있던 카드를 내려놓으며 입을 삐죽 내밀었다.

“치잇! 나도 그런걸. 역시 재미없는 걸 억지로 하는 것도 사람이 할 짓이 아니야! 대체 언제까지 이러고 있어야 하는 거니?”

다른 친구들 역시 히안과 폴린의 말에 동의하는지 고개를 끄덕였고, 결국 카드 놀이는 그들의 관심 밖으로 밀려나고 있었다.

"으음?"

친구들이 던져 놓은 카드를 정리하던 뮤스는 문득 크라이츠의 얼굴을 살폈다. 그녀의 눈은 계속해서 책을 훑고 있었지만 책장을 넘기는 소리가 한동안 들리지 않았기에 이상함을 느꼈던 것이었다.

"누님, 지금 책을 읽고 계시는 건가요? 한참 전부터 책장이 넘어가지를 않는군요."

그동안 이미지 관리를 위해 힘겹게 고상한 분위기를 유지하고 있던 크라이츠는 뮤스가 말을 걸어오자 기다리기라도 했다는 듯이 책을 덮어버렸다.

"호호홋! 책을 다 읽고서 그 내용을 음미하고 있었단다. 원래 책이란 것은 보이지 않는 부분에서 얻는 것이 더욱 많은 법이거든."

그럴싸한 말로 뮤스의 물음에 대한 대답을 얼버무린 크라이츠는 이야기의 화제를 돌리기 위해 뮤스와 친구들을 둘러보며 말을 이었다.

"뭐, 그건 그렇고… 하루 종일 응접실에 앉아서 시시한 카드 게임이라니 한심해 보이는구나. 한창 좋을 나이에 재미있게 노는 법을 모르는 것도 큰 문제인데 말이야."

벽에 등을 기댄 자세로 하품을 하던 벌쿤은 그녀의 말에 이의를 제기하는 듯 고개를 가로저으며 대답했다.

"이미 할 만한 건 다 했다구요. 하지만 아무리 재미있는 놀이라도 하루 종일 하면 지겨워지니 별수없죠 뭐."

"쯔쯧, 너희들은 한참 멀었구나."

안타까운 표정으로 혀를 찬 크라이츠는 뮤스와 친구들이 모여 있는 탁자로 자리를 옮겼고, 그 위를 손가락으로 두들기며 입을 열었다.

"불쌍한 너희들을 위해 특별히 이 누님께서 재미있는 놀이를 제안하도록 하마. 괜찮겠니?"

재미있는 놀이라는 말에 뮤스의 친구들은 호기심 어린 시선을 보내기 시작했고, 이를 이미 예견했던 크라이츠는 뮤스가 들고 있던 카드를 빼앗아 들며 말을 이어 나갔다.

"뭐, 특별할 것은 없단다. 지금까지와 같은 방법으로 카드 놀이를 계속하는데, 다만 재미있는 벌칙을 정하는 것이지."

그녀의 엉뚱한 면을 잘 알고 있던 뮤스는 불안한 기분을 감추지 못하며 인상을 찌푸렸다.

"심히 걱정이 되는군요, 그 재미있는 벌칙이라는 것이 무엇일지……."

하지만 뮤스의 말을 귓등 너머로 흘려버린 크라이츠는 자신이 생각해 놓은 벌칙에 대해 늘어놓기 시작했다.

"규칙은 아주 간단하단다. 첫 번째, 지금부터 샤트란에 도착할 때까지의 모든 점수를 합산하여 승자를 정한다. 두 번째, 승자는 이외의 사람들에게 샤트란에서 입을 옷을 골라줄 수 있는 특권을 가진다. 세 번째, 벌칙은 샤트란 도착 이후 3일간 계속된다. 쉽게 말하자면 이기는 사람이 마음대로 나머지 사람들의 의상을 정할 수 있는 것이란다. 예를 들자면 남자에게 여성용 드레스를 입혀도 되고 히안이 준비해 온 그 요란벅적스러운 옷들을 입혀도 상관없는 것이지. 어떻니?"

여기까지 크라이츠의 설명을 듣고 있던 뮤스의 친구들은 그녀가 생각해 낸 벌칙에 흥미를 느끼는지 긍정적인 반응을 보이고 있었다.

"어머! 정말 괜찮은 생각인걸요? 호홋! 그런 벌칙이라면 충분히 카드 놀이를 할 맛이 나겠어요!"

"푸훗! 생각만 해도 재미있을 것 같아! 벌쿤이 드레스를 입고 비행선에서 내리는 모습을 상상해 봐. 아마 우리를 맞이하러 나온 사람들이 배를 부여잡고 쓰러질 거야."

특히 히안은 며칠 전 친구들에게 무시당한 일을 잊을 수 없었기에 더욱 의욕을 불태우고 있었다.

"그럼 만약 제가 승리하게 되면 제 취향대로 모두에게 옷을 입힐 수 있다는 것이죠? 흐흐흣."

"호호호! 물론이지. 하지만 다른 사람은 몰라도 히안만은 승리를 못 하도록 해야겠는걸? 타국에서 망신을 톡톡히 당하지 않으려면 말이야."

히안의 안목에 대해 기억을 떠올리던 친구들의 얼굴은 보기 흉하게 구겨졌고, 단지 그 결과를 상상하는 것만으로도 끔찍한 듯 고개를 도리질 치고 있었다.

"그, 그것만은 어떻게든 막아야……."

일의 시작이야 어찌 되었든 벌칙이 정해지게 되자 크라이츠는 능숙한 손놀림으로 다른 이들에게 카드를 나누어 주기 시작했고, 밤낮을 잊은 승리 쟁탈전은 쟈트란에 도착하는 그날까지 계속되었다. 어떠한 결과가 벌어질지는 두고 봐야 알 일이었다.

*　　　*　　　*

신이 정한 섭리에 따라 5월에 접어들며 봄의 기운은 절정에 치달았고, 지상 위의 만물은 그 따스함에 녹아 나른함을 느끼고 있었다. 눈꺼풀을 내리 감는 것조차 귀찮게 느껴질 만큼이나 포근한 어느 날, 파르스름한 하늘을 올려다보며 한 덩이의 조각구름에 정신을 빼앗기고 서 있는 중년의 인물이 있었다.

양분을 잔뜩 머금으며 만발한 관상화들 사이에 서 있는 그는 화사한 주변의 경관과 대조적으로 차가운 표정을 하고 있었는데, 온 세상을 뒤덮는 봄의 기운조차도 그의 얼굴에서 피어오르는 냉기만은 녹이지 못하는 듯했다. 세월의 흔적이 그대로 남아 있는 주름진 눈꺼풀을 한두 번 끔뻑인 중년인은 담담한 한숨을 짧게 내쉬며 입을 열었다.

"흐음, 도이첸 제국… 공학원… 재무부 책임자… 크라이츠 드라켄……."

자신의 귀에도 잘 들리지 않는 중얼거림은 그 이후로도 몇 번이나 반복되었고, 그럴수록 중년인의 얼굴에는 고심의 흔적이 진하게 그려지고 있었다.

한동안 그렇게 상념에 빠져 있을 때 그의 등 뒤로부터 누군가의 목소리가 들려왔다.

"투르코스 재상 각하, 무슨 생각을 그렇게 하고 계십니까?"

자신을 부르는 목소리에 가볍게 놀란 그는 뒤돌아서며 목소리의 주인공을 바라보았다. 진남색의 예복을 말끔하게 차려입은 중년의 인물이었는데, 투르코스 재상의 눈에도 익숙한 얼굴이었다. 하지만 처음 보는 사람을 대하기라도 하듯이 정감없는 목소리로 대답하고 있었다.

"게하임 부관이었군. 내가 이곳에 있는 줄은 어떻게 알았나?"

투르코스 재상의 물음에 그의 곁으로 다가온 게하임은 주변을 둘러보며 대답했다.

"뭐, 처음부터 재상 각하께서 이곳에 계시다는 것은 알 수 없었습니다. 한데 집무실로 가는 도중에 유난히 화원과 어울리지 않는 분이 계시기에 유심히 살펴봤더니, 아니나 다를까, 재상 각하시더군요."

비록 상관에게 하는 말이라고 보기에는 무리가 있어 보이는 농담조의 대답이었지만, 투르코스 재상은 개의치 않는 듯했다. 게하임의 말이 이어졌다.

"그나저나 무슨 근심이라도 있으십니까? 각하께서 재상 직에 오르신 이후로 이렇게 심란한 얼굴은 처음 보는군요. 물론 대학을 졸업할 당시만 해도 자주 그런 얼굴을 하고 계셨지만."

게하임의 물음에 답답한 한숨을 내쉰 투르코스 재상은 다시금 허공으로 시선을 옮기며 입을 열었다.

"자네도 알지 모르겠군. 크라이츠 드라켄이라는 여성의 이름을……."

게하임은 그 이름이 귀에 익숙함을 느끼며 자신의 기억을 더듬어보기 시작했다. 그리곤 짚이는 사람이라도 있는지 턱을 쓸며 입술을 떼었다.

"크라이츠 드라켄이라… 혹시 스윈 제국 국립대학의 최연소 경제학 교수의 이름이 아닙니까? 음… 제가 막 대학에 입학해서 그란데 아인즈 시절이었으니, 재상 각하께서 졸업을 앞둔 그란데 퓌어 때군요. 학생들과 나이 차이도 얼마 나지 않는 데다가 뛰어난 미모와 특유의 신비한 분위기 때문에 학교 내에서 굉장한 인기였죠. 그분이 다니는 곳마다 남학생들의 행렬이 끊이지 않았을 정도였으니까요."

이마에 주름살을 잔뜩 만들어낸 투르코스 재상은 입 주변을 매만지며 씁쓸한 목소리로 말했다.

"흐음… 역시 자네다워. 오래전의 일인데 잘도 기억하고 있군."

"다른 재주는 없어도 한 번 듣거나 본 것은 절대 잊지 않습니다. 그러니 재상 각하의 보좌관으로 있는 것이죠."

게하임의 말을 들으며 잠시 갈등의 눈빛을 보이던 투르코스 재상은 팔짱을 끼며 조용히 입을 열었다.

"자네에게 이런 말을 하는 것도 우습지만, 나 역시 그분을 짝사랑하는 수많은 남학생들 중의 한 명이었다네. 비록 보기 좋게 거절당하고 말았지만 말이야."

생각지도 못하게 투르코스 재상의 옛이야기를 듣게 된 게하임은 어리둥절한 눈빛으로 그의 얼굴을 살폈다.

"호오… 정말 의외로군요. 재상 각하께도 그런 과거가 있었다니……. 한데 지금에 와서 갑자기 그분의 이름은 왜 꺼내시는 것인지?"

잠시 침묵을 지키던 투르코스 재상은 뒷짐을 지며 나직한 목소리로 입을 열었다.

"도이첸 제국의 공학원으로부터 온 초청장의 회답을 보니 그곳 재무부 책임자의 이름이 크라이츠 드라켄이더군. 그분과 같은 이름의……."

"혹, 재상 각하의 말씀은……."

게하임의 말이 끝나기도 전에 투르코스 재상은 고개를 끄덕이며 대답했다.

"아마도 내 생각이 틀리지 않았다면 바로 나의 첫사랑이었던 그분과 동일 인물일 것일세. 그리고 그분 역시 이번 제국 개발 사업 발표회에 오게 될 것 같군."

이에 눈을 가늘게 뜬 게하임은 은근한 표정으로 말했다.

"아! 한마디로 첫사랑을 다시 만날 생각을 하니 설레인다는 것이군요."

"……."

정곡을 찌른 게하임의 말에 투르코스 재상은 더 이상 아무런 말도 하지 않았고, 게하임은 왠지 쑥스러움을 느끼는 듯한 투르코스 재상의 뒷모습을 보며 붉은 머리칼을 가진 한 여성의 얼굴을 떠올리기 시작했다.

쟈트란, 천 년이 넘는 역사를 가진 고도인만큼 쟈트란에 세워진 대부분의 건물들은 두터운 세월의 옷을 입고 있었다. 세워질 당시만 하더라도 순백이었음 직한 거리의 건물들은 이제 어두운 회색에 가까워졌고, 목재로 만들어진 창과 창틀은 여러 번 수리되어진 흔적이 역력히 남아 있는 것이었다. 어찌 보면 이 모든 것이 허름하고 지저분해 보일 법도 했지만, 그곳에서 은은히 풍겨나는 고풍스러운 멋은 인위적으로 이끌어낼 수 없는 쟈트란만의 분위기였기에 이곳에 터를 잡고 사는 이들은 그것마저 자랑으로 삼고 있었다.

하지만 이러한 고도에도 작년부터 새로운 변화의 바람이 불고 있었다. 그것은 황실과 듀들란 제국의 공학원 주도 하에 이루어지던 제국 개발 사업이 본격적으로 민간에 도입되면서부터였는데, 쟈트란의 일부분을 시범 구역으로 지정해 근교의 수력 발전소로부터 전뇌력을 공급하기 시작했고, 황실의 보조금을 통해 저렴한 가격으로 각 가정에 전뇌등이 설치할 수 있게 되었던 것이었다.

그뿐만 아니라 시내의 곳곳에는 듀들란 제국식 전뇌거의 전뇌력 충전 시설이 들어섰는데, 일부 상류층과 귀족을 대상으로 듀들란 제국식 전뇌거가 지급되면서 실험 운행이 한창이었다.

뜨겁게 달아오른 도로 위에 자주색에 가까운 목재로 꾸며진 전뇌거 한 대가 그리 빠르지 않은 속도로 달리고 있었다. 그 안에서는 흰색의 실험복을 걸쳐 입은 장영실과 그의 일을 돕기 위해 따라나선 라이에트가 이야기를 나누는 중이었는데, 젊은 귀족인 라이에트는 능숙한 솜씨로 전뇌거를 운전하며 일의 경과를 보고하는 중이었다.

"총 21개소의 전뇌거 충전 시설 중 열여덟 개의 충전 시설이 정상적으로 가동하고 있습니다. 나머지 세 곳은 안전상의 문제로 전뇌력 공급선을 땅 밑으로 매설해야 했기에 시간이 조금 지체되고 있지만 사흘 내로 모두 완료됩니다."

자신이 들고 있는 서류에 첨부된 지도를 눈으로 확인한 장영실은 진척 상황을 대조해 보며 고개를 끄덕였다.

"코마르트 삼거리와 듀마이어 거리, 그리고 파코마 광장이군. 주변에 5층 이상의 높은 건물들이 많으니 어쩔 수 없지."

보고를 마친 라이에트는 고개를 이리저리 돌려보며 활기가 넘실거리는 거리를 살폈다. 거리에는 색색의 화려한 옷을 입은 사람들이 밝은 얼굴로 오가고 있었고, 여유를 가질 줄 아는 젊은이들은 여러 무리를 이루며 거리의 계단에 모여 앉아 각각의 관심사에 대한 이야기를 나누고 있었다. 또 거리의 곳곳에는 작업복을 입고서 분주하게 움직이는 사람들이 있었는데, 각국에서 올 귀빈들을 환영할 준비를 하는 것이었다. 기분 탓인지 평소보다 더욱 활력적인 도시의 모습에 라이에트는 흐뭇한 미소를 지으며 말했다.

"아아~ 이제 일주일만 지나면 제국 개발 사업 발표회군요. 이번 기회에 군소 국가들뿐만 아니라 도이첸 제국 녀석들 따위는 이 듀들란 제국에 상대가 되지 않는다는 것을 똑똑히 확인시켜 줘야 합니다. 제국 전역을 일일생활권으로 묶어주는 기관열차를 보면 다들 턱을 빼며 놀라겠죠. 그렇지 않습니까, 장영실 남작님?"

그의 물음에 뒷좌석에 타고 있던 장영실은 서류에 닿아 있는 시선을 떼지 않은 채 지나가는 말처럼 대답했다.

"글쎄… 다른 국가들이야 아직 공학 기술이 도입되지 않았으니 별다른 신경을 쓰지 않아도 되겠지만, 도이첸 제국의 공학원에 대해서는 확신을 할 수 없다네."

들뜬 기분에 찬물을 끼얹는 듯한 장영실의 대답을 들은 라이에트는 전뇌거의 운전대를 잡고 있던 손에 힘이 빠짐을 느꼈고, 불만스러운 표정을 지으며 되물었다.

"그럼 남작님께서는 지금 우리의 공학 기술력이 도이첸 제국에 비해 떨어진다고 말씀하시는 것입니까?"

"그리 놀랄 만한 사실도 아니라네. 말이야 바른 말이지 이번에 발표하는 듀들란 제국식의 전뇌거나 기관열차 등은 그 기능적인 면에서 충분히 자랑할 만하지만, 도이첸 제국의 공학원에서도 마음만 먹는다면 얼마든지 만들어낼 수 있을 것이라고 생각한다네. 확실히 기술력만 본다면 도이첸 제국의 공학원은 우리 이상이라는 말이지. 그 아이의 성장은 나의 예상을 완전히 뛰어넘어 버렸거든."

"네엣?! 말씀대로라면 이번 제국 개발 사업 발표회는 아무런 의미도 없지 않습니까? 뭔가 해결책이라도 강구해야 하는 것이 아닙니까!'

기분이 상해 버린 라이에트의 목소리는 자신도 모르는 사이에 높아졌고, 이에 가볍게 미소를 지은 장영실은 어깨를 으쓱거리며 어물쩍한 목소리로 대답했다.

"후훗… 글쎄, 어떻게든 되지 않겠나?'

마치 남의 일인 양 무감하게 대답하고 있는 장영실의 태도에 답답함을 느낀 라이에트는 전뇌거 운전은 뒷전으로 한 채 장영실이 앉아 있는 뒷좌석을 향해 침을 튀기며 소리치기 시작했다.

"어떻게든 되다니요! 그렇게 느긋하게 하실 말씀이 아니지 않습니까? 지금까지 공학원의 사람들은 장영실 남작님 한 분만을 믿고서 지난 수년간 밤잠을 줄여가면서 노력해 왔는데, 다른 분도 아니고 어찌 남작님께서 그런 말씀을 하실 수 있습니까!'

라이에트가 진지한 목소리로 따지고 들자 손에 들고 있던 서류를 덮은 장영실은 그의 반응이 재미있다는 듯 손을 내저으며 웃음을 터뜨렸다.

"하핫! 농담이니 그렇게 열내지 말게나. 나는 그들이 기술력에서 앞선다고 말했지 우리가 경쟁에서 밀릴 것이라고 말하지는 않았다네."

농담이라는 말에 금세 머쓱해진 라이에트는 자신의 실책을 깨달으며 머리를 긁적였고, 다시금 전뇌거 운전에 신경을 쏟기 시작했다. 하지만 아직도 장영실이 하는 이야기를 완전히 이해할 수 없었던 그는 고개를 갸웃거리며 물었다.

"농담이시라니 다행이긴 하지만 그렇다고 해서 별반 달라질 것이 없는 이야기이지 않습니까? 기술력이 높은 쪽이 이런 류의 경쟁에서 이기는 것은 당연한 것인데……."

편안한 자세로 등받이에 몸을 기댄 장영실은 매끈하게 가공되어진 팔 받침을 천천히 문지르며 입을 열기 시작했다.

"자네는 이 대륙에 공학 기술이 도입된 지 얼마의 시간이 흘렀다고 생각하나?"

돌연한 장영실의 물음에 잠시 턱을 매만지던 라이에트는 손가락을 꼽아보며 대답했다.

"음… 5년쯤 되지 않았겠습니까? 5년 전 도이첸 제국에 공학원이 세워지기 전만 해도 오이랍 대륙에는 공학 기술이라는 개념조차 없었으니까요."

"후훗! 그렇군. 그 5년이라는 시간, 역사적인 관점으로 본다면 하나의 작은 점에도 미치지 못할 만큼 짧은 시간이 아닌가?"

"네? 아, 네……."

장영실이 하려는 말이 무엇인지 알 수는 없었으나 그의 말을 자르기 싫었던 라이에트는 나직이 대답하며 이어질 이야기를 기다렸고, 잠시 뜸을 들인 장영실은 창밖을 바라보며 다시금 입을 열었다.

"공학 기술을 발전시키는 데에 가장 중요한 요소 중의 하나는 작업의 분담을 통해 효율성을 극대화시키는 것이라네. 제아무리 뛰어난 능력을 가진 공학자라도 인간인 이상 혼자만의 힘으로 모든 일을 하기에는 무리가 따르고, 설혹 그것이 가능하더라도 엄청난 시간을 허비하기 마련인 것이지."

"음… 효율성……."

"도이첸 제국의 공학원은 명신, 자네들이 뮤스라고 말하고 있는 한 사람을 주축으로 모든 활동을 전개하고 있다네. 비록 재능있는 인물들이 주변에서 뮤스를 돕고 있다고 하더라도 그들은 이제 막 공학 기술을 익히는 데 발을 들여놓은 초심자들이나 마찬가지기에 실질적으로 할 수 있는 일이란 단순 작업의 범주를 넘어서지 못하고 있지. 그러한 상황인만큼 실생활에 쓰일 새로운 기기를 개발할 때마다 설계 단계부터 부속 제작과 조립, 그리고 시험 과정에 이르기까지 뮤스가 일일이 신경을 써야만 하는데, 이런 일들이 누적될수록 전체적으로는 큰 시간적 낭비를 가지고 오게 된다는 것일세. 뮤스, 그 아이 역시 이러한 점을 누구보다 잘 알기 때문에 공학자 지망생들을 모집하여 공학원에 필요한 인재로 기르기 위해 애를 쓰고 있지만, 그것은 불과 몇 년이라는 짧은 기간으로 해결될 문제가 아닌 것이지."

숨을 한 번 들이쉰 장영실은 팔짱을 끼며 말을 이었다.

"흠… 정리하자면 뮤스가 비록 높은 수준의 공학 기술력을 가지고 있다 하더라도 그 뒤를 받쳐 줄 충분한 기반이 마련되어 있지 않은 지금의 상황에서는 그 모든 것들을 실생활에 적용시키는 데에는 적지 않은 시간이 필요하다는 것일세. 시간이 흐른다면 상황이 크게 달라지겠지만 지금 당장은 듀들란 제국이나 도이첸 제국이나 별반 다를 것이 없다는 것이지. 대충 이해할 수 있겠나?"

장영실의 긴 이야기를 듣고 있던 라이에트는 그제야 모든 내용을 이해할 수 있었는지 연신 고개를 끄덕이는 중이었다.

"아하! 결국 현재로서는 뮤스 원장이 가진 역량을 모두 발휘할 수가 없는 상황이란 말씀이시군요."

그러다 문득 뭔가 걸리는 점이 있었던 라이에트는 손을 살짝 치켜들며 물었다.

"한데 한 가지만 더 여쭈어봐도 되겠습니까?"

"얼마든지 물어보게나."

"제가 알기론 남작님께서는 도이첸 제국의 공학원을 방문한 적이 없는데 어찌 그리 자세한 것까지 알고 계신 것입니까?'

라이에트는 자못 진지한 눈빛으로 장영실의 대답을 기다렸고, 그의 물음에 조금 난처한 표정을 지은 장영실은 헛기침을 터뜨리며 나직한 목소리로 대답했다.

"흠흠… 자네에게 이런 말을 해도 될지는 모르겠지만, 솔직히 말하자면 우리도 그와 같은 문제점을 가지고 있다네."

"네… 네에? 그런……."

"이야기가 나왔으니 말인데, 지금까지 새로운 공학 기술을 도입할 때마다 내가 얼마나 용을 써야 했는지 자네는 모를 것일세. 단순한 부품의 조립이야 자네나 공학원에서 일하고 있는 다른 이들에게 맡겨도 되겠지만, 조금 복잡한 작업이다 싶으면 내가 손수 해야 했으니 얼마나 힘이 들었겠나? 게다가 그 기관열차라는 녀석이 어디 좀 커야 말이지. 아무튼 그러니 뮤스의 심정을 모를래야 모를 수가 없었던 것일세."

"그, 그랬었군요."

"어디 그것뿐인가? 수력 발전소에 들어갈 발전기의 설계에만 꼬박 한 달이라는 시간이 걸렸다네. 애초 대규모의 설계라는 것은 보통 힘이 드는 것이 아니었기 때문에 여러 사람이 계획을 잡고 적당한 부분

을 나누어 설계 작업을 해야 하는 것인데, 나 혼자 그 모든 작업을 해
야 했으니 얼마나 힘이 들었겠나? 투덜투덜……."

　결국 그들의 대화는 장영실의 신세 한탄으로 이어지고 있었고, 달리
는 전뇌거 안이었던 관계로 도망칠 곳조차 없었던 라이에트는 장영실
에게 쓸데없는 질문을 던진 자신을 원망하며 공학원에 도착할 때까지
그의 한탄을 들어줘야만 했다.

*　　　　*　　　　*

　어두운 밤하늘에 걸려 있는 수많은 별들 사이로 뮤스와 일행을 태운
비행선이 여유롭게 유영하고 있었다. 시리도록 하얀 달빛을 반사시키
며 은은한 빛을 뿜어내고 있는 비행선은 바람을 등지며 어딘가로 향하
는 중이었고, 빠르지 않은 속도로 회전하고 있는 프로펠러는 멀어져 가
는 달을 향해 손을 흔드는 듯했다.

　벽에 걸린 대여섯 개의 전뇌등이 불을 밝히고 있는 응접실에는 스산
한 분위기가 감돌고 있었다. 탁자를 중심으로 둘러앉은 뮤스와 그의
친구들, 그리고 크라이츠는 손에 다섯 장씩의 카드를 들고 있었는데,
하나같이 암담한 안색이었고, 유일하게 히안만이 득의의 미소를 입가
에 매달고 있었다. 이어 히안은 일행의 얼굴을 한 번씩 살펴보며 음흉
한 웃음을 터뜨렸다.

　"흐흐훗… 어차피 승자는 결정난 것 같지만 끝은 봐야겠지? 다들 카
드를 펼쳐 보자고."

　그의 말에 바로 옆 자리에 앉아 있던 폴린은 신경질적으로 카드를

덮으며 울상을 지었다.

"대체 이게 말이나 되는 거니? 우리는 뭔가 히안에게 속고 있는 거라고!"

벌쿤 역시 폴린의 말에 수긍하는 듯 그의 말을 받으며 투덜거리기 시작했다.

"으아악! 이게 뭐야! 운이 좋은 것도 정도가 있지 이렇게 가차없이 이겨도 되는 거야? 뭔가 조작이 있을 거야, 조작이."

의심의 눈초리를 보내고 있는 벌쿤의 행동을 지켜본 히안은 코웃음을 치며 손을 내저었다.

"흥! 조작은 무슨 조작이냐! 이건 그동안 내가 갈고닦은 실력이란 말이다!"

"실력이라니? 형이 무슨 전직 도박꾼이라도 된다는 거야? 듣자 하니 집에서 공부만 하는 샌님이었다던데!"

"새, 샌님이라니! 누가 그런 소리를 해댄 거야?"

"누구긴 누구야. 폴린 누나 외에 그런 말을 할 사람이 더 있다고 생각하는 건가. 쳇!"

결국 히안의 눈총이 폴린에게로 날아가 꽂히자 폴린은 휘파람을 부는 시늉을 하면서 그의 눈을 피하고 있었다. 그때 세이즈의 목소리가 흘라나오며 분위기를 환기시켰다.

"아! 이제야 생각이 나는데, 그러고 보니 히안은 카드 놀이를 잘할 수밖에 없었던 거야."

내용을 알 수 없는 세이즈의 말에 벌쿤은 고개를 갸웃거리며 되물었다.

“그건 또 무슨 소리야? 히안 형이 카드 놀이를 잘할 수밖에 없었다니?”

“응. 히안이랑은 대학에 오기 전부터 같은 씨니어 스쿨을 다녔었어. 그래서 잘 알고 있는데, 그때부터 히안은 친하게 지내는 친구들이 없어서 심심할 때마다 혼자서 카드를 펴놓고 놀곤 했지. 3년 동안을 그렇게 놀았으니 잘할 수밖에 없잖니. 뭐, 그전부터 그렇게 놀았을지도 모르는 일이고.”

세이즈의 말에 히안의 얼굴은 벌겋게 변했고, 친구들과 크라이츠의 시선은 모두 히안에게로 모아져 있었다. 이에 잠자코 있을 수 없었던 히안은 손을 내저으며 부정하기 시작했다.

“누, 누가 그런 불쌍한 짓을 했다는 거야! 또 설혹 그런 일이 있었더라도 너랑은 같은 반이었던 적도 없는데 무슨 근거로 그런 말을 하는 거냐!”

소리를 버럭 지르는 히안의 태도에 아랑곳하지 않은 세이즈는 탁자에 놓인 음료수를 한 모금 마시더니 특유의 담담한 목소리로 그의 물음에 답해주었다.

“나랑 친구들이 심심할 때마다 너 혼자 카드 놀이 하는 걸 구경하면서 놀았거든. 아무도 없는 교실에서 혼자 여러 명의 역할을 하면서 카드 놀이에 심취한 모습이 얼마나 웃겼는데. 우리 말고도 그거 구경하는 애들이 꽤 있었을걸? 아무튼 너는 잘 몰랐겠지만 학교에서 상당히 유명했었단다.”

“그, 그런 일이…….”

결국 덜미를 잡히게 된 히안은 더 이상 아무런 변명도 하지 못했고,

그에게 고정되어 있던 일행의 시선 속에는 마치 불쌍한 강아지를 보는 듯한 측은함마저 담겨 있었다. 벌쿤은 축 처져 있는 히안의 어깨를 두들겨 주며 입을 열었다.

"형… 어렸을 때는 정말 불쌍했었구나. 더 이상 아무 말도 하지 않고 형의 승리를 인정할게. 힘내라고!"

벌쿤뿐만 아니라 다른 이들 역시 그와 같은 생각인 듯 고개를 끄덕였고, 항상 그를 놀리던 폴린마저도 따뜻한 목소리로 그를 위로해 주었다.

"너, 그런 일이 있었는 줄도 모르고… 매번 짓궂게 굴어서 미안해, 히안. 하지만 이제 우리가 있잖아?"

평소 같지 않은 친구들의 다정함에 히안의 표정은 오히려 더 굳어 있었는데, 그들의 말 한마디 한마디가 위로라기보다는 자신을 놀리는 것으로 느껴졌기 때문이었다.

"이, 이봐들… 위로 같은 거 안 해줘도 좋으니까 이제 그만 해줄래? 별로 기억하기 싫은 일을 그렇게 계속해서 들춰낼 필요는 없잖아?"

히안의 말에 걱정스러운 얼굴을 한 폴린은 그의 머리를 쓰다듬어 주며 자리에서 일어났다.

"그래, 아픈 기억을 떠올렸으니 너도 기분이 좋지 않겠지. 아무래도 혼자 시간을 좀 가지는 것이 좋겠다."

히안이 무엇이라 대답하기도 전에 그녀는 친구들과 크라이츠를 둘러보며 말을 이었다.

"다들 자리를 좀 비켜주는 것이 좋을 것 같아. 으음… 우리는 뭐 좀 먹으러 갈까?"

그녀의 말에 뮤스가 먼저 자리에서 일어나 응접실의 문을 열었고, 친구들을 향해 손짓을 하며 말했다.

"자, 그럼 다들 식당으로 자리를 옮기도록 하자. 후훗. 오랜만에 벌쿤이 실력을 발휘해 보는 것도 좋을 것 같은걸?"

"하핫! 그럼, 벌쿤 특제 치즈 케이크를 만들어보도록 할까? 하지만 밤인만큼 한 조각씩밖에 안 돌아갈 테니까 그런 줄 알라고."

벌쿤은 자신있다는 얼굴로 자리를 털고 일어났고, 친구들과 크라이츠 또한 히안의 어깨를 한 번씩 두들겨 주며 응접실 밖으로 자리를 옮기기 시작했다. 마지막으로 히안의 얼굴을 한 번 살핀 뮤스는 왠지 모르게 의심스러운 뉘앙스를 풍기는 목소리로 말했다.

"그럼 지난 일들을 잊을 때까지 잠시 혼자서 시간을 가지도록 해. 그럼 먼저 실례."

탈칵.

뮤스가 문을 닫고 나가자 응접실에 혼자 남게 된 히안은 주위를 둘러보았다. 함께 웃고 떠들던 친구들이 갑작스럽게 사라져서인지 응접실은 더욱 조용하게 느껴졌고, 아직 눈에 익숙지 않은 가구들은 그의 기분을 더욱 착잡하게 만들고 있었다. 나직한 한숨을 내쉰 히안은 손가락을 매만지며 입을 열었다.

"후우… 세이즈는 왜 괜한 이야기를 꺼내서 기분을 눅눅하게 만드는 거야. 쳇! 그리고 어떻게 그 일을 잊으라는 거냐. 으음? 잠깐, 지난 일들을 잊으라고?"

혼잣말을 하던 히안은 마음에 걸리는 것이 있는지 잠시 입을 다물었다. 그리곤 뭔가 떠오른 듯 있는 대로 인상을 일그러뜨리더니 급히 몸을 일으키며 소리쳤다.

"이 녀석들! 자리를 비켜준 게 아니라 벌칙을 어영부영 넘기려고 도망간 거구나! 남의 아픈 과거를 이용하다니! 치사한 녀석들!"

히안의 외침과 동시에 아무도 없는 것만 같았던 문밖으로부터 시끌시끌한 소리가 들려오기 시작했다.

"이런, 벌써 눈치를 채버렸군! 잡히기 전에 도망쳐라!"

"그보다 문을 막아서 못 나오게 하는 것이 더 빨라!"

"이대로 응접실을 봉쇄해야 되지 않겠니?"

자신의 예상이 맞았다는 것을 직접 확인한 히안은 굳게 닫힌 응접실의 문을 향해 발길질을 해대기 시작했고, 그 밖에서는 뮤스와 벌쿤이 어깨를 기대며 힘껏 응접실의 문을 막고 있었다.

쾅! 쾅!

"이 녀석들! 당장 문을 열란 말이다! 두고 보라고! 너희들을 위해서 멋진 의상을 마련해 줄 테니!"

그의 말에 불길함을 느낀 뮤스와 벌쿤은 더욱 힘을 주어 문을 막았고, 시간이 갈수록 히안의 발길질 역시 더욱 거세지고 있었다.

108장 쟈트란에 등장한 비행선

듀마이어 거리는 쟈트란 시내에서뿐만 아니라 듀들란 제국 전역에서 이름난 명소였다. 비록 거리의 모습은 지극히 평범하여 여느 곳과 다른 점이 없었지만, 이곳이 유명한 이유는 듀들란 제국을 대표하는 의상점들이 모여 있는 곳이라는 것 때문이었다. 유달리 의상에 많은 신경을 쏟는 쟈트란의 여성들은 듀마이어 거리에 들러 새롭게 출시된 드레스를 살펴보는 것이 하루 일과 중 하나일 정도였는데, 그런 이유로 듀마이어 거리는 항상 사람들로 붐벼 발 디딜 틈조차 없을 정도였다.

그리 넓지 않은 거리를 따라 양 옆으로 늘어선 의상점들은 나름대로의 개성적인 간판을 가지고 있었고, 잘 닦인 대형 유리창을 통해 진열해 놓은 드레스나 연회복들을 볼 수 있도록 꾸며져 있었다. 거리를 지나다니는 여성들은 진열해 놓은 드레스들을 보며 수다를 떨었고, 점원들은 사라지지 않을 것 같은 미소를 머금으며 손님들을 대하고 있었다.

그런 듀마이어 거리에서 5대째 의상점을 이어온 라펜은 몸에 배인 친절함을 과시하며 깍듯한 태도로 손님을 맞이하고 있었다. 그의 두 팔에는 검은색과 흰색이 절묘하게 섞여 있는 드레스 한 벌이 걸쳐져 있었는데, 소문을 듣고 가게를 찾아온 한 귀부인에게 자신이 직접 제작한 드레스에 대한 설명을 하는 중이었다.

"이것은 봄날의 달콤한 꿈을 표현한 작품이랍니다. 아련히 잡힐 듯하면서도 눈을 뜨면 사라져 버리는 달콤한 아쉬움을 흑과 백의 몽롱한 조화를 이용해서 형상화한 것이죠. 겉감의 원단은 로바드산 최고급 실크를 사용하였고, 안감은 보듀라스산 순면을 사용한 만큼 몸에 닿는 감촉은 최고라고 자부할 수 있습니다."

드레스가 마음에 들었는지 설레이는 표정을 한 귀부인은 옷감을 만져 보며 구입 의사를 밝혔고 라펜은 그녀의 시간을 빼앗지 않기 위해 포장을 서두르기 시작했다.

잠시 후 검은색의 종이 상자에 흰색의 리본이 묶인 드레스 상자를 가지고 나와서 귀부인에게 건넨 라펜은 미소 지으며 무거운 문을 직접 열어주었다. 문 앞에 공손하게 선 그는 다음번에도 자신의 가게를 찾아주길 바라는 마음으로 정성이 담긴 인사를 건네었다.

"찾아주셔서 영광입니다. 드레스에 이상이 생기거나 불편한 점이 있으시면 언제든지 다시 들러주십시오."

이렇게 손님 배웅을 마친 라펜은 뿌듯한 기분을 느끼며 잠시 주변을 둘러보았다. 그러던 중 이상한 분위기를 느낀 그는 고개를 갸웃거렸는데, 방금 전까지만 해도 환한 줄 알았던 거리에는 진한 그림자가 드리워져 있었고, 오가던 발걸음을 멈춘 사람들은 넋이 나간 듯 입을 벌린 채 하늘을 바라보고 있기 때문이었다.

"으음? 다들 뭘 보고 있는 것이지? 하늘이 무너지기라도 하는 건 가?"

고개를 들어 하늘을 올려다본 라펜 또한 다른 이들과 다를 것 없이 석상처럼 굳어지고 있었다. 그의 시선이 닿은 곳, 보통 때라면 건물들 사이로 푸른 하늘이 보여야 할 그곳에 지금 이 순간 거대한 괴비행체의 모습만이 가득 채워져 있었던 것이다.

"대, 대체 저건 뭐, 뭐지?"

그가 말을 더듬으며 자신의 눈을 부비고 있을 때, 사람들 중 누군가 가 허공을 가리키며 소리를 지르기 시작했다.

"아앗! 이리로 뭔가가 내려오고 있다!"

과연 그 외침대로 정체를 알 수 없는 괴비행체로부터 밧줄 사다리가 내려지며 무엇인가가 거리로 내려오는 중이었다. 이를 유심히 살펴보 던 라펜은 그것이 틀림없이 자신과 같은 사람이며 젊은 청년이라는 확 신을 가질 수 있었고, 다른 곳이 아니라 곧장 자신을 향해 내려오고 있 음을 쉽게 알 수 있었다.

얼굴을 식별할 만큼 가까워지자 괴비행체로부터 내려온 젊은이는 멍한 눈빛으로 올려다보고 있는 라펜을 향해 손을 흔들어 보이며 외치 기 시작했다.

"거기 검은 옷 입은 아저씨! 혹시 도이첸 제국어를 알아들으실 수 있 나요?"

듀바이어 거리가 쟈트란의 유명한 관광 명소인만큼 타국의 손님들도 상당수 찾아오는 편이었다. 그런 이유로 대부분의 가게 주인들은 필수적으로 도이첸 제국어를 할 수 있어야만 했는데, 라펜 역시 그러한 사람들 중 한 명이었기에 얼떨결에 고개를 끄덕이고 말았다.

"네? 네! 조금은 할 수 있습니다만……."

"아! 정말 다행이군요!"

안도의 한숨을 내쉬며 땅으로 내려선 그 젊은이는 급히 대형 유리창을 통해 라펜의 가게 안을 들여다보더니 손을 꼽아보며 물었다.

"어디 보자… 옷 대여섯 벌 정도 만들 수 있을 만큼의 검은색 원단을 지금 당장 구할 수 있을까요? 재질이나 품질은 아무래도 상관없습니다."

"네? 그, 글쎄요. 요즘은 검은색의 옷이 잘 나가지 않는 계절이라 저희 가게에는 그만한 양을 가지고 있지 않습니다."

라펜이 고개를 내젓자 젊은이는 급박한 일인 듯 그의 소매를 잡으며 애원하기 시작했다.

"아아~! 돈은 얼마든지 드릴 테니 어떻게든 구할 수 없을까요? 제발 부탁드립니다!"

너무나 절실해 보이는 얼굴로 부탁을 해오자 어쩔 줄 몰라 하던 라펜은 곰곰이 기억을 되짚어 보더니 금세 희색을 띠며 말했다.

"자, 잠시만 기다려 주시겠습니까? 이 근처에 원단을 공급해 주는 가게가 있는데, 그곳에 문의해 보면 구할 수 있을 것 같습니다. 당장 다녀오도록 하죠."

양해를 구한 라펜은 급히 가게 사이로 난 좁은 골목으로 뛰어갔고, 젊은이는 기대 반 불안 반의 모습으로 라펜이 나오기만을 기다리기 시작했다.

한편 벌쿤은 비행선의 창밖으로 목을 길게 빼어 지상을 내려다보는 중이었고 뮤스를 포함한 친구들은 터져 나오는 웃음을 애써 참으며 벌쿤의 귀에 충분히 들릴 정도의 목소리로 수군거리고 있었다.

"히안도 참 대단하지 않니? 벌쿤에게 줄 옷을 만들기 위해 직접 원단을 사러 내려가다니 말이야."

"프흐훗! 그러게 말이야. 대체 무슨 생각을 하고 있는 건지 정말 궁금한걸?"

꾹꾹 참으며 그들의 놀림을 받던 벌쿤은 인내심이 한계에 달한 듯 이마에 핏발을 세우며 버럭 소리를 지르기 시작했다.

"흥! 다들 뭔가 착각하고 있나본데, 나만 벌칙을 당하는 것이 아니란 말이야! 다들 똑같은 상황이면서 나만 가지고 그렇게 놀려도 되는 거야?"

벌쿤의 외침이 자극이 되었는지 친구들은 약속이라도 한 듯 입을 다물었다. 그리고 턱을 받치며 고민하던 카타리나는 침침하게 변해 버린 분위기를 추스르기 위해 입을 열었다.

"그래도 설마… 히안도 생각이 아주 없는 애가 아닌데 우리가 우려하는 만큼 심하게 하겠니?"

그러나 심상치 않은 표정으로 고개를 내저은 뮤스는 히안이 타고 내려간 줄사다리를 가리키며 말했다.

"글쎄… 위험을 무릅쓰면서도 원단을 구하기 위해 저 아래까지 내려갈 정도인데 과연 대충 끝내려는 것일까? 아무리 좋게 생각해 봐도 만만치는 않을 것 같아."

뮤스의 말로 인해 비행선의 분위기는 다시금 침침해지고 있었다. 그들이 이야기를 주고받고 있을 때, 공기를 타고 진한 술 냄새가 풍겨왔다. 그리고 등 뒤로부터 켈트의 목소리가 들려왔는데, 심하게 취한 듯 말이 꼬이고 있었다.

"푸하하핫! 딸꾹! 무슨 고민을… 음? 고민… 아, 그렇지! 무슨 고민을 그렇게 하고 있는 게냐? 아하! 듣자 하니 내기에서 히안이 이겼다고 하던데, 그래서 걱정인 모양이군! 쿠쿠쿡."

그런 모습의 켈트를 보고서 깜짝 놀란 뮤스는 급히 술병을 빼앗아 들며 그의 상태를 살펴보았다.

"이런! 비행선 운항은 어떻게 하고 이렇게 술을 드신 거예요?!"

술병을 빼앗긴 것이 분했던 켈트는 씩씩거리며 소리쳤다.

"이, 이 녀석! 어서 술병을 내놓거라! 이런 높이에서 드워프가 맨 정신으로 버틸 수 있다고 생각하는 게냐!"

켈트는 작은 키로 뮤스에게 빼앗긴 술병을 되찾기 위해서 바동거렸지만 뮤스도 이번만큼은 그냥 넘어갈 수 없었기에 필사적으로 술병을 사수하고 있었다.

"자. 벌쿤, 이거나 받아라!"

뮤스는 자신보다 더욱 키가 큰 벌쿤에게 술병을 건네 켈트의 의욕을 끊으려 했다. 하지만 켈트의 술에 대한 욕구는 쉽게 접을 수 없는 듯 켈트는 다시금 벌쿤을 향해 몸을 날려 술병을 빼앗기 위해 매달리기 시작했다.

"어서 술병을 이리 내거라! 벌쿤, 네가 나에게 이럴 수가 있는 게냐?"

"술병을 왜 나한테 주는 거야!"

벌쿤은 난처한 표정을 지었지만 뮤스의 기대를 저버릴 수 없었던 그는 쉽사리 넘겨주려 하지 않고 있었다. 그러한 실랑이도 잠시, 켈트는 술을 마신 탓인지 금세 숨을 헐떡였고 목까지 차 오른 숨을 가다듬으며 입을 열었다.

"헥헥! 에고, 죽겠다! 이봐, 벌쿤. 내가 제안을 한 가지 하도록 하지! 만약 내게 그 술병을 넘겨주면 너희가 걱정하는 문제를 해결해 주마!"

구미가 당기는 켈트의 제안에 곁눈질로 뮤스의 얼굴을 살펴본 벌쿤은 결국 그의 기대를 저버리기로 마음먹은 듯 고개를 돌리며 켈트와 눈 높이를 맞추었다.

"그, 그게 정말인가요? 그렇게만 해주신다면 이까짓 술병 드리는 게 문제겠어요?"

생각지 못한 벌쿤의 배반(?)에 뮤스는 멍한 표정을 지었고, 냉큼 벌쿤이 들고 있던 술병을 빼앗아 든 켈트는 술을 한 모금 삼키며 의기양양한 얼굴로 말했다.

"간단하게 처리할 수 있는 문제를 가지고 끙끙대다니 머리를 좀 쓰거라!"

그리곤 허리춤에 걸려 있던 원거리 통신기를 입에 가져간 켈트는 큰 소리로 외치기 시작했다.

"자! 조종실, 어서 추진 장치를 가동하라고! 다시 전진이다! 푸하하하! 히안을 버리고 가면 되지 않겠냐? 녀석은 듀들란 제국어도 못하고 길도 잘 모르니 따라오지도 못할 게다. 이렇게 간단한 것을!"

켈트의 신호가 떨어지기가 무섭게 동력기의 진동이 전해져 왔고, 비행선은 천천히 앞으로 나아가기 시작했다. 아무 생각 없이 그의 행동을 지켜보다 말고 깜짝 놀란 폴린은 눈에 불을 켜며 소리를 질렀다.

"무슨 말씀이세요! 어서 비행선을 멈추라고요! 그러다가 히안이 다치기라도 하면 아저씨가 책임지실 거예요?"

하지만 켈트는 실실 웃음소리를 흘리며 말했다.

"호호훗, 네가 언제부터 그렇게 히안을 위해줬었지? 히안이 눈앞에서 사라지면 가장 좋아할 사람이 너라고 생각했는데 말이야. 알다가도 모를 일인걸?"

"그, 그거야 단지 장난이었을 뿐이라고요! 그러니 어서 비행선을 멈춰요!"

"뭐라고? 무슨 말을 하는지 안 들려!"

켈트가 폴린의 말을 듣는 둥 마는 둥 하며 술병과 원거리 통신기를 품에 꼭 껴안은 채 히히덕거리자 더욱 약이 오른 폴린은 켈트에게 매달리며 원거리 통신기를 사이에 둔 쟁탈전을 벌이기 시작했다.

계속되는 폴린과 켈트의 실랑이를 바라보며 더 이상 여유가 없다고 생각한 뮤스는 직접 비행선을 멈추기 위해 조종실로 뛰어올라 갔고, 남은 친구들은 히안의 상태를 살피기 위해 비행선 아래를 내려다보는 중이었는데, 벌쿤의 입에서는 아쉬운 한숨 소리가 흘러나오고 있었다.

"아아… 벌써 줄사다리를 잡아버렸군. 쳇! 조금만 더 빨랐어도 버리고 갈 수 있었는데……."

결국 히안을 비행선으로 끌어 올린 친구들은 그가 나누어 주는 옷가지들을 받아 들고 자신의 방으로 향해야 했으며, 켈트는 술병과 원거리 통신기를 빼앗긴 채 착륙할 때까지 비행선의 기둥에 묶여 있어야만 했다.

한결 따가워진 햇살을 받으며 짙은 자주색의 쟈트란식 전뇌거 여러 대가 어디론가 급히 달리고 있었다. 그 모습을 본 사람들은 전뇌거의 존재가 아직 흔치 않은 만큼 쉽사리 눈을 떼지 못했고, 전뇌거의 모습이 완전히 사라지고 나서야 다시금 걸음을 옮길 수 있었다.

그렇게 달리던 전뇌거는 곧 대로를 벗어나 좁고 구불구불한 길로 들어섰으며 20여 분을 더 달려서야 목적지에 도착할 수 있었다. 전뇌거가 멈춘 곳은 쟈트란에서도 제법 외곽인 곳이었는데, 재건축을 위해 오래된 건물들을 허물어뜨리고 지금은 넓은 공터로 남아 있는 장소였다.

전뇌거의 문이 열리면서 흰색에 금색의 수가 놓여진 복장을 한 십여 명의 장정들이 내려서기 시작했다. 그 뒤를 이어 장영실과 투르코스 재상이 모습을 드러냈는데, 전뇌거에서 내리기가 무섭게 먼발치의 하늘을 바라보던 투르코스 재상은 짜증스러운 얼굴로 입을 열었다.

"드래곤이 나타났다는 보고가 올라오더니 이번엔 괴비행체라니⋯ 대체 저건 무엇이란 말인가?"

투르코스 재상과 같은 곳을 바라보고 있던 장영실은 그의 말에 대답이라도 하듯이 담담한 목소리로 말했다.

"비행선이라는 것이죠. 하늘을 나는 거대한 배랍니다."

"비행선이라⋯ 그렇다면 저것 역시 사람이 만든 것이란 말인가?"

어깨를 으쓱거린 장영실은 고개를 끄덕이며 대답했다.

"비행선의 선체에 새겨진 붉은 드래곤 문장을 보면 아시겠지만, 도이첸 제국 공학원의 것임이 틀림없습니다. 뮤스의 능력은 둘째 치고라도 그 짧은 시간에 초대형 비행선을 제작할 수 있었다니, 도이첸 제국 공학원의 저력은 제가 생각하고 있었던 것보다 훨씬 더 대단하군요. 아무튼 그들의 의도가 어떻든 간에 비행선의 출현은 이번 행사에 적지 않은 영향을 미칠 것 같습니다."

"흠, 공학 기술이라는 것이 하늘을 나는 일마저도 가능하게 만들어 주는군."

장영실의 말과 같이 듀들란 제국의 입장에서는 자신들이 선보일 기술보다 앞선 기술이 채용된 비행선의 등장이 달가울 리 없었지만, 투르코스 재상은 지금 공적인 입장을 떠나 순수한 마음으로 비행선에 대해 감탄하는 중이었다. 그렇게 혼잣말을 하고 있는 투르코스 재상을 물끄러미 바라본 장영실은 나직한 웃음을 터뜨리며 말했다.

"후훗, 그렇게 느긋하게 말씀하실 처지가 아니리라 생각됩니다만."

"물론 나 역시 모르는 바가 아니지만 듀들란 제국의 재상으로서가 아니라 한 명의 인간으로서 하늘을 날 수 있다는 것에 대해 가슴이 벅차오르는 것을 어찌하겠는가."

잠시 말을 끊은 투르코스 재상은 은근한 눈빛으로 장영실을 향해 물었다.

"한데 혹시라도 저 비행선이라는 것을 우리 듀들란 제국의 공학원에서도 만들 수가 있는 것인가?"

기대감이 한껏 깃든 투르코스 재상의 물음에 난처한 표정을 지은 장영실은 볼을 긁적이며 대답했다.

"뭐, 예산과 시간이 충분하다면야 만들지 못할 것도 없겠지요. 하지만 혹시라도 제게 비행선 제작을 부탁할 생각이라면 일찌감치 포기하시는 편이 좋을 겁니다. 이번 일이 마무리되고 나면 이미 황실과의 계약 기간은 끝난 후가 될 테니까요."

몇 가지 되지 않는 자신의 표정 중 가장 섭섭한 표정을 지은 투르코스 재상은 뒷짐을 지며 다시금 비행선으로 시선을 돌렸다.

"나 역시 정없다는 소리를 많이 들어온 사람이지만 자네 역시 만만치 않군. 자네에게 해준 대우 정도라면 마음이 변할 법도 한데 말이야."

"후훗, 그렇습니까? 어쨌든 어서 손님들이나 맞으러 가시죠. 사람들이 더욱 몰려들면 곤란할 테니까요."

장영실은 못내 아쉬운 듯 입맛을 다시고 있는 투르코스 재상에게 미소를 지어 보이며 걸음을 옮겼다.

평소라면 사람들의 발길이 거의 없는 공터에 이미 제법 많은 사람들이 몰려들어 있었다. 그들은 대부분 비행선의 움직임을 좇아 이곳까지 오게 된 사람들이었는데, 목이 부러져라 고개를 치켜든 채 비행선에 닿아 있는 시선을 떼지 못하고 있는 중이었다.

공터 위에 멈춰 선 비행선은 점차 고도를 낮추고 있었다. 그럴수록 거대한 비행선은 사람들의 눈에 가득 차기 시작했고, 사람들은 놀라움으로 벌어지는 입을 다물 줄 모르고 있었다.

"어, 엄청나군. 저렇게 거대한 물체가 하늘을 날 수 있다니……."

"이렇게 내려오다가 뚝 떨어지지 않을까?"

"바보 같은 소리 좀 하지 말게나. 애초 떨어질 것이었다면 진작에 떨어졌겠지!"

사람들의 수군덕거림이 한창일 때 고도를 낮추던 비행선으로부터 사람의 목소리가 공터 곳곳으로 울려 퍼지기 시작했다.

─본 비행선은 도이첸 제국 공학원 소속으로 라이델베르크를 출발
하여 일주일간의 비행을 마치고 듀들란 제국의 수도인 쟈트란에 도착
했습니다. 의도치 않게 쟈트란 시민 여러분들을 놀라게 했던 점 사과
드리겠습니다. 본 비행선은 잠시 후 착지할 예정이니 비행선의 아래쪽
에 계신 분들은 안전을 위해 비행선과 50멜리 이상 간격을 유지해 주
시길 부탁드리겠습니다. 감사합니다.

도이첸 제국으로부터 온 비행선이라는 말에 공터에 모인 사람들은
다시 한 번 크게 술렁이기 시작했다. 그들은 하나같이 시기와 부러움
이 섞인 표정을 얼굴에 떠올리고 있었는데, 도이첸 제국의 경쟁 국가인
듀들란 제국의 국민으로서 씁쓸함을 감출 수 없었기 때문이다.

복잡한 감정이 뒤엉킨 사람들의 시선을 받으며 고도를 낮추던 비행
선은 얼마의 시간이 지나지 않아 곤돌라 부분이 땅에 닿게 되었다. 하
나 비행선의 선체는 불어오는 바람에 밀리며 조금씩 흔들렸고, 그로 인
해 곤돌라의 밑바닥은 메마른 흙바닥을 끌며 먼지를 일으키기 시작했
다.

구구구궁!

사람들은 먼지를 막기 위해 소매로 코와 입을 가리는 동시에 불안감
이 스며 있는 눈빛으로 바람에 휘둘려지고 있는 비행선을 바라보고 있
었다. 하지만 그들의 불안감은 아주 잠깐이었다. 곤돌라의 상단과 기
체 주머니, 추진 장치 등 비행선 선체의 곳곳으로부터 굵직한 밧줄이
연결된 화살들이 뻗어 나오며 공터의 바닥에 단단히 틀어박히는 것이
었다.

파바박!

그리곤 느슨하게 연결된 밧줄이 팽팽하게 잡아당겨지며 바람에 밀려 움직이던 비행선은 완전히 고정되었다. 이로써 착륙이 모두 마무리되어지며 다시금 비행선으로부터 목소리가 울려 퍼졌다.

—비행선의 착지가 완료되었습니다. 간단한 기체 점검 후 비행선의 입구를 개방합니다.

비행선의 움직임이 완전히 멈춘 것이 확인되자 사람들은 조금이라도 자세히 보고 싶은 마음에 비행선으로 달려가기 시작했다. 그들은 한눈에 모두 들어오지 않을 만큼 거대한 비행선의 크기에 감탄사가 연신 흘러나옴을 주체하지 못했는데, 직접 눈으로 목격했음에도 불구하고 이 거대한 물체가 하늘을 날았다는 것을 믿지 못할 지경이었기 때문이다.

장영실과 투르코스 재상 역시 손님들을 맞이하기 위해 비행선으로 다가가고 있었다. 앞서 간 제복을 입은 장정들은 사람들 틈을 헤치며 장영실과 투르코스 재상이 지나갈 길을 만들었고, 사람들은 비행선에 정신을 팔고 있는 와중에도 투르코스 재상의 얼굴을 알아봤는지 순순히 길을 터주고 있었다.

잠시 후 비행선 곤돌라의 측면에 위치한 문이 내려졌다. 그리곤 회색의 제복을 입은 비행선의 승무원들이 일사불란하게 뛰쳐 내려와 비행선 양 옆으로 도열했고, 뒤를 이어 붉은색의 융단이 계단 위를 덮으며 굴러 나와 먼지가 풀풀 날리는 마른 땅을 길게 가로질렀다. 그 붉은 융단의 끝은 우연찮게도 장영실과 투르코스 재상의 앞까지 닿게 되었는데, 물끄러미 발 앞의 붉은 융단을 바라보던 투르코스 재상은 특유의 무감정한 목소리로 입을 열었다.

"흠, 붉은 융단이라니… 스스로 귀빈 대우를 하겠다는 것인가. 우리가 준비해 주지 않아도 알아서 잘들 챙기는군."

투르코스 재상의 빈정거림이 담긴 말소리가 끝나자 비행선의 계단을 밟으며 누군가가 모습을 드러내고 있었다. 무슨 일인지 비행신 앞에 도열해 있던 승무원들은 표정 관리에 애쓰는 모습이 역력했는데, 다물려진 입술 사이로 실소가 조금씩 새어 나오고 있었다. 이에 의아함을 느낀 장영실과 투르코스 재상은 안력을 돌워 모습을 드러내는 이들을 주시하기 시작했다.

처음 그들의 눈에 들어온 인물들은 세 명의 젊은 여성들이었다. 그녀들은 모두 검은색의 하녀복을 입고 흰색의 앞치마를 두른 모습이었는데, 얼핏 보기에는 세 명 모두 같은 옷을 입은 것 같았지만 소매의 주름 모양이나 앞치마의 허리끈 모양 등에서 각각 조금씩의 차이를 가지고 있었다. 게다가 그녀들의 치마는 무릎 바로 위까지 올라오는 짧은 것으로서 하녀의 복장으로써 지녀야 할 활동성과 편의성은 전혀 고려되지 않았음을 쉽게 알 수 있었다.

이 하녀복 같지 않은 하녀복을 입은 여성들은 다름 아닌 카타리나와 폴린, 그리고 세이즈였다. 단단히 묶은 앞치마 덕에 잘록하게 들어간 허리와 짧은 치마 아래로 보이는 늘씬한 다리, 그리고 흰색의 칼라 위로 나온 목 선… 의외로 하녀복이 잘 어울리는 모습이었지만 어색한 옷차림으로 많은 사람들의 시선을 받는다는 것에 대해 부끄러움을 느꼈는지 서로의 몸을 앞으로 밀치며 조금이라도 몸을 감추려 애쓰고 있는 중이었다.

비행선 주변에 모여든 사람들, 특히 남성들은 넋이라도 나간 듯한 멍한 눈동자로 그녀들의 등장을 지켜보고 있었다. 비록 의상에 관한 한 대륙의 그 어느 나라보다 개방적인 생각을 가진 듀들란 제국의 국민들이었지만, 그녀들의 의상은 적지 않은 충격을 전해주고 있는 듯했다.

"으음! 놀랍군, 놀라워. 아주 기묘한 매력을 풍기는 하녀복이야. 입이 바짝 타는 것 같구먼."

"호오! 그래도 보기는 좋지 않은가? 도이첸 제국의 하녀들은 저런 옷을 입고 있는 모양이군. 황궁의 궁녀들도 저렇게나 아름다울까?"

"허헛! 나도 하루빨리 돈 많이 벌어서 저런 하녀들을 곁에 두고 살아야겠네!"

대체적으로 약간의 놀라움은 있었으나 이런 류의 변화에 익숙한 사람들이었던 만큼 그녀들의 의상은 긍정적으로 받아들여지고 있었다. 하지만 나이가 지긋한 투르코스 재상의 눈에는 그리 달갑게 느껴지지 않는지 그는 혀를 차며 입을 열었다.

"쯔쯧… 함께 온 공학원의 하녀들인가? 저런 민망한 옷을 입혀놓은 것을 보니 뮤스 원장의 취향도 알 만하군."

이때, 장영실은 의식적으로 시선을 다른 곳으로 돌리고 있었다. 듀들란 제국에서 생활한 지 몇 년의 시간이 지났으나 오랫동안 몸에 밴 유교적 습성을 바꿀 수는 없었는데, 다리의 맨살이 훤하게 드러나 보이는 그녀들의 옷차림은 장영실로서는 감당하기 힘든 것이기 때문이었다. 장영실은 헛기침을 하며 투르코스 재상의 말에 대답해 주었다.

"흠흠! 자세한 것은 모르지만 저런 망측한 옷차림이 뮤스의 취향은 아님이 틀림없습니다. 저 중 왼쪽에 서 있는 아가씨는 구바닌 산맥에서 만난 적이 있었죠. 그 아이의 여자 친구랍니다."

"저 아가씨들이 하녀든 아니든 그런 것이 중요한 것은 아닐세. 최소한 손님으로서 타국을 방문한다면 그에 해당하는 예의 정도는 갖춰줘야 하는 것이지. 한데 저 아가씨들은……"

하지만 투르코스 재상의 말이 끝나기도 전에 이어지는 한 사내의 등장은 그의 얼굴을 더욱 찌푸리게 하기 충분했다. 그것은 비단 투르코스 재상뿐만 아니라 이 자리에 모여 있는 모든 이들이 공감하는 바였는지 곳곳에서 야유 소리가 이어지고 있었다.

"저, 저 거구의 괴상한 녀석은 뭐냐!"

"설마 저 녀석도 하녀인 건가?"

"하녀는 무슨! 암만 봐도 사내 녀석인데!"

사람들의 야유를 한 몸에 받으며 등장한 인물은 바로 벌쿤이었다. 보통의 사람보다 머리 하나는 더 큰 키에 두 배에 가까운 거구를 자랑하는 그 역시 카라리나들과 비슷한 옷을 입고서 등장한 것이었는데, 크기만 더 크다 뿐이지 영락없이 그녀들이 입은 옷과 같은 것이었다. 무릎까지 드러난 다리에 수북이 자란 털을 보며 인상을 잔뜩 구긴 사람들은 주먹을 허공에 휘두르며 소리쳤다.

"사내 녀석이 여자 옷이나 입고 튀어나오다니! 당장 도이첸 제국으로 돌아가라!"

나오기 전부터 어느 정도 예상했던 분위기였지만 자신을 향해 손가락질을 해대는 사람들의 반응이 반가울 리 없었던 벌쿤은 이마에 핏발을 세우며 혼잣말을 중얼거렸다.

"빌어먹을… 왜 나만 이따위 만들다 만 것 같은 옷을 입어야 하는 거냐고!"

투덜거리고 있는 벌쿤의 등 뒤로부터 뮤스의 목소리가 들려왔다.

"네 덩치가 워낙 커서 바지를 만들 천이 모자랐던 거야. 그러니 상대적으로 천이 덜 드는 치마를 만들 수밖에. 나름대로 시원하고 좋지 않냐?"

목소리와 함께 벌쿤의 뒤로 뮤스가 모습을 드러내고 있었다. 히안의 손을 거친 이상 그의 복장 역시 범상스러울 리 없었다. 몸에 살짝 달라붙는 검은색의 바지와 셔츠를 입었고, 그 위로 검은 바탕에 흰색의 레이스가 달린 앞치마를 걸치고 있었다. 또 길게 자란 머리카락까지 여러 갈래로 땋아 내린 상태였는데, 갸름한 몸집과 어우러져 유심히 보지 않으면 여자로 착각할 정도였다. 곁눈질로 뮤스를 살펴보며 피식 웃은 벌쿤은 어깨를 으쓱거렸다.

"풋! 그러는 형은 아주 좋으시겠어? 제법 예쁘장하게 꾸며졌는데, 혹시라도 멀리 있는 남자들이 진짜 형을 여자로 여기고서 눈독을 들이고 있을지도 모르지. 앞으로 3일 동안이나 그런 모습으로 돌아다녀야 할 테니까 어두운 곳에서는 꽤나 조심해야 할 거야."

"쳇. 세상에는 다양한 취향을 가진 사람들이 많으니 너도 방심하지는 말라고."

그렇지 않아도 몹시 심란한 상태였던 뮤스는 벌쿤의 농담을 가볍게 받아주며 카타리나가 있는 곳으로 걸음을 재촉했고, 벌쿤 역시 서둘러 그를 뒤따르고 있었다.

마지막으로 히안과 크라이츠가 비행선 밖으로 모습을 드러내고 있었다. 먼저 히안은 자신이 라이델베르크를 출발하기 전부터 준비해 온 여러 옷가지들 중 가장 마음에 드는 것을 몇 가지 골라 걸친 상태였다. 아래는 윤이 나며 신축성이 좋은 검은 바지를, 위는 부드러운 비단으로 만들어진 연남색의 셔츠를 입었고, 역시 비단으로 된 붉은 띠를 허리에 여러 겹으로 감아 깔끔하게 마무리를 했는데, 몸이 유약해 보이는 히안에게 썩 잘 어울리는 의상이었다. 히안 역시 자신의 모습이 꽤나 뿌듯했는지 손을 허리에 얹으며 당당하게 걸어나오기 시작했다.

"훗! 나도 이렇게 신경 써서 차려입기만 하면 여느 귀공자들에게도 빠지지 않는다고. 하녀들을 동반한 귀공자, 이것이 오늘의 주제이지!"

그렇게 혼자만의 만족감과 우월감에 빠져 입가에 미소를 머금던 히안은 잠시 뒤를 돌아보았다. 웃음기가 감돌고 있는 그의 눈에 크라이츠가 잡히고 있었는데, 그녀는 만든 이후에 한 번도 빨지 않은 것으로 보이는 초라하기 그지없는 하녀복을 입은 상태였다. 거기에 현실감을 더하기 위해 손에는 흰색의 행주를 들고 있었고, 허리 밑으로 걸친 앞치마에는 음식물 찌꺼기가 묻어 생긴 누르스름한 얼룩이 져 있었다. 말끔한 차림새의 히안과는 크게 대조되어 보이는 모습이었다. 코끝에 걸린 안경을 살짝 치켜 올린 히안은 어쩔 수 없었다는 듯이 얄밉게 웃으며 말을 건넸다.

"후후훗… 크라이츠님, 저를 원망하지는 마세요. 이건 모든 게 개인적인 감정이 아니라 어디까지나 내기였을 뿐이니까요. 저도 크라이츠님처럼 아름다운 분께 초라한 하녀복을 입혀야만 하는 현실이 원망스럽기 그지없군요. 그렇지만 생각보다 잘 어울리시니 천만다행입니다."

히안의 생각대로라면 신경을 자극하는 자신의 말에 그녀가 평상심을 잃고서 부끄러워하거나 화를 내야만 했다. 하지만 크라이츠는 히안의 기대를 보기 좋게 저버렸는데, 오히려 은은한 미소까지 지어 보이며 손을 내저었다.

"호홋! 그런 걱정은 하지 않아도 된단다. 원래 미모가 받쳐 주는 사람은 뭘 입어도 돋보이기 마련이지."

이렇게 말한 크라이츠는 서슴없이 히안을 지나쳐 앞으로 걸어나갔고, 그녀의 태도가 평소보다 더욱 밝아 보인다고 느낀 히안은 의아함에 머리를 긁적였다. 하지만 히안의 의문점은 거기에서 멈추지 않았는데, 돌연 잠잠하기만 하던 사람들이 입에 거품을 물듯이 흥분하며 환호성을 지르기 시작하는 것이었다.

"이야! 저 아가씨를 보라고! 괴, 굉장한 미녀가 등장했다!"

"먼저 나온 아가씨들도 예쁘긴 하지만 저 아가씨에 비할 바가 아니군! 저 아가씨의 주변으로 성스러운 빛이 감도는 것 같아! 오오!"

"틀림없이 저명한 귀족 집안의 아가씨일 것일세. 단아한 분위기에 저절로 흘러나오는 저 기품 하며… 그야말로 천사가 따로 없군!"

생각지 못한 사람들의 반응에 깜짝 놀란 히안은 고개를 갸웃거리며 사람들을 둘러보았다. 하지만 듀들란 제국어를 알아들을 수 있을 리 만무했던 히안은 이 상황을 이해하기 위해 나름대로 머리를 굴리며 유추해 보기 시작했다.

"대, 대체 이 열기 넘치는 반응은 뭐지? 호, 혹시 나의 눈부신 모습에 대한 놀라움이란 말인가! 그래, 그렇지 않고서야 이 분위기를 설명할 수는 없겠지. 역시 듀들란 제국에서는 나의 미학이 통하는 모양이로구나!"

혼자만의 착각으로 인해 행복감을 맛보게 된 히안은 금세라도 감동의 눈물을 흘릴 기색이었고, 보답이라도 할 생각에 사람들을 향해 손을 흔들어주고 있었다. 반면 환호성의 진정한 주인공이었던 크라이츠는 사람들의 반응에 크게 신경 쓰지 않으며 뮤스에게로 다가갔는데, 이미 이러한 상황을 짐작하고 있었던 모양이다.

뜻밖의 반응을 지켜보고 있던 뮤스는 뭔가 석연치 않음을 느끼고 있었다. 그러던 중 뭔가 짚이는 점이 있었던 뮤스는 태연한 모습으로 자신의 곁으로 걸어오고 있는 크라이츠를 향해 나직한 목소리로 말했다.

"누님, 혹시 이 많은 사람들을 상대로 현혹 계열의 마법을 쓰신 겁니까?"

예리한 뮤스의 지적에 살풋 놀라는 표정을 지어 보인 크라이츠는 금세 장난스럽게 윙크를 하며 대답했다.

"어머! 눈치를 채다니 대단하구나. 호홋. 하지만 내가 하녀복을 입고 있는 것은 사실이니 약속을 어긴 것은 아니란다. 애초 마법을 쓰지 말라는 규칙은 없었으니까."

"에휴… 어쩐지 벌칙에 순순히 응한다 했더니 결국 이런 것까지 염두에 두고 있었던 것이군요."

크라이츠의 행동이 부당하긴 했지만 그녀의 말에도 틀린 점이 없다고 생각한 뮤스는 고개를 설레설레 저었고, 머리 속에 담아둬 봐야 자기만 손해라는 것을 알았기에 모른 척하기로 마음먹고 있었다. 멍하니 생각에 잠겨 있는 뮤스의 등을 툭 친 크라이츠는 먼저 발을 내디디며 붉은 융단을 밟고 나서기 시작했다.

"저쪽을 보렴. 우리를 맞이하러 나온 사람들인 모양이야. 양산도 없이 이런 뙤약볕 아래 오래 서 있게 되면 피부에 좋지 않으니 어서 가자

꾸나."

실상 크라이츠의 외모가 마법으로 유지되고 있는 만큼 햇볕쯤은 어떠한 지장도 주지 않음을 알고 있던 뮤스는 실소를 흘리며 그녀를 뒤따랐고, 카타리나를 위시한 친구들 역시 불편한 의상으로 인해 조심스럽게 움직이기 시작했다.

한편 귀빈들을 맞으러 나서기 위해 붉은 융단에 발을 올려놓던 투르코스 재상은 떨리는 시선을 누군가에게 고정시키고 있었다. 그는 이 순간 세월과 함께 잊혀졌다고 여기던 설레임이라는 감정을 다시금 느끼는 중이었는데, 그의 마음을 대변하기라도 하듯이 차갑기만 하던 얼굴 위로 옅은 홍조까지 감돌고 있었다. 자신도 모르게 떨리고 있는 두툼한 입술을 살짝 깨문 투르코스 재상은 신음성에 가까운 목소리로 중얼거렸다.

"여, 역시… 크라이츠 드라켄님 당신이셨군요."

냉정하기로 이름 높은 투르코스 재상이었지만 이런 상황에서는 감정 조절이 힘든 듯했다. 장영실은 그러한 투르코스 재상을 향해 미심쩍은 눈빛을 던지며 말을 걸었다.

"이런이런… 재상 각하까지 저 여성에게 반해 버리신 것입니까? 흠… 연세도 지긋하고 가정도 있으신 분이 그러시면 위험합니다. 아마도 재상 각하의 늦둥이 아가씨가 실망할 겁니다."

그제야 자신을 실태를 알아차린 투르코스 재상은 헛기침을 했고, 본래의 음색을 되찾으며 대답했다.

"흠흠… 자네가 생각하는 그런 것이 아닐세. 다만 의외의 장소에서 저분을 다시 만나게 되어 놀란 것뿐일세."

“호오… 그렇다면 예전부터 안면이 있는 분이라는 말씀이시군요. 재상 각하께서 저런 미녀 분과 친분이 있다니 정녕 놀랍습니다.”

장영실은 여전히 의심스러운 표정이었고 투르코스 재상은 씁쓸한 입맛을 다시며 고개를 내저어 보였다.

투르코스 재상이 잠시 시선을 떼고 있는 사이 그와 장영실의 귓가로 크라이츠의 목소리가 흘러 들어오고 있었다. 듀들란 제국어 특유의 부드러운 발음이 그대로 살아 있어 타국의 인물이 하는 말이라고 생각하기 힘들 정도의 자연스러운 말투였다.

“호홋. 날씨가 정말 덥군요. 황궁에서 나온 분들이신가요?”

그녀의 목소리에 투르코스 재상과 장영실은 동시에 고개를 돌렸다. 어느새 일행과 함께 가까이 다가온 크라이츠는 그들을 향해 화사한 미소를 보내고 있었는데, 강력한 현혹 마법의 효용으로 인해 그녀의 미소를 본 투르코스 재상과 장영실은 아찔함을 느끼고 있었다.

“아… 그, 그렇습니다.”

더듬거리며 짤막하게 대답한 투르코스 재상은 조심스럽게 크라이츠의 눈치를 살피기 시작했다. 바로 자신을 알아보지 못하는 듯한 그녀의 태도 때문이었는데, 아니나 다를까, 크라이츠는 별다른 말 없이 장영실 쪽으로 시선을 돌리며 입을 열고 있었다.

“음? 혹시 장영실 남작님이 아니신가요?”

처음 보는 여성이 문득 자신을 알아보자 아무 생각 없이 서 있던 장영실은 얼떨떨한 표정을 지었고, 해답을 구하기라도 하듯이 그녀의 뒤에 서 있는 뮤스의 얼굴을 바라보았다. 이에 가볍게 웃은 뮤스는 앞으로 나서며 말했다.

"장영실 아저씨, 그동안 잘 계셨습니까? 이분이 예전에 말씀드렸던 크라이츠 누님이십니다. 아저씨나 저의 외모가 이곳 사람들과 달라 금방 알아보신 듯하군요."

생각해 보니 간단한 이치였다는 것을 깨달은 장영실은 의문을 거두어들이며 크라이츠를 향해 목례와 함께 인사를 건넸다.

"아! 크라이츠님이셨군요. 뮤스를 통해 이야기는 많이 들었습니다만 이렇게 대단한 미인이라는 말은 미처 듣지 못했습니다."

미인이라는 말에 한껏 기분이 상승된 크라이츠는 입을 가리며 주책스럽게 웃기 시작했는데, 칭찬에 약한 그녀의 성격은 예나 지금이나 변함이 없어 보였다.

"호호홋! 틀린 말은 아니지만, 이렇게 직접 듣게 되니 기분이 색다르군요. 그보다 장영실 남작님이야말로 제가 생각했던 것보다 훨씬 멋져 보이시는걸요? 공학자라고 해서 왜소하고 볼품이 없을 줄 알았는데 의외로 늠름한 모습이시네요."

그들이 정답게 인사를 주고받고 있는 모습을 옆에서 지켜보고 있던 투르코스 재상은 불편한 표정을 하고 있었다. 한때나마 사모하던 여성이 자신은 알아보지도 못한 채 다른 남자와 즐겁게 대화하는 모습이 그의 심기를 자극했기 때문이었다. 그러던 차에 투르코스 재상을 발견한 뮤스는 장영실을 향해 입을 열었다.

"아저씨, 이쪽 분도 소개 좀 해주시죠. 표정이 밝지 못하신 것을 보니 우리들끼리만 인사를 나눈 것에 대해 심기가 상하신 듯합니다."

뮤스의 말을 들은 장영실은 투르코스 재상의 속도 모른 채 장난스러운 말투로 대답했다.

"하하핫! 이분은 항상 불만스러운 표정을 하고 계시니 신경 쓰지 않아도 괜찮단다. 인사드리렴. 듀들란 제국의 재상이신 투르코스님이란다."

뮤스는 듀들란 제국의 재상이라는 말에 깜짝 놀라고 있었나. 차림새를 보아 보통의 인물이 아니라 짐작하긴 했으나 일국의 재상이라는 높은 직위를 지닌 인물이라고는 미처 생각지 못했기 때문이다. 언제까지 놀라고만 있을 수 없었던 뮤스는 비록 제대로 된 예복을 입고 있는 것은 아니었지만 나름대로 옷매무새를 가다듬었고, 정중하게 고개를 숙이며 사의를 표했다.

"아! 이런! 초면에 결례를 범한 점 진심으로 사과드리겠습니다. 정식으로 인사를 드리도록 하겠습니다. 라이델베르크 공학원의 원장인 뮤스 드라켄이라고 합니다."

뮤스의 뒤를 이어 그의 친구들 역시 비슷한 자세로 투르코스 재상을 향해 인사를 건네기 시작했다. 하지만 신경이 크라이츠에게 쏠려 있었던 만큼 인사쯤은 아무래도 상관없었기에 투르코스 재상은 가볍게 받아주며 입을 열었다.

"만나서 반갑네. 하지만 엄밀히 따지자면 자네들은 제국에서 초대한 손님이고, 듀들란 제국에 속한 국민들이 아니니 크게 예의에 신경을 쓰지 않아도 괜찮다네."

지나치는 눈길로 크라이츠의 얼굴을 다시 한 번 더 살피던 투르코스 재상은 마음에 남은 아쉬움을 감추었고, 전뇌거를 대기시켜 놓았던 곳을 가리키며 말을 이었다.

"우선 인사는 이쯤으로 마무리하고 황궁으로 자리를 옮기도록 하세.

여행을 하느라 피곤할 텐데 이런 곳에서 사람들에게 시달리게 된다면 곤란하지 않겠나?"

"재상 각하의 배려에 감사드립니다. 그럼 재상 각하의 말씀에 따르도록 하지요."

그렇지 않아도 주변에서 쏟아지는 따가운 시선에 상당한 불쾌감을 느끼고 있었던 카타리나, 폴린, 그리고 세이즈는 투르코스 재상의 말을 크게 반기며 안도의 한숨을 내쉬었고, 시원한 바람이 걸릴 것 없이 들어오는 아랫도리에 적응을 못하고 있던 벌쿤의 마음 또한 그녀들과 별반 다를 바가 없었다.

일행과 일정한 거리를 두고 사람들의 접근을 막고 있던 제복의 사내들은 투르코스 재상이 움직이는 것을 보자 서둘러 전뇌거 쪽으로 길을 트기 시작했고, 장영실과 뮤스 일행은 그 뒤를 따르기 시작했다.

투르코스 재상이 몇 발자국 움직이지 않았을 때였다. 문득 그의 머리 속으로 한 여인의 목소리가 들려오기 시작했다.

'호홋! 당신의 그 석상 같은 표정은 아직까지 변함없군요. 개인적으로 당신은 순박하게 웃는 모습이 더 어울린다고 생각하는데.'

그것이 크라이츠의 목소리라는 것을 단번에 알아챈 투르코스 재상은 잠시 주춤하며 곁눈질로 그녀의 모습을 훔쳐보았다. 하지만 크라이츠는 아무 일도 없었다는 듯이 일행과 대화를 나눌 뿐 아무런 내색도 하지 않고 있었다. 이에 생각을 굴려보던 투르코스 재상은 혹시나 하는 마음으로 그녀의 이름을 떠올려 보았다.

'크라이츠님이십니까?'

과연 떠올리는 것만으로도 크라이츠와 말이 통했는지 바로 그녀의 대답이 이어졌다.

‘흐음, 그런 음흉한 얼굴로 훔쳐보지 말고 아무 일 없는 듯 행동하세요. 과거사에 얽매이는 것은 딱 질색이니까.’

‘그, 그런……’

음흉하다는 말에 화들짝 놀란 투르코스 재상은 반사적으로 얼굴을 매만졌고, 크라이츠는 그의 행동이 재미있었는지 유쾌하게 웃으며 말을 계속했다.

‘호호호, 일국의 재상이라는 사람이 이렇게 순진해서야… 그나저나 정말 오랜만이네요, 투르코스 경. 눈가의 자글자글한 주름만 빼면 예전과 다름없는 모습인걸요?’

쾌활한 크라이츠의 말투는 그의 기억 속에 담겨 있는 추억의 그것과 정확히 일치하는 것이었다. 그때의 기억이 되살아난 투르코스 재상은 아련한 눈빛을 하며 대답했다.

‘역시 저를 기억 못하시는 것이 아니었군요. 오래전 크라이츠님의 이름을 들었을 때부터 대략 짐작은 했었지만, 이렇게 눈앞의 모습을 보니 정녕 놀랍기 그지없습니다. 뭐, 당연한 일이겠지만 크라이츠님이야말로 전혀 변한 것이 없어 보이는군요.’

‘세월조차 저의 아름다움을 피해간다고나 할까요? 오호호호홋! 뭐, 이쨌든 긴 이야기는 나중에 하도록 하고, 괜찮다면 간단한 부탁을 좀 드려도 될까요?’

‘부탁이시라면 어떤?’

투르코스 재상의 되물음을 기다렸다는 듯 크라이츠는 자신이 원하는 바를 늘어놓기 시작했다.

‘우선 저와 일행이 묵을 숙소를 국빈급으로 배정해 주세요. 방에는 항상 다섯 종류 이상의 싱싱한 과일들과 서른 종류의 과자를 놓아주시고, 차는 따뜻한 것과 차가운 것 두 가지로 준비해 주셨으면 해요. 그리고 부가적으로 장미 씨앗에서 추출한 목욕 기름, 실크로 된 침구, 크리스털 자기와 양가죽으로 덮인 소파도 제공해 주었으면 좋겠군요. 아! 그리고 언제든지 부를 수 있는 담당 시녀들을 배치해 주시고…….’

길어지는 크라이츠의 요구는 쉽사리 끝날 기색이 아니었다. 하지만 투르코스 재상은 그녀의 요구들이 마치 중대사라도 되는 양 여러 번에 걸쳐 머리에 되새기며 전뇌거로 향하고 있었다.

한편 켈트는 정신을 잃은 모습으로 비행선의 기둥에 꽁꽁 묶여 있었다. 그는 지나친 음주 탓으로 속이 좋지 않은 듯 수시로 헛구역질을 해대는 중이었는데, 그럴 때마다 술 냄새가 입 밖으로 새어 나와 주변 공기를 오염시키고 있었다. 얼마간의 시간이 흐르자 켈트는 목이 심하게 타는 것을 느꼈고, 입맛을 다시며 잠꼬대를 하듯이 입을 열기 시작했다.

“으으음… 목이 마르군. 거기 누가 있으면 물 좀 가져다 다오.”

그러나 주변 어디에도 그의 말을 들어줄 사람은 없었다. 한동안 기다렸음에도 불구하고 아무런 대답도 들려오지 않자 짜증이 밀려옴을 느낀 켈트는 힘겹게 눈을 떠 주변을 둘러보았다. 술기운에서 완전히 벗어난 것은 아니었지만 어느 정도 정신이 있었던 그는 주변에 아무도 없음을 금세 깨달을 수 있었다.

“다들 어디로 가버린 거야. 빌어먹을… 이거 귀찮게 되었군 그래.”

직접 물을 마시러 가야겠다고 생각한 켈트는 몸을 움직이려 했다.

하나 몸이 마음대로 움직이지 않음을 알게 된 그는 헛바람을 들이켰고, 눈을 휘둥그레 부릅뜨며 자신의 몸을 내려다보았다.

"흐엑! 누가 날 이런 데다 묶어놓은 게냐! 잠시 술에 취해 있던 사이 무슨 일이 있었던 건가? 그리고 이건……"

무엇이라 말을 이어 나가려던 켈트의 입은 금세 다물어졌다. 바로 지금껏 느껴보지 못한 시원함이 다리를 타고 전해져 왔기 때문이었는데, 아니나 다를까, 그의 허리 아래로 원래 입고 있었던 바지는 온데간데없고 검은색의 치맛자락만이 하늘거리며 흔들리고 있었던 것이다. 그리고 치맛자락 위에는 보란 듯이 흰색의 굵직한 글씨로 이렇게 적혀 있었다.

저를 두고 가려 했던 것에 대한 작은 벌입니다. 혼자 반성하는 시간을 가지도록 하세요.

정의의 사도 히안 올림.

글을 읽고서야 자신에게 벌어진 상황을 알 수 있었던 켈트는 이성을 잃으며 고래고래 소리 지르기 시작했다.

"이런 망할 히안 녀석! 당장 이걸 풀지 못해?! 잡히면 가만두지 않을 테다! 당장 이걸 풀라고! 거기 누구 없나?! 히안!!"

처절한(?) 켈트의 몸부림과 외침에도 불구하고 그를 풀어주기 위해 나타나는 이는 없었는데 아무도 그의 외침을 듣지 못했던 것인지, 아니면 의도적으로 묵살하는 것인지는 알 수 없는 일이었다.

듀들란 제국의 수도인 쟈트란에서도 가장 심장부에 위치한 황궁은 타국의 황궁에 비해 개방적인 구조를 띠고 있었다. 외벽은 딱딱한 분위기를 풍기는 돌벽 대신 황궁 안을 들여다볼 수 있는 철제의 울타리가 쳐져 있었고, 동서남북 방향으로 각각 쟈트란 시내로 통하는 큰 출입로가 나 있었다.

그 외에도 크고 작은 입구들이 낮 시간 동안 열려 있어 간단한 절차를 거치는 것만으로 출입이 가능했는데, 외궁의 몇몇 정원들은 일반 시민들에게까지 개방해 주었기에 볕이 좋은 날이면 많은 수의 시민들이 찾아와 쉬곤 했다. 그 밖에도 황실에서는 예술, 문화 행사를 정규적으로 열어주어 시민들이 직접 참여할 수 있도록 유도하였다.

이 모든 것이 황실과 시민들 사이의 거리를 좁히기 위한 하나의 방

편이었다. 이러한 노력 덕분인지 쟈트란의 시민들은 황실에 대해 남다른 유대감을 가지고 있었는데, 큰 행사나 중대사가 있을 시에는 항상 자발적으로 돕기 위해 나서는 이들도 많았고, 이번 제국 개발 사업 발표회 준비 역시 상당 부분 시민들의 도움에 의존하고 있는 중이었다.

타국의 귀빈들을 맞이할 채비에 열을 올리던 쟈트란의 황궁은 예정보다 훨씬 빨리 도착해 버린 도이첸 제국의 손님들 이야기로 더욱 소란스러워져 있었다. 등장부터 심상치 않았던 이유로 그들에 대한 소문들은 시위를 떠난 화살보다 빠르게 황궁의 구석구석으로 퍼지고 있었는데, 아래로는 허드렛일들을 도맡아 하는 잡일꾼에서부터 위로는 고위 귀족들에 이르기까지 모든 대화의 주제로 떠오르고 있었던 것이다.

같은 주제를 놓고서도 위치에 따라 관심 분야는 제각각이었다. 고위 귀족들은 그들의 등장을 정치적인 측면으로 해석하기 위해 토론의 장을 만들었으며, 잡일꾼이나 황궁 근위병 등의 남성들은 비행선의 등장이나 소문이 자자한 미녀들의 등장에 귀와 눈을 기울였다. 또 귀족 부인들과 궁녀들은 나름대로의 이유로 공학원의 젊은 원장에게 큰 관심을 보였는데, 황궁에 흘러 다니는 그에 대한 소식을 주워듣기 위해 온갖 신경을 곤두세우고 있었다.

전후 상황이야 어찌 되었든 뮤스와 일행은 적지 않은 파급을 일으키며 성공적으로 입궁을 할 수 있었고, 수많은 시선을 받으며 황궁에서의 생활을 시작하게 되었던 것이다.

뮤스와 친구들은 숙소가 정리되기를 기다리며 근처의 황궁 정원을 산책하고 있었다. 각국에서 몰려드는 손님들을 맞이하기 위해 새로이 정원을 손본 듯 꽃과 나무들은 깔끔하게 가지치기가 되어 있었고, 곳곳에는 실력 좋은 정원사들의 손을 거친 것으로 짐작되어지는 갖가지 모양의 정원수들이 우뚝 솟아 있었는데, 규모 면에서는 그리 크다고 말할 수 없었지만 흔히 찾을 수 없는 아름다운 정원임엔 틀림이 없어 보였다.

뮤스와 카타리나는 도이첸 제국에서도 이와 비슷한 수준의 정원을 본 적이 있었기에 큰 감흥은 없는 듯했다. 그러나 친구들에게는 이 초록의 정원이 각별하게 느껴졌는지 양탄자처럼 깔려 있는 폭신한 잔디를 맨발로 밟으며 흥분된 모습으로 이곳저곳을 둘러보는 중이었다. 특히 폴린은 정원의 분위기에 완전히 도취되어 눈동자를 촉촉하게 반짝이며 입을 열었다.

"아~ 나도 이런 정원을 가져 봤으면… 히안, 정말 멋지지 않니? 역시 황궁은 뭐가 달라도 다른 곳이구나."

하지만 히안은 무엇엔가 심통이 났는지 입을 삐죽 내밀 뿐 아무런 대답을 하지 않았고 카타리나와 세이즈, 그리고 폴린을 향해 불만이 가득 찬 눈빛으로 쏘아볼 뿐이었다. 결국 히안이 장단을 맞춰주지 않자 들떠 있던 기분이 탁 풀려 버린 폴린은 두 눈썹을 씰룩거리며 되물었다.

"왜 그렇게 인형 뺏긴 여자애처럼 빤히 보는 거니? 뭐가 불만인 거야, 앙!"

이에 잠자코 있을 만한 인내심을 지니지 못했던 히안은 말 한번 잘 꺼냈다는 듯이 그녀를 향해 손가락질하며 따지고 들었다.

“내가 지금 느긋하게 정원 구경이나 하고 있게 생겼냐? 약속을 한번 했으면 끝까지 지켜야 될 거 아냐! 그런 방법으로 교묘하게 빠져나가 버리다니…….”

히안의 말을 듣고 있던 폴린은 자신의 옷차림을 내려다보았다. 그녀의 시야에는 허리에 둘러져 무릎 아래까지 가려지는 푸른색의 천이 들어오고 있었는데, 히안이 심통을 부리는 이유를 뒤늦게야 눈치 챈 폴린은 손뼉을 치며 유쾌하게 웃기 시작했다.

“호호홋! 평민들은 잘 모르겠지만 황궁에서는 꼭 지켜야 할 법도라는 것이 있는 것이란다. 과도한 노출이 금지되어 있다고 하는데 우리 같이 힘없는 사람들이 어쩌겠어? 우리도 내기의 약속을 지켜주고 싶긴 하지만 황궁에서 쫓겨날 판이니 어쩔 수 없잖니? 정말이지 아쉽기 짝이 없네~”

폴린의 말대로 뮤스와 일행은 황궁에 들어서면서 약간의 제재를 받아야만 했다. 황궁 내에서의 규정은 타국의 손님들에게도 부분적으로 적용이 되기 때문이었는데, 그중 이성의 의상을 입는 것에 대해서는 딱히 명시되어 있는 규정이 없었기에 벌쿤은 약간의 해프닝을 겪고서 넘어갈 수 있었지만 여성의 노출 정도에 대한 규정은 엄연히 존재했기에 카타리나와 세이즈, 폴린에게 약간의 제재가 가해졌던 것이다. 그런 이유로 벌쿤은 숙소에서 나오지도 못한 채 켈트와 시간을 보내는 반면 그녀들은 당당하게 황궁을 활보할 수 있었다. 비록 어쩔 수 없는 일이라는 것을 알고 있는 히안이었지만 분한 마음은 숨길 수 없는 터였기에 친구들에게 화풀이를 하는 중이었다.

“그, 그게 어디가 아쉬운 표정이란 말이냐! 좋아서 입이 헤벌쭉 벌어졌는데!”

새침한 표정을 한 폴린은 어깨를 으쓱거렸다.

“어머! 내가 언제 입을 헤벌쭉 벌렸다는 거야? 너, 아무래도 안경이 오래됐나 보구나. 이번 기회에 안경을 새로 맞추는 것이 어때?”

역시 말싸움에서 폴린의 한 수 아래였던 히안은 되받아칠 만한 말을 찾느라 바쁘게 머리를 굴렸고, 폴린은 버벅이는 히안을 보며 이미 자신의 승리를 확신하고 있는 듯했다.

폴린과 히안의 다툼을 잠시 지켜보던 친구들은 별일 아니라는 듯 다시 발걸음을 옮기기 시작했다. 하루에도 여러 번씩 볼 수 있는 일이었던 만큼 그들의 다툼에 이미 무감해진 것이었다.

같은 시간 정원의 한쪽에서 대여섯 명의 궁녀들이 뮤스와 일행이 산책하는 모습을 몰래 훔쳐보고 있었다. 그녀들의 옆에는 침대 시트와 청소 도구들이 가득 쌓여 있는 손수레가 세워져 있었는데, 손님들이 묵을 방들을 정리하기 위해 나온 궁녀들임을 쉽게 알 수 있었다.

하지만 호기심이 왕성한 젊은 나이였던 만큼 해야 할 일들을 잠시 뒤로 미룬 채 도이첸 제국에서 왔다는 손님들에게 모든 정신을 쏟고 있는 것이었다. 사람의 눈 높이만큼 기울어진 나뭇가지 사이로 빼꼼이 얼굴을 내밀고 있던 궁녀들 중 한 명이 먼저 입을 열었다.

“정말 저 중에 도이첸 제국 공학원의 원장이 있다는 거니? 아무리 봐도 우리와 비슷한 또래인 것 같은데, 정말 대단하지?”

그녀의 옆에 있던 궁녀 역시 시선을 떼지 못하며 말했다.

“확실한 경로를 통해 들어온 소식이니까 틀림없을 거야. 그런데 과연 누가 공학원 원장일까? 분명 남자일 테니까 예쁘장한 검은 머리 쪽이 아니면 잘 차려입은 갈색 머리 쪽일 텐데… 음, 아무래도 갈색 머리 쪽일 가능성이 높겠지? 왠지 허약해 보이는 게 책만 파게 생겼잖아? 조금 고리타분해 보이기도 하고."

"응, 그런 것 같아. 옷차림새를 봐도 검은 머리는 하인으로밖에 보이지 않는걸?"

"아! 하녀들과 함께 산책이라도 나온 모양이구나. 그런데 지금 공학원 원장과 이야기하고 있는 하녀는 엄청 성깔있어 보이지 않니? 주인 앞에서 저렇게 뻣뻣하게 굴다니 말이야."

마치 연쇄 반응이라도 하듯이 궁녀들의 수다는 이어지고 있었는데, 금발 머리를 위로 틀어 올린 한 궁녀가 동료들을 향해 답답하다는 듯 팔짱을 끼며 입을 열었다.

"허약하면 어떻고 고리타분해 보이면 어떻니? 공학원의 원장이란 말은 이제 부와 명예의 상징이란 말이야. 즉, 저 사람의 눈에 들기만 한다면 한순간에 인생이 바뀐다는 말이지."

이어 뭔가 결심에 찬 눈빛으로 다른 궁녀들의 얼굴을 한 번씩 둘러본 그녀는 허리에 손을 얹으며 뭔가에 홀린 표정으로 말을 이었다.

"그런 만큼 외모나 성격쯤은 얼마든지 좋게 봐줄 수 있다고. 게다가 콧대 높은 귀족들보다 오히려 접근하기도 쉬울 것 같으니 이만큼 좋은 기회는 없을걸?"

그녀의 말에 다른 궁녀들은 큰일 날 소리라는 듯 눈을 휘둥그렇게 치켜뜨며 되물었다.

"어머! 기회라니? 그건 무슨 소리야? 설마 공학원의 원장에게 접근해 보겠다는 말이니?"

"그러다가 수석 궁녀님들께 들키기라도 하면 어떻게 하려고? 보나 마나 황궁에서 쫓겨날 게 분명해."

하지만 동료들의 우려 어린 목소리에도 불구하고 금발의 궁녀는 이미 마음을 굳힌 듯 제법 강경한 목소리로 대답했다.

"어차피 수석 궁녀로 진급하지 못한다면 몇 년 후에는 황궁에서 나가야 하잖니. 그럴 바에는 한 가닥 희망에 미래를 걸어보는 것도 나쁘진 않을 것 같거든. 그렇지 않아도 예전부터 마땅한 대상을 물색하고 있었는데 마침 잘됐지 뭐. 아무튼 너희들은 마음대로 하렴. 나는 오늘부터 본격적으로 공학원의 원장한테 접근을 시작할 테니까. 호홋! 두고 보라고!"

가벼운 웃음으로 자신감을 대변한 금발의 궁녀는 히안의 얼굴을 한 번 더 뇌리에 각인시키며 남은 일을 마치기 위해 걸음을 옮기기 시작했다. 그리고 자리에 남게 된 궁녀들은 갈등이 되는지 한동안 서로의 얼굴을 살피며 분위기를 관찰하고 있었는데, 금세 모종의 결정을 내릴 수 있었던 궁녀들은 은근한 미소를 띠며 금발의 궁녀가 사라진 뒤를 종종걸음으로 따르기 시작했다.

결국 겉모습만으로 히안에게 자신의 자리를 빼앗겨 버린 뮤스는 아무것도 모른 채 카타리나와 단란한 오후의 한때를 보내는 중이었고, 터무니없는 오해로 인하여 궁녀들의 타깃이 되어버린 히안 역시 폴린과의 말싸움에만 정신이 팔려 있을 뿐이었다.

황궁의 높은 첨탑들이 붉게 지고 있는 석양을 가리며 그림자를 길게 드리웠고, 황궁 곳곳에 우뚝 솟은 굴뚝에서는 저녁 식사 준비를 알리는 흰 연기가 피어오르고 있었다. 수백을 헤아리는 황궁 사람들의 식사 준비는 결코 만만한 일이 아닌 데다가 귀족이나 손님들을 위한 식사 준비에는 더욱 많은 일손이 필요했기에 요리장들은 일찌감치 식사 준비를 시작했지만 시간에 쫓기는 것은 어느 때나 다름없었다. 요리장들의 구슬땀이 한 방울씩 흐를 때마다 음식들은 접시와 그릇에 담기게 되었고 좁은 주방에서 벌어지는 그들만의 전쟁은 점점 끝을 보이고 있었다.

각자 숙소에 짐을 대충 풀어놓은 뮤스와 일행은 그들에게 배정된 식당에 모여 저녁 식사를 하는 중이었다. 그 자리에는 그들 일행뿐만 아니라 투르코스 재상과 장영실, 그리고 루스티커가 함께하고 있었는데, 모두 개인적인 친분이 있는 사이였기에 가벼운 소개와 함께 이야기가 오고 가는 부드러운 분위기였다.

나이프로 노릇하게 구워진 소고기를 자르던 투르코스 재상의 손이 잠시 멈추었다. 그는 껄끄러운 시선으로 벌쿤을 바라보고 있었는데, 아무래도 벌쿤의 옷차림이 그의 신경에 거슬리는 듯했다.

하지만 벌쿤은 투르코스 재상의 따가운 시선을 전혀 느끼지 못한 채 눈살을 찌푸리게 만들 정도로 게걸스러운 모습으로 식사에 열중하는 중이었다. 이래저래 시야가 어지럽혀지자 투르코스 재상은 살며시 얼굴을 찌푸리며 물었다.

"흠흠… 벌쿤이라고 했나? 내가 알기로는 대륙 저 끝의 어느 종족은 남자들도 치마를 입는다고 하던데, 혹시 그곳의 출신인가?"

투르코스 재상의 질의는 식탁 위를 바쁘게 움직이고 있던 벌쿤의 손을 멈추게 만들었다. 그의 손에 들린 포크에는 큼직한 고기가 한 덩어리 찍혀 있었고, 번들거리는 기름기는 식탁보 위로 뚝뚝 떨어지고 있었는데, 마치 벌쿤이 경직된 시간을 재기라도 하는 듯했다. 순간 쇠로 만들어진 포크가 벌쿤의 손가락 안에서 종잇장 접히듯이 휘어지기 시작했다. 즐거운 식사 때만큼은 잠시 잊고자 했던 사실을 투르코스 재상이 일깨우자 기분이 아주 더럽게 변해 버린 것이다.

탁!

옆에서 조용히 상황을 살피던 뮤스는 얼굴에 심상치 않은 웃음을 걸치며 벌쿤의 뒤통수를 때려주었다. 가끔 욱하는 성격을 가진 벌쿤의 입에서 무슨 말이 튀어나올지 몰랐기 때문이었다. 엉겁결에 뒤통수를 얻어맞은 벌쿤은 씩씩거리며 뮤스를 노려보았고, 뮤스는 별일 아니라는 듯 손을 털어내고 있었다.

"아얏! 갑자기 왜 때리는 거야!"

"이런, 이런, 벌써부터 모기가 극성이군 그래. 아무래도 네 피가 맛있나 본데?"

뮤스의 둘러댐에 고개를 한 번 갸웃거리던 벌쿤은 정말 그의 말을 믿는지 얼어맞은 자리를 긁적이며 헤프게 웃어 보였다.

"헤헷! 그런 거였구나. 힘들게 먹어서 피를 채우는데 모기 따위한테 뺏기면 아깝지!"

그리곤 언제 기분 나빴냐는 듯이 엿가락처럼 휘어진 포크를 다시 펴며 꽂혀 있던 고깃덩어리를 입 안으로 쏙 밀어 넣고 있었다.

이로써 분위기가 원래대로 돌아오자 크라이츠가 와인으로 입 안의 기름기를 씻어내며 그에 얽힌 이야기를 투르코스 재상에게 해주었고, 그제야 피치 못할 사정이 있었음을 알게 된 투르코스 재상은 더 이상 신경을 쓰지 않기로 마음먹었다.

식사가 대충 끝나게 되자 말없이 식사에만 열중하던 켈트가 루스티커에게 시선을 돌렸다. 입가에 묻은 빵 부스러기들을 손으로 털어낸 켈트는 기름기가 그대로 묻은 손으로 루스터커의 옷자락을 끌며 땅딸막한 몸을 일으켰다.

"자자! 식사를 다 했으니 우리는 회포나 풀러 가세. 늙은이들이 젊은이들 사이에서 어울리려 해봤자 미운 털만 박히거든. 예전에 약속했듯이 멋진 술들을 챙겨왔으니 기대하게나. 껄껄껄!"

"뭐… 그렇게 하도록 하십시다. 귀한 술이라고 하니 오랜만에 무리를 하고 싶은 기분이 드는군요. 허허헛!"

사실 루스티커는 뮤스와 함께 긴 대화를 나누고 싶었지만 켈트의 손길을 뿌리칠 수도 없었던 터였기에 어쩔 수 없이 따라나서고 있었다.

켈트와 루스티커가 자리를 뜨는 것을 지켜보던 폴린은 잠시 분위기를 살피더니 대뜸 투르코스 재상을 향해 물었다.

"저… 투르코스 재상님, 혹시 지금 쟈트란 시내를 돌아볼 수 있을까요? 쟈트란의 야경이 아름답다는 소문을 귀가 따갑게 들어서 한시라도 빨리 구경하고 싶거든요."

카타리나와 세이즈 역시 귀를 쫑긋 세우며 투르코스 재상의 대답을 기다리는 것으로 보아 사전 의논이 되어 있었음을 쉽게 알 수 있었고, 투르코스 재상은 우려 섞인 표정으로 입을 열었다.

"흠… 황궁의 4대 출입로는 항상 열려 있으니 나가고 들어오는 것은 별문제가 되진 않는다네. 하지만 밤거리를 다니다가 만에 하나 불미스러운 일이라도 당한다면 황실의 입장이 아주 난처해지는데……."

그러나 이쯤에 뜻을 꺾을 폴린이 아니었기에 친구들의 응원을 받으며 투르코스 재상을 설득하기 시작했다.

"물론 저만 나간다는 것은 아니에요. 남자애들도 함께 나갈 테니 별일이야 있겠어요?"

아무 생각 없이 후식으로 나온 파이를 먹고 있던 히안과 벌큔은 폴린이 자신들을 거론하자 뭐라 말을 하려 했다. 하지만 카타리나와 세이즈가 그들의 입을 막아버렸기에 뜻을 이루지 못했고, 폴린은 투르코스 재상을 향해 애처로운 눈빛을 계속해서 날리고 있었다.

투르코스 재상이 대답을 주저하자 크라이츠가 미소 지으며 입을 열었다.

"호홋! 저 아이들이 원하는 대로 해주세요. 일주일 동안 비행선 안에서만 생활하느라 답답했을 테니까요. 만약 우려할 만한 일이 일어난다고 해도 황실에 책임을 전가하진 않을 테니 걱정은 안 하셔도 될 거예요."

크라이츠가 부탁한 이상 거부할 수도 없었던 투르코스 재상은 장영실을 바라보며 말했다.

"괜찮다면 자네가 이 젊은이들을 안내해 주지 않겠나? 이대로는 마음이 놓이지 않아서 말이지."

하지만 장영실은 안타깝다는 듯이 어깨를 으쓱거리며 대답했다.

"후훗, 보기와는 다르게 근심이 많으시군요. 죄송하지만 재상 각하의 부탁을 들어드리기가 힘들 것 같습니다. 재상 각하께서도 아시다시피 이제 발표회가 닷새밖에 남지 않아서 오늘도 밤을 새워야 할 판국이니까요. 그리고 아까 켈트님의 말씀대로 젊은이들 사이에 껴서 눈치 없는 아저씨로 보이기는 싫습니다."

잠시 말을 끊은 장영실은 일어서며 의자에 걸쳐 놓은 흰색의 연구복에 팔을 꼈다. 그리곤 투르코스 재상과 크라이츠를 향해 살짝 고개를 숙이며 말을 이었다.

"발표회가 가까이 다가온 만큼 시내 치안에 각별한 신경을 쓰지 않으셨습니까? 그러니 안심하고 허락을 해주시지요. 그럼 저는 아직 끝마치지 못한 일이 있어서 먼저 실례하도록 하겠습니다."

"자네까지 그렇게 말을 한다면야 어쩔 수 없지. 허락하도록 하겠네."

투르코스 재상의 허락이 떨어지자 폴린과 친구들은 기쁜 마음에 입을 다물 줄을 몰랐고, 여장 차림으로 그녀들을 따라다녀야 할 운명에 놓인 벌쿤은 울상을 짓고 있었다. 잠시 그들의 기뻐하는 얼굴을 흐뭇하게 바라보던 장영실이 식당에서 나가려 하자 뮤스 역시 급히 따라나서며 말했다.

"바쁘시다면 제가 도와드리도록 하겠습니다. 함께 가시죠."

뮤스의 말에 잠시 발걸음을 멈춘 장영실은 너털웃음을 터뜨리며 손을 내저었다.

"하하핫! 마음은 고맙지만 듀들란 제국의 공학원은 외부인의 출입이 엄격하게 금지되어 있단다. 지금 너와 나는 서로 경쟁하고 있지 않더냐? 그러니 내 걱정은 하지 말고 친구들과 함께 시간을 보내도록 하거라. 후훗, 예전에는 너무나 철없는 꼬마였는데 요즘은 딱 애늙은이 같은 느낌이야."

말을 마친 장영실은 입가에 미소를 보이며 등을 돌렸고, 그에게 뭐라 할 말이 없었던 뮤스 역시 실소와 함께 다시금 자리에 앉을 수밖에 없었다.

"하핫… 애늙은이 같다니… 정말 그런가?"

뮤스가 혼잣말을 중얼거리자 살며시 다가온 세이즈는 손으로 턱을 받치며 진지한 얼굴로 말했다.

"흠, 확실히 미개척지에서 돌아온 이후로 할아버지 같은 말만 하는 것 같아. 그렇지 않니, 카타리나?"

세이즈가 묻자 카타리나 역시 자못 심각한 표정으로 생각에 잠겼는데, 지난 몇 개월간 뮤스가 보여준 행동들에 대해 생각해 보는 듯했다.

"으음… 애늙은이라고까지 말하기는 좀 그렇지만 확실히 뭐랄까… 예전에 비해 가끔씩 튀어나오는 말투나 행동이 어른스럽긴 해. 그래도 나쁠 건 없잖니?"

"아마 대현자님과 오랜 시간을 보내서 그럴 거야. 혹시 이러다가 할아버지들처럼 시시콜콜한 말만 할지도 모르지. 아! 그 옛날의 귀엽던 뮤스는 어디에 갔을까나~"

폴린이 과장된 몸짓과 함께 이야기에 끼어들었는데, 그것을 본 카타리나는 걱정스런 표정을 지었다.

"정말 그럴까? 앙~! 그런 건 별로 달갑지 않은데……."

카타리나까지 수긍하는 분위기로 흐르자 뮤스는 당황한 듯 말을 더듬으며 그들의 대화를 끊고 나섰다.

"이, 이봐, 이제 막 스물을 넘긴 사람한테 늙은이라니?! 그런 이야기는 차라리 나 없는 데서 하라고! 다들 싱거운 소리는 그만 하고 더 늦기 전에 시내 구경이나 가자."

괜히 음성을 높인 뮤스는 먼저 자리에서 일어나 친구들을 향해 서두르라는 손짓을 하며 밖으로 걸음을 옮겼다. 그런 뮤스를 본 카타리나와 세이즈, 그리고 폴린은 장난스러운 얼굴을 하며 피식 웃었고, 억지로 버티고 있는 히안과 벌쿤의 팔을 이끌며 뮤스의 뒤를 따르기 시작했다.

뮤스와 친구들이 몰려 나가면서 크라이츠와 투르코스 재상만이 남은 식당은 고요하기 그지없었다. 크라이츠가 차를 들이키는 소리만이 어색하게 둘 사이를 맴돌고 있었는데, 투르코스 재상의 본래 성격을 잘 알고 있던 크라이츠는 조심스럽게 찻잔을 내려놓으며 먼저 말을 꺼냈다.

"정말 맑은 아이들이죠? 처음에는 호기심으로 공학원의 일을 시작했다가 요즘은 뮤스와 저 아이들을 보는 재미로 살고 있답니다."

투르코스 재상의 얼굴은 평소와 다름없는 딱딱한 표정이었지만 착각이었는지 온기가 감도는 듯했다. 뮤스와 친구들이 앉아 있던 자리를 훑어보던 투르코스 재상은 고개를 끄덕이며 대답했다.

"크라이츠님의 말씀대로 참으로 보기 좋은 젊은이들이군요. 한데 크라이츠님께서 그런 감상적인 면을 가지고 계신다는 것이 조금 의외입니다."

그의 말을 들은 크라이츠는 편안한 표정으로 팔걸이에 몸을 기대며 말했다.

"뭐, 드래곤도 아예 감정이 없는 존재는 아니니까요. 다만 인간들에 비해 감정을 잘 다스릴 수 있는 것일 뿐이죠. 인간보다 정신적인 측면에서 월등한 이유도 있고 지루할 만큼 긴 수명을 가졌기에 먼저 죽게 될 인간에게 쉽게 정을 주지도 않는 것이랍니다."

투르코스 재상은 잠잠히 그녀의 이야기를 듣고만 있었다. 지금 그의 머리 속에는 그녀를 만나면 꼭 하고자 했던 하나의 질문이 맴돌았기 때문이다. 시간이 흐를수록 젊은 시절의 생생한 기억들이 그의 뇌리에 하나씩 떠올랐고 오래전에 잊었던 것이라 여기던 미묘한 감정이 그의 가슴을 죄어오기 시작했다. 한동안 그렇게 침묵으로 일관하던 투르코스 재상의 입에서 묵직한 음성이 흘러나오기 시작했다.

"크라이츠님을 다시 만나게 된다면 한 가지만 묻고 싶었습니다. 정녕 가비르… 그에게 정을 느끼셔서 세 번째 내기에서 그의 손을 들어 주셨던 것입니까?"

이미 짐작하고 있던 내용이었는지 크라이츠의 얼굴에서 망설임 따위의 감정은 찾아볼 수 없었다. 턱을 매만지던 그녀는 마치 남에게 들었던 이야기를 전해주기라도 하는 듯 평소와 다름없는 태도로 대답했다.

"투르코스 경은 이제 가정을 가졌으니 솔직히 말해도 괜찮겠죠? 사실 가비르 경이나 투르코스 경 모두에게 관심이 없었답니다. 당시의 유희는 순수한 학자로서 이름을 날리는 것이 목적이었기 때문에 연애에 신경을 쓸 이유가 없었던 것이죠."

너무나 쉽게 흘러나오는 그녀의 대답에 투르코스 재상은 멍한 표정을 하고 있었다. 지난 30년간 품어온 질문의 대답치고는 너무나 허무했기 때문이었다.

"그렇다면 제가 아니라 가비르를 선택한 이유는 무엇입니까?"

그의 물음에 머쓱한 미소를 지은 크라이츠는 볼을 붉적이며 대답했다.

"쉽게 말하자면 운이 좋았다고나 할까요? 수업을 끝내고 방에 돌아와 보니 두 분이 보내주신 청혼 편지가 방바닥에 떨어져 있더군요. 그렇지 않아도 피곤하던 차에 길게 생각하기도 귀찮아서 위에 올라와 있던 가비르의 청혼 편지를 선택하게 된 거예요. 선착순이라고나… 아!"

말을 하다 말고 갑자기 손뼉을 친 크라이츠는 뭔가 새로운 사실을 알아냈다는 듯 눈을 동그랗게 뜨며 말을 이었다.

"어머! 빨리 온 편지가 바닥에 깔리고 늦게 온 편지가 그 위를 덮게 되니… 그럼 당신이 가비르 경보다 한발 앞서서 청혼 편지를 보낸 것이로군요? 호홋! 착각을 해버렸네? 먼저 보낸 사람을 선택한다는 것이 그만……."

순진한 표정으로 말을 하고 있는 크라이츠를 보며 투르코스 재상은 자신도 모르게 웃음을 터뜨리기 시작했다.

"푸하하하하핫!"

타인 앞에서 근 30년 만에 보이는 웃음이었지만 어색함은 전혀 없어 보였고, 오히려 딱딱한 얼굴보다 훨씬 잘 어울리는 듯했다.

"하아! 겨우 그런 이유였다니 정말 허무하기 짝이 없군요. 후훗! 하지만 왠지 모르게 가슴이 후련합니다. 무겁게 짊어지고 있던 큰 짐을 내려놓은 느낌이랄까요? 쿠쿠쿡."

투르코스 재상은 그렇게 얼마나 웃었는지 눈에는 눈물까지 흘리고 있었다. 반면 따분한 표정의 크라이츠는 손으로 부채질을 하며 그의 웃음이 멈추길 기다리고 있었는데, 조금 더 길어지면 짜증까지 날 참이었다.

"이제 그만 좀 웃어요! 가비르 경과의 약속을 이대로 깨버릴 참인가요?"

힘든 모습으로 배를 부여잡고서 웃던 투르코스 재상은 애써 웃음을 참으며 크라이츠의 말에 손을 내저었다.

"큭… 이런, 죄송합니다, 크라이츠님. 얼떨결에 가비르와의 약속을 어기게 되어버렸군요. 하아… 한데 이 사실을 가비르도 알고 있습니까?"

"아직 가비르 경에게는 말을 하지 않았어요. 결혼을 하지 않아서인지 당신처럼 여유롭게 그 사실을 받아들일 수 없어 보였거든요."

"후훗, 그럼 그냥 저만 알고 있도록 하겠습니다. 그보다 가비르에게 내기의 약속을 지키지 못한 것에 대해 사죄의 편지라도 써야겠군요."

"호오… 이대로 가비르와의 약속을 없었던 것으로 할 생각인가 보군요. 그 대단하던 자존심도 흐르는 세월에 씻겨 흐릿해져 버린 것인가요?"

웃다가 지친 몸을 등받이에 기댄 투르코스 재상은 만면에 여유로운 미소를 띠며 대답했다.

"그럴지도 모르죠. 이렇게 마음이 홀가분해진 이상 그에게 비난받는다 하더라도 얼마든지 받아들일 수 있을 것 같습니다. 어쩌면 우리 둘 모두 서로의 눈치를 보며 때를 기다려 왔을지도 모르는 일이니까요."

"30여 년 만의 화해라… 흥미롭군요."

크라이츠조차도 생각지 못한 의외의 행동이었는지 눈에 이채를 띠며 투르코스 재상의 얼굴을 바라보았고, 잠시 생각에 잠기던 그녀는 무슨 이유에서인지 아무런 말 없이 미소만을 피워 올리고 있었다.

자신의 몸 전체를 드러낸 만월이 하늘에 걸려 있었지만 쟈트란의 시내를 밝힌 불빛 앞에서는 미약하기 그지없어 보였다. 전뇌등을 이용한 가로등이 아직 켜지지 않고 있음에도 불구하고 저녁 식사 시간을 맞은 음식점들과 빵집, 그리고 오가는 사람들의 눈길을 사로잡는 여러 상점들이 밝히고 있는 불빛만으로 쟈트란의 시내는 대낮과 다름없는 모습이었는데, 이는 쟈트란이 얼마나 활기 넘치는 도시인지를 단적으로 보여주는 것이었다.

반듯한 대리석이 촘촘하게 깔린 거리로 수많은 사람들이 오가고 있는 중이었다. 심심치 않게 타인의 어깨와 부딪칠 정도였으나 사람들은 번잡한 거리에 익숙한 듯했고, 얼굴에는 여유로움이 감돌고 있었다.

그러한 사람들의 무리 속에 뮤스와 친구들 역시 끼어 있었다. 그들은 이국적인 쟈트란의 분위기에 빠져 정신을 못 차리는 상태였는데, 축제 기간을 제외하곤 이렇게 화려한 도시의 야경을 볼 수 없는 라이델베르크와 크게 비교가 되었기 때문이다.

카타리나를 비롯해 폴린과 세이즈, 이 세 명의 여성들은 줄을 지어 늘어서 있는 가게들의 진열장을 빠른 속도로 훑으며 이리저리 거리를 활보하고 있었다. 그녀들은 일찍이 본 적 없는 신기한 물건들을 보는 족족 사들이며 만족감을 얻는 중이었고, 여행에서 쌓인 피로감은 이미 머리 저편으로 건너간 지 오래였다.

"어머! 저 목걸이도 굉장히 특이하지 않니? 세공은 조금 투박한 것 같지만 쉽게 볼 수 없는 모양이야.”

“정말 그렇네! 꺄~! 할인 중이라서 겨우 50셀피밖에 안 하는걸? 이 가격이면 거저나 다름없지!”

“역시 듀들란 제국은 귀금속에 물리는 세금이 없어서 그런지 엄청 싸구나! 어서 들어가서 둘러보자!”

호흡을 멋지게 맞춘 그녀들은 아무런 거침도 없이 귀금속 가게의 문을 밀고 들어가 버렸다.

결국 길거리에 남게 된 세 남자들은 이미 지쳐 버렸는지 녹초처럼 허물어지며 가게의 계단 턱에 주저앉아 버렸다. 모두들 새삼 여자들의 저력에 놀라고 있었는데, 무려 다섯 시간 이상을 쉼없이 걸어다니고도 쌩쌩한 그녀들을 보니 절로 혀가 내둘러지는 것이었다.

허리에 묶고 있던 앞치마로 이마에 흐르는 땀을 닦은 뮤스는 나직한 한숨과 함께 먼저 말문을 열었다.

“헤휴… 카타리나가 저렇게 건강하다는 사실은 정말 처음 알았다고. 웃어야 할지 울어야 할지…….”

짧은 치마를 잘 추스른 채 다소곳이 앉아 있던 벌쿤 역시 고개를 끄덕이며 뮤스의 말에 맞장구를 쳤다.

“나도 그래. 어디서 저런 힘이 나오는지… 그보다 세이즈가 물건 사는 걸 저렇게 좋아할 것이라곤 상상도 못했는걸? 오늘 쓴 돈만 해도 얼만지 모르겠네.”

그들의 말에 아픈 다리를 두들기고 있던 히안이 코웃음을 치며 말했다.

“훗! 그게 바로 여자들의 습성이라고 하는 거야. 세상의 모든 여자들은 쇼핑하면서 돌아다니는 걸 좋아하고, 그럴 때는 무한에 가까운 체력을 끌어내지. 예전에 한번은 폴린을 따라 열 시간 이상 돌아다닌 적도 있다고!"

뮤스와 벌쿤은 히안의 말에 믿을 수 없다는 듯한 표정을 지었고, 목과 팔을 이리저리 움직이는 것으로 몸을 푼 히안은 창 너머로 가게 안에 있는 폴린의 모습을 조심스럽게 살피며 말을 이었다.

"말이 나왔으니 하는 말인데, 폴린과 결혼해서 함께 살면 아마 내 등골이 남아나질 않을 거야. 심심하면 쇼핑 나가서 돈 쓸 궁리나 하고 있으니, 나의 능력으로서는 역부족인 것 같다. 에휴, 그렇다고 성격이라도 좋나? 툭하면 주먹질이고 사람을 바보 취급하니 정말 못살겠다구. 어디 좋은 여자가 없을까? 괜찮은 여자만 나타나면 그날로 폴린과는 끝이야!"

한탄이 섞인 목소리로 토로하던 히안은 등 뒤로부터 문득 싸늘한 기운이 흐르기 시작함을 느꼈고, 생존 본능에 의해 그의 입은 다물어지게 되었다.

"지금 뭐라고?!"

아니나 다를까, 그의 고막을 긁는 날카로운 목소리가 들려오자 다급해진 히안은 어줍잖은 변명이라도 해볼 생각으로 급히 고개를 돌리려 했다. 하지만 눈 깜짝할 사이에 날아온 손바닥에 의해 그의 고개는 생각지 않은 방향으로 돌아가 버렸다.

찰싹!

"그래! 자신있으면 네가 원하는 그런 완벽한 여자를 찾아보란 말이야! 나 정도 되니까 지금까지 너 같은 애랑 교제를 해준 거지 다른 여자였다면 어림없었다구! 흥! 내가 미쳤지, 미쳤어. 저런 녀석을 남자 친구라고 생각해 왔다니 말이야!"

빰을 얻어맞은 데다 정신없이 쏟아져 나오는 폴린의 말을 듣고 있다 보니 히안 역시 감정이 상하는지 몸을 일으키며 그녀를 쏘아보았다.

"그럼 어디 누가 잘못했는지 따져 볼까?! 툭하면 친구들 앞에서 나를 깔아뭉개고, 꼬투리 잡고, 무시하고, 항상 다른 녀석들과 비교 따위나 하잖아! 게다가 잘난 녀석들만 보이면 아양 떨면서 친해질 궁리나 하는데, 그게 남자 친구 앞에서 할 만한 일이냐? 입이 있으면 한번 말해 보라고!"

"그, 그건……."

평소와 다르게 히안이 무서운 표정으로 따지고 들자 폴린은 당황한 듯 말을 더듬고 있었다. 지금까지 수시로 다투긴 했지만 이렇게까지 말한 적이 없던 히안이기에 폴린이 받은 충격은 적지 않은 것이었는데, 큼직한 눈동자 주위로 눈물까지 고이고 있었다.

"아무것도 모르면서……."

떨리는 목소리로 나직하게 중얼거린 그녀는 눈물을 보이기 싫은지 몸을 돌려 어디론가 걸어가기 시작했다. 어깨가 축 처진 폴린의 뒷모습을 지켜보던 카타리나는 일이 심상치 않게 돌아감을 느끼곤 급히 그녀를 좇아가며 뮤스를 향해 말했다.

"뮤스, 폴린을 따라가 봐야겠어. 나중에 황궁으로 바로 갈게!"

"나도 함께 갈 테니까 벌쿤, 너는 길 잃지 않게 조심하렴! 다른 여자한테 한눈팔지도 말고!"

뮤스는 고개를 끄덕여 대답했고, 벌쿤은 아쉬움이 남는지 세이즈의 모습이 보이지 않게 될 때까지 손을 흔들며 배웅해 주었다.

그녀들이 사라지게 되자 뮤스와 벌쿤의 시선은 자연스럽게 히안에게로 향했다. 그는 아직까지도 분을 삭이지 못한 듯 씩씩거리고 있었는데, 잠시 주변을 둘러본 뮤스는 술집 간판을 하나 발견하고는 히안의 어깨를 두들기며 말했다.

"이렇게 서 있을 게 아니라 어디 좀 들어가서 이야기하자. 저기가 괜찮은 것 같은데, 어때?"

그의 제안에 고개를 끄덕인 히안이 먼저 걸음을 옮겨 술집으로 들어갔고, 뮤스와 벌쿤 역시 서로 눈빛을 주고받으며 그의 뒤를 따랐다.

건물 사이의 좁다란 골목, 그사이에 몸을 숨긴 채 술집으로 들어가는 세 남자를 지켜보는 한 쌍의 눈이 있었다. 눈의 주인공은 후드를 머리까지 뒤집어쓴 왜소한 체형의 인물이었는데, 은신의 기초도 모르는지 그 흔한 검은 후드를 놔두고서 흰색의 후드를 뒤집어쓰고 있는 모습이었다.

"호호홋! 어디를 갔나 했더니 여기 있었군. 하인들과 술이라도 마시려는 것일까? 호호호! 뭐, 술에 취한 상태라면 일이 한결 수월해지니 상관없어. 술 냄새는 좀 나겠지만 말이야."

후드의 안으로부터 흘러나온 목소리는 놀랍게도 여성의 것이었는데, 그녀가 무슨 일로 이렇듯 세 남자들을 미행하는지는 알 수 없지만, 한 가지 확실한 것은 주변 사람들의 시선이 모두 그녀에게 집중되어 있는 것으로 미루어보아 그녀의 미행이 전혀 비밀스럽지 않다는 점이었다. 흰 후드의 여인은 그쯤이야 어쨌든 상관없다는 듯 타인의 시선을 전혀 의식하지 않은 채 종종걸음을 걸으며 술집으로 향했고, 그녀를 신기한 듯 바라보던 사람들은 다시금 가던 길을 재촉하고 있었다.

북적거리는 사람들과 시끄러운 대화 소리, 허공에는 매캐한 연기가
가득 차 있고, 주정꾼들이 쏟은 술 냄새가 여기저기 배어 있는 전형적
인 선술집이었다. 제각각 다른 모양의 테이블들이 빈 공간이 없을 정
도로 빽빽하게 들어차 있었고 서툰 솜씨로 수리해 놓은 의자들이 그
주변으로 널려 있어 정신을 사납게 만드는 곳이었지만, 싼 가격에 음식
과 술을 제공해 주었기에 이곳을 찾은 사람들은 별다른 불만을 가지지
않는 듯했다.

뮤스와 히안, 그리고 벌쿤 역시 가게의 한곳에 자리를 잡고 앉아 있
었다. 테이블에는 몇 가지의 안주와 작은 술병들이 나와 있었는데, 안
주는 모두 벌쿤의 앞쪽에, 그리고 술병은 모두 히안의 앞쪽에 놓여 있
는 상태였기에 그 사이에서 심심하게 앉아 있던 뮤스는 연이어 비워지
는 히안의 술잔에 술을 따라주는 중이었다.

술이 어느 정도 들어갔는지 눈동자가 살짝 풀린 히안을 보며 걱정스
러운 얼굴을 한 뮤스는 그의 어깨를 두들기며 입을 열었다.

"히안, 아직도 화가 나 있는 거냐? 네 심정을 이해하지 못하는 것은
아니지만, 아무리 화가 나도 그렇지 아까는 말이 너무 심했던 것 같다.
내일 폴린에게 먼저 사과하도록 해. 티격거리긴 하지만 지금도 예전처
럼 폴린을 좋아하는 것만은 틀림없잖아?"

뮤스의 말에 술을 받고 있던 히안은 피식 웃으며 말했다.

"훗! 네 말대로 아직 폴린을 좋아하지. 하지만 너는 내 심정을 이해
하지 못해. 제법 잘생긴 얼굴에 능력있지, 게다가 성격도 좋고… 어디

다가 내놔도 빠지지 않는 네가 내 마음을 어떻게 알겠냐 말이다. 몸도 비실비실하고 능력도 대단치 않은 데다가 성격까지 이따위인 내 마음을 어떻게 알겠냐고. 후우……."

한숨을 내쉰 히안은 술을 한 모금 더 하며 말을 이었다.

"아까는 모두 폴린의 잘못인 듯 소리를 질렀지만, 따지고 보면 모두 내가 잘나지 못한 탓이야. 후훗, 원래 잘나지 못한 녀석들은 사랑할 자격도 없는 것이니까 말이야."

너무나 자신을 비하하는 히안의 이야기를 듣고 있던 뮤스는 안타까운 듯 혀를 차며 얼굴을 찌푸렸다.

"쯧쯧, 꼭 그런 쪽으로 생각할 필요는 없잖아? 폴린도 너에 대해서 알 만큼 알고서 사귀기로 결정했던 거야. 너의 능력이나 외모 따위보다 그저 히안이라는 사람을 좋아했기 때문에 지금까지 교제를 해왔던 거라고. 그러니 네가 못났다느니 어쩌니 하는 생각은 잊어버려."

"그럼 폴린은 대체 왜 그렇게 나한테 쌀쌀맞게 구는 거냐? 그 이유도 알고 있으면 제발 좀 가르쳐 줘! 그래야 내가 노력을 해보기라도 할 거 아냐!"

히안의 목소리가 조금 높아지고 있을 때 조용히 그들의 대화를 들으며 안주만을 축내던 벌쿤이 무슨 생각에서인지 고개를 갸웃거리며 끼어들었다.

"흠… 지금 막 생각난 건데 말이야, 폴린 누나는 확실히 히안 형을 좋아하고 있어. 그것도 상당히 많이 말이야."

뜬금없는 말에 뮤스와 히안의 시선은 벌쿤의 얼굴 위로 고정되었고, 술잔을 내려놓은 히안은 정신을 바로 차리며 되물었다.

"무슨 근거로 그런 말을 하는 거야? 지금까지 폴린이 나한테 해온 모양을 보면 그런 말이 안 나올 텐데?"

히안의 되물어오자 머리를 긁적인 벌쿤은 가물가물한 기억을 되짚으며 말했다.

"왜 이틀 전 비행선에서 형이 우리 옷을 만들 천을 구하러 비행선 아래로 내려갔었잖아."

"응, 그랬지."

"켈트 아저씨가 술에 잔뜩 취해 형을 떼어놓고 간다고 비행선을 출발시키려 했을 때 폴린 누나가 엄청 놀라서 소리를 지르더라고. 형이 크게 다칠지도 모른다면서 말이지. 아마 뮤스 형도 기억하고 있을 걸?"

뮤스 역시 그때의 기억이 떠올랐는지 무릎을 치며 탄성을 내질렀다.

"아하! 그래, 맞아. 나도 똑똑히 기억하는데 안색까지 하얗게 변해가지고 켈트 아저씨와 실랑이를 벌였었어. 만약 애정이 식었다면 그렇게까지 할 필요는 없었을 텐데 말이야."

뮤스와 벌쿤의 증언으로 인해 히안은 술기운이 싹 달아남을 느꼈고 얼굴에는 희색을 떠올리며 중얼거리기 시작했다.

"그, 그런 일이 있었구나! 그럼 대체 뭣 때문에 그렇게 쌀쌀맞게 구는 거지? 오히려 더 이해가 가지 않는걸?"

남은 안주를 입 안으로 털어 넣고 있던 벌쿤은 히안의 중얼거림에 지나가는 말로 대답했다.

"그럼 이유는 다른 데 있겠지. 예를 들면 욕구 불만이라든지……."

"쿨럭!"

갑작스런 벌쿤의 말에 뮤스는 헛기침을 삼켜야만 했는데, 다른 이도 아닌 벌쿤의 입에서 그런 말이 나오리라곤 생각지도 못했기 때문이었다.

"서, 설마 그렇기야 하겠어? 욕구 불만이라니, 대체 무슨 소리를 하고 있는 거야."

"역시 그럴 리는 없겠지?"

벌쿤 역시 자신의 생각이 어처구니가 없다고 생각했는지 고개를 설레설레 저었다. 하지만 히안만은 호기심 어린 눈빛으로 뮤스와 벌쿤의 얼굴을 살피고 있었는데, 아무래도 그들의 이야기를 완전히 이해하지 못하고 있는 듯했다.

"욕구 불만? 그런 게 왜 생기는 건데?"

히안이 진지하게 물어오자 벌쿤은 믿을 수 없다는 표정을 지으며 그의 얼굴을 살피기 시작했다.

"엥, 정말 몰라서 묻는 거야? 아니면 모르는 척하는 거야? 말 그대로 하고 싶은 걸 못해서 생기는 거지. 서로 더욱 가까워질 수 있도록 만드는 행동들. 즉, 포옹이나 입맞춤 따위를 오랜 시간 동안 못하면 그런 게 생길 수도 있다구. 물론 모든 사람이 그런 건 아니지만 말이야."

벌쿤의 이야기를 듣고 있던 뮤스는 오히려 자기가 더 부끄러운지 얼굴을 붉히고 있었다. 그러나 히안의 반응은 더욱 가관이었는데 하얗게 질린 얼굴을 한 그는 말까지 더듬으며 되묻는 것이었다.

"이, 입맞춤! 서, 설마 너희들은 벌써 그런 걸 해봤다는 거냐! 너는 세이즈랑? 그리고 뮤스는 카타리나랑?"

그러한 히안을 보며 눈을 휘둥그렇게 뜬 뮤스와 벌쿤은 약속이라도 한 듯 동시에 외치고 있었는데, 여러 가지의 의미가 복잡하게 섞여 있는 외침이었다.

"그럼 설마! 아직까지?!"

이어 벌쿤은 심각한 표정으로 턱을 매만지며 나직한 음성을 흘리기 시작했다.

"흐음… 역시 그런 이유가 있었군. 과연 폴린 누나가 그런 행동을 할 만하지. 눈치없는 히안 형이 그동안 얼마나 원망스러웠을까."

벌쿤과 비슷한 표정을 짓고 있던 뮤스 역시 히안의 어깨를 찬찬히 두들겨 주며 말했다.

"모든 것이 명확해졌구나. 이제 네가 뭘 해야 할지 알겠지? 더 이상 우리가 도와줄 일은 없는 거야."

히안은 충격에서 쉽게 헤어 나오지 못하는 듯했는데, 연거푸 술을 네 잔이나 들이킨 그는 입술을 부르르 떨더니 심호흡을 몇 차례 한 후에야 겨우 입을 열 수 있었다.

"지, 지금까지 결혼을 해야지만 입맞춤을 할 수 있다고 생각해 왔었다. 저, 정녕 혼전 입맞춤이 허락을 받을 수 있는 일이란 말이냐! 20년간 지켜온 나의 순결한 입술을 그녀에게 바쳐야 할 때가 벌써 온 것인가!"

절규와도 같은 독백을 하고 있는 히안을 바라보며 뮤스는 긴 한숨을 내쉬었다.

"헤유, 대체 뭐야, 이 녀석은. 어떤 가정교육을 받았길래 이러는 건지……."

그리곤 히안에게서 등을 돌리며 자리에서 일어났는데, 쉽사리 진정이 될 분위기가 아닌 듯했고 더 이상 해줄 충고도 없었기 때문이다.

결국 히안에게 생각할 시간을 주는 것이 좋겠다고 생각한 뮤스는 술집 주인에게로 다가가 웃돈을 얹어주며 잠시 히안을 돌봐줄 것을 부탁했고, 시원한 바람이나 쐬고 돌아올 겸 벌쿤을 이끌고 술집을 나섰다.

그들의 모습이 사라지자 출구의 옆에 놓여 있던 조그마한 상자가 혼자서 움직이기 시작했다. 가게의 어두운 분위기와 어울리지 않게 흰색의 천이 씌워져 있는 그 상자는 눈과 다리라도 달린 듯 사람과 사람 사이를 유유히 빠져나가고 있었는데, 그 모습을 본 사람들은 하나같이 눈을 부비며 자신의 눈을 의심해야만 했다. 하나 그것도 잠시, 술기운 때문에 헛것이 보이는 것이라 생각한 사람들은 다시금 술잔을 기울였고, 움직이는 상자에 대한 기억은 금방 그들의 머리 속에서 지워져 버렸다.

이윽고 움직이던 상자는 히안이 앉아 있는 자리에 닿게 되었다. 그리고 방향이라도 잡으려는 듯이 제자리에서 한차례 돌더니 갑작스레 중심부가 솟아오르며 사람의 형상으로 변하는 것이었다.

이렇게 해서 모습을 나타낸 이는 다름 아닌 뮤스 일행을 따라다니던 흰색 로브의 여인이었는데, 나름대로의 고난도 기교를 발휘하며 술집 잠입(?)에 성공한 그녀는 답답함을 느끼고 있었는지 곧바로 얼굴을 가리고 있던 로브를 뒤로 젖히며 입을 열었다.

"휴우! 정말 더워 죽는 줄 알았네. 쳇, 로브는 왜 이렇게 두껍게 만드는 거야? 여름용으로 좀 얇게 만들면 안 되는 건가."

투덜거리는 목소리와 함께 얼굴을 드러낸 그녀의 정체는 놀랍게도 히안을 공학원의 원장으로 착각하고 있는 금발의 궁녀였다. 하지만 지금 그녀에게서는 궁녀로서의 단정한 모습은 찾아볼 수 없었는데, 꽤나 고생을 한 듯 반듯하게 틀어 올렸던 머리카락은 이미 지저분하게 헝클어진 지 오래였고, 땀이 맺힌 얼굴은 불빛에 반사되어 번들거리고 있었다. 이러한 사실을 본인 역시 잘 알고 있었는지 다른 것은 뒤로한 채 서둘러 머리와 얼굴을 매만지며 행색을 바로잡기 시작했다.

탁자에 한쪽 팔을 기대어 술잔을 기울이던 히안은 근심조차 잊은 채 눈앞에 나타난 수상스러운 여인을 바라보는 중이었다.

"뭐, 뭐지, 이 여자는? 멀쩡하게 생겨 가지고… 딸꾹!"

급하게 술을 마신 탓으로 그의 눈은 벌써부터 반쯤 풀어진 상태였는데, 금방이라도 감겨 버릴 듯 위태로워 보이고 있었다. 분주하게 머리를 다듬던 궁녀는 뒤늦게야 히안의 시선을 의식하며 움직임을 멈추었다. 그리곤 나름대로 교태로운 미소를 띠더니 히안의 옆 자리에 앉으며 매혹적인 목소리로 말을 걸기 시작했다.

"호호홋! 처음 뵙겠어요. 저는 유리아네뜨라고 해요. 줄여서 율리라고들 부르죠. 그쪽은 이름이 뭐죠?"

율리라는 이름을 가진 궁녀는 여유로운 자세로 히안의 대답을 기다렸다. 지금까지 이 정도의 성의를 보여서 넘어오지 않은 남자가 없었던 경험을 통해 히안 역시 쉽게 넘어올 것이라 생각하고 있는 듯했다. 하지만 히안의 태도는 냉담하기 그지없었는데, 바로 언어의 장벽이 문제였던 것이었다.

"으음… 이 여자가 뭐라고 그러는 거야? 율리? 율리는 7월을 말하는 건데… 아직 5월이라고. 정말 이상한 여자군 그래. 어라?!"

횡설수설 마음대로 그녀의 말을 해석하던 히안은 문득 세상이 빙글 도는 것을 느끼며 입을 다물었다. 이어 세상이 어두워지며 몸이 곤두박질쳐지는 느낌을 받았는데, 허우적거리려 해도 몸은 말을 듣지 않았고 의식은 점점 멀어져 가고 있었다.

콰당!

율리는 눈앞에서 허물어지는 히안의 모습을 보며 아찔함을 느끼고 있었다. 그는 탁자에 기대어 있던 모습 그대로 바닥에 쓰러진 상태였는데, 입에서는 악취를 풍기는 오물들이 흘러나와 있었고, 팔과 다리가 축 늘어진 것으로 보아 정신을 완전히 잃었음을 알 수 있었다. 이런 일을 난생처음 경험한 율리는 충격을 숨기지 못한 듯 어깨를 부들부들 떨며 중얼거렸다.

"완전히 정신을 잃어버린 거야?! 뭐, 뭐 이런 녀석이 다 있지?! 게다가 듀들란 어도 못하는 것 같잖아?"

율리는 생각지도 못한 변수에 잠시 당황했지만 이 정도의 일로 결심을 무너뜨릴 수는 없다고 생각하며 냉정해지기로 마음먹었다. 주먹을 불끈 쥔 그녀는 다시금 결의를 불태우며 정신을 잃은 히안에게 다가갔다.

"그래! 세상에 쉬운 일이 어디 있겠어? 잘만 된다면 이대로 인생이 바뀔 텐데 이 정도 고생쯤이야 즐겁게 해줄 수 있지. 일단 숙소를 잡아야 할 텐데 마땅한 곳이 있으려나……."

머리 속으로 앞으로의 계획을 대충 세운 그녀는 망설임없이 히안의 두 발을 잡아끌었다. 정신을 잃은 사람의 몸무게는 여자의 몸으로 감당하기에는 힘든 점이 있었지만 원대한 목표를 위해 입술을 깨물며 힘을 짜내는 중이었다.

히안은 앞으로 일어날 일들을 짐작치도 못한 채 율리에게 몸을 맡기고 있었는데…….

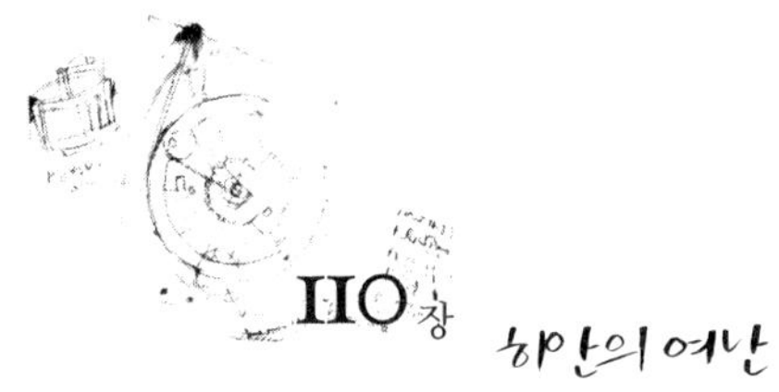

높은 건물에 둘러싸인 파코마 광장, 규모 면에서는 다른 도시에 존재하는 광장들과 별다른 점이 없었지만, 듀들란 제국의 건국을 선포한 역사적인 장소라는 사실만으로 쟈트란의 시민들에겐 커다란 의미를 가지고 있었다. 중심부에는 대리석으로 깎아 만든 높은 단상이 세월의 검은 옷을 입은 채 우뚝 서 있었고, 그 바로 옆에는 근엄한 표정으로 광장을 내려다보고 있는 거대한 동상이 깨끗하게 손질되어 세워져 있었다.

파코마 광장에는 더위를 피하기 위해 나온 사람들이 여기저기에 자리를 펴고 단란하게 앉아 시간을 보내고 있었다. 높은 건물들 사이의 틈새로 바람이 지나면서 차갑게 냉각되었기에 한여름에도 이곳만은 선선했는데, 그런 이유로 여름이 시작될 무렵이면 하루 일과를 마친 사람들이 쉬기 위해 몰려들곤 하는 것이었다.

자리를 펴고 앉아 있는 사람들 중에는 뮤스와 벌쿤이 섞여 있었다. 대리석으로 포장된 맨땅에 반쯤 몸을 뉘인 그들은 짭짤한 과자와 함께 새콤한 과즙을 즐기는 중이었고 간간이 이야기를 주고받으며 역사가 숨 쉬는 고도의 야경을 감상하는 데 여념이 없었다.

"…듀들란 제국의 건국왕인 루드비스 1세는 그를 따르는 다섯 명의 충신들과 함께 술잔에 자신들의 피를 나누어 마시며 듀들란 제국의 건국을 세상에 알렸고, 동 오이랍 대륙의 군소 국가로부터 우수한 사람들이 몰려들어 그 기반을 다지게 되었지. 그 이후 이곳 쟈트란을 중심으로 정치, 경제, 철학, 예술이 크게 부흥하게 되었던 거야. 음? 듣고 있는 거냐, 벌쿤?"

한창 파코마 광장에 얽힌 이야기를 들려주던 뮤스가 확인차 고개를 돌려보니 졸린 눈을 하고 있는 벌쿤을 볼 수 있었다. 그는 따분한 듯 하품을 하더니 귀를 파던 손가락을 후후 불며 대답했다.

"하암… 역사 이야기를 듣고 있으려니까 엄청 졸리다구. 조금 더 유익한 이야기는 없을까? 예를 들어 예쁜 아가씨들이 많이 있는 술집이라든지, 아니면 쟈트란을 대표하는 음식 같은 거 말이야."

"아무튼 너란 녀석은 예나 지금이나 진지함이라곤 찾아볼 수가 없군. 너도 나이를 먹을 만큼 먹었는데 조금은 어른스러워질 생각 없냐?"

뮤스의 지적에도 전혀 위축되지 않은 벌쿤은 오히려 당당한 표정으로 대답했다.

"할아버지 소리 듣는 것보단 이쪽이 훨씬 좋잖아. 나는 평생 젊게 살고 싶다고."

"이, 이 녀석! 너한테도 내가 할아버지처럼 보인다는 거냐, 앙?!"

발끈한 얼굴로 소리를 지른 뮤스는 벌쿤의 입과 콧구멍에 손가락을 끼우며 괴롭히기 시작했는데, 엄청난 완력을 가진 벌쿤이었음에도 불구하고 만만치 않은 뮤스의 공격에 속절없이 당하고만 있을 뿐이었다.

뮤스와 벌쿤이 그렇게 티격거리고 있을 때였다. 파코마 광장의 구석쪽으로부터 한 여인의 날카로운 비명성이 들려오기 시작했다.

"꺄악! 도와주세요! 누가 좀 도와주세요!"

그 소리를 들은 뮤스와 벌쿤은 하던 행동을 멈추며 고개를 돌려 비명성이 들려온 곳을 바라보았다. 그들의 시선이 멈춘 곳에서는 비명을 지르며 도움을 청하는 한 여인과 그 주변으로 몰려들고 있는 사람들의 모습이 얼핏 보이고 있었는데, 호기심을 느낀 뮤스는 벌쿤의 손을 잡아끌며 급히 몸을 일으켰다.

"무슨 일이지? 한번 가보자, 벌쿤!"

"엥? 그러게 말이야. 무슨 일이길래 그러지?"

규모 면에서 그리 크지 않은 광장이었기에 서둘러 움직인 뮤스와 벌쿤은 금세 사고 장소에 도착할 수 있었다. 그곳에서는 고급스러운 드레스를 걸친 중년의 여인이 안절부절못하며 도움을 청하는 중이었고, 주변으로 몰려든 많은 사람들은 하나같이 안쓰러운 표정으로 중년 여인을 바라보고 있었다. 하지만 무슨 이유에서인지 직접 나서서 그녀를 도와줄 생각은 못하고 있었다.

"누, 누가 좀 도와주세요! 딸아이가 이곳에 빠졌어요! 제발 우리 딸아이를 꺼내주세요!"

중년 여인의 외침 소리를 들으며 사람들의 틈바구니를 비집고 들어간 뮤스는 지름이 1멜리쯤 되는 구덩이와 주변에 걸려 있는 경고 문구를 발견하고는 금세 상황을 짐작할 수 있었다.

"이런… 사고가 일어나 버렸군!"

바로 공사를 위해 파놓은 깊은 구덩이에 아이가 빠진 것이었는데, 구덩이의 주변으로 접근 금지를 뜻하는 안전띠와 함께 위험을 경고하는 문구가 잔뜩 붙어 있었지만 철없는 아이였기에 위험을 인지하지 못한 것이었다. 뮤스와 함께 주변을 살펴보던 벌쿤은 듀들란 어를 알아들을 수 없었기에 답답한 표정을 지으며 물었다.

"저 아주머니가 뭐라고 그러는 거야? 누가 저기에 빠지기라도 한 건가?"

"아무래도 저 아주머니의 아이가 구덩이에 빠진 것 같아. 이거 위험하겠는걸?"

뮤스의 대답을 듣고서야 상황을 이해할 수 있었던 벌쿤은 아이의 위험을 알고서도 아무런 조치를 취하지 않은 채 지켜보고만 있는 주변 사람들을 향해 버럭 화를 냈고, 급히 팔을 걷어 올리며 구덩이로 뛰어들 채비를 했다.

"아이가 빠졌으면 당장 꺼내줘야 할 거 아냐! 멀뚱히 보고만 있으면 어쩌자는 거야!"

반면 냉정한 눈빛을 한 뮤스는 벌쿤을 가로막으며 입을 열었다.

"너, 라이델베르크로 돌아가면 듀들란 어 공부 좀 해야겠구나. 다른 사람들도 너와 같은 생각을 하고 있겠지만 지금은 섣불리 뛰어들 상황이 아니라는 것을 알고 있는 거야. 경고문에 따르면 이 구덩이의 안쪽으로는 전뇌거 충전 시설과 이 근방에 전뇌력을 공급할 전뇌선이 매설

되어 있다 하니 함부로 움직일 수가 없는 것이지."

주변 건물들을 둘러본 뮤스는 더욱 침중한 표정을 지으며 말을 이었다.

"근처의 건물들에 전뇌등이 켜져 있다는 건 저 아래에 매설된 전뇌선 중 일부, 또는 전체에 전뇌력이 이미 흐르고 있다는 것을 말해 주는 거야. 아무런 생각 없이 뛰어들었다가는 고압의 전뇌력 때문에 바로 통구이가 되어버릴걸?"

전뇌력에 대한 공부를 어느 정도 해두었던 벌쿤은 그 위험성을 잘 이해할 수 있었다. 하지만 그렇다고 해서 잠자코 있을 느슨한 성격도 아니었기에 뮤스의 어깨를 잡아 흔들며 외쳤다.

"그럼 어떻게 해야 하는데?! 이대로 보고만 있을 순 없는 거잖아?"

다급해하는 벌쿤의 기분을 충분히 이해할 수 있었던 뮤스는 어깨에 얹어진 손을 두들겨 주며 말했다.

"설마 내가 이대로 보고만 있을 거라고 생각한 거냐? 일단은 정확한 상황을 알아야 뭘 하더라도 할 수 있을 테니까 살펴봐야지. 너는 그동안 저 아주머니를 좀 보살펴 드려."

말을 마친 뮤스는 가방에서 작업용 장갑을 꺼내어 손에 끼며 구덩이가 있는 곳으로 걸음을 옮겼다.

웅성거리던 사람들은 뮤스의 등장에 숨을 죽이기 시작했다. 그러나 사람들의 시선을 전혀 의식하지 않은 뮤스는 곧바로 구덩이로 향했고, 몸을 숙여 그 안을 들여다보았다. 주변이 꽤나 밝았음에도 불구하고 구덩이의 깊이가 상당했기에 안쪽의 상황을 식별할 수 없었는데, 그나마 어둠 속에서 전해오는 아이의 울먹임 소리를 들을 수 있었던 뮤스

는 불행 중 다행으로 아이가 무사하다는 사실에 안도의 한숨을 내쉬었
다.

"어, 엄마! 무서워… 빨리 꺼내줘……."

시야 확보가 필요했던 뮤스는 가방에서 휴대용 전뇌등을 꺼내 구덩
이 안을 비추어 보기 시작했다. 그제야 뮤스는 구덩이 안쪽을 들여다
볼 수 있었는데, 깊이는 대략 4멜리 정도 되어 보였고, 고압의 전뇌력
을 공급하는 굵직한 전뇌선들이 바닥으로부터 1멜리가량의 간격을 두
고서 구덩이를 가로지르고 있는 상태였다.

"정말 위험천만했군. 운 좋게도 떨어질 때 전뇌선들을 건드리지는
않았나 본데……."

이어 전뇌선과 바닥 사이의 구석진 공간에서 반짝이고 있는 무엇인
가가 그의 시야에 잡혔다. 그것이 아이의 눈동자라는 것을 알게 된 뮤
스는 휴대용 전뇌등을 구덩이의 구석 쪽으로 비추었다. 휴대용 전뇌등
으로부터 발산되는 둥근 빛이 닿은 곳에는 진흙이 잔뜩 묻은 아이의
얼굴이 있었다. 대략 열 살 정도 되어 보이는 여자 아이였는데, 손바닥
보다 작은 얼굴에는 어린 나이론 감당할 수 없는 두려움이 서려 있었
다. 뮤스는 아이를 안정시키기 위해 손을 흔들며 차분한 어조로 말했
다.

"무섭겠지만 오빠가 금방 꺼내줄 테니 조금만 더 참고 기다려. 그
자리에서 움직이면 안 된다! 알겠지?"

뮤스의 목소리를 들은 아이는 여전히 울먹이는 듯했지만 나름대로
똘망한 눈빛을 보내며 고개를 끄덕였다. 그 모습을 보고서야 조금 안
심한 뮤스는 아이를 위해 휴대용 전뇌등을 그 자리에 고정시킨 채 몸

을 일으켰다. 이어 고개를 돌린 뮤스는 가방에서 밧줄 뭉치를 하나 꺼내며 벌쿤을 불렀다.

"벌쿤! 아무래도 직접 들어가야겠어! 밧줄을 여기에 둘 테니 신호를 보내면 아이를 끌어 올려줘!"

말이 통하지 않는 탓에 손짓 발짓을 해가며 아이의 엄마를 안심시키던 벌쿤은 갑작스러운 뮤스의 말에 깜짝 놀라며 되물었다.

"뭐?! 형이 직접 들어간다니! 형이야말로 전뇌선 주위로 흐르는 고압 전뇌력에 통구이가 되고 싶은 거야?"

어깨를 으쓱거린 뮤스는 숨을 한 번 들이쉬었다.

"후우… 친구들을 놔두고 죽을 생각은 없으니까 그런 걱정 마라. 그럼 뒤를 부탁해."

짧은 대답과 함께 벌쿤을 향해 손을 흔들어 보인 뮤스는 발로 구덩이의 양쪽 벽을 디디며 몸을 지탱했고, 고정시켜 놓은 휴대용 전뇌등을 뽑아 입에 물고선 천천히 아래로 내려가기 시작했다.

뒤늦게 따라온 벌쿤은 뮤스가 내려간 구덩이로 얼굴을 들이밀었다.

"이런! 성급하기도 하지. 벌써 내려가 버렸군!"

흔들리는 불빛과 함께 뮤스의 검은 머리가 내려다보이고 있었다. 걱정스러운 얼굴을 한 벌쿤은 이미 뮤스를 말리기엔 늦었음을 알고 가슴을 졸이며 구덩이 아래로 내려가고 있는 뮤스를 지켜볼 뿐이었다.

약 2멜리쯤 구덩이 아래로 내려간 뮤스는 고개를 돌려 불빛을 비추어 보았다. 벽을 딛고 있던 다리 바로 아래로 손가락 두 개 굵기의 전뇌선들이 복잡하게 얽혀 있는 것을 볼 수 있었다. 섣불리 전뇌선을 건드렸다가는 고압으로 흐르는 전뇌력에 감전되는 것이 뻔한 상태였지만, 믿는 구석이 있었던 뮤스는 발을 이용하여 전뇌선들을 한쪽으로 밀어놓기 시작했다.

신발이 전뇌선에 닿게 되자 뮤스는 찌릿한 느낌이 온몸으로 전해옴을 느낄 수 있었다. 사실 평범한 인간의 몸으로 견뎌낼 수 있을 만큼 만만한 전압이 아니었지만 뮤스에게 해를 끼칠 만큼은 되지 않았다. 평소에 엄청난 양의 뇌공력을 몸속에서 운용하는 그에게는 이 정도 전압의 전뇌력은 별 위협이 되지 않았던 것이다. 전뇌선과 벽 사이에 몸이 들어갈 만큼의 틈이 생기게 된 것을 확인한 뮤스는 다리의 힘을 풀며 아래로 뛰어내렸다.

첨벙!

무릎을 구부려 가볍게 착지한 뮤스는 전뇌선을 의식하며 몸을 낮추었다. 바닥은 물이 제법 고여 발목까지 들어가는 질퍽한 진흙탕을 이루고 있었는데, 그 덕에 4멜리가량 되는 곳에서 떨어진 아이가 무사할 수 있었던 것으로 짐작되었다.

입에 물고 있던 휴대용 전뇌등을 손으로 들어 구덩이의 구석을 비추어 보니 몸을 웅크리고 있는 여자 아이를 발견할 수 있었다. 여전히 겁에 질린 표정을 하고 있는 모습이었다. 경계심이라도 없앨 겸 아이를 향해 따뜻한 미소를 보낸 뮤스는 손가락으로 머리 위의 전뇌선을 가리키며 말했다.

"어디 다친 곳은 없니? 이 줄을 건드리지 않아서 정말 다행이야. 그랬다가는 정말 위험할 뻔했으니까."

상냥한 목소리로 말하는 뮤스를 보며 어느 정도 안심한 표정을 지은 아이는 고개를 끄덕이며 대답했다.

“네… 선생님이 저렇게 생긴 줄을 보면 만지지 말라고 하셨어요. 그
래서 만지지 않았던 거예요. 잘한 거죠?”

“응! 아주 잘한 거야. 굉장히 똑똑한 아이구나?”

“네! 학교에서도 제법 공부를 잘하는 편이에요!”

칭찬에 좋아하는 아이의 모습을 보고 있던 뮤스는 손을 잡아주며 말
을 이었다.

“그럼, 이제 위로 올라가야겠지? 어머니가 많이 걱정하고 계시거
든.”

그러나 아이는 잠시 머뭇거리더니 눈썹을 축 늘어뜨리며 걱정스러
운 목소리로 말했다.

“저… 올라가면 혼나겠죠? 장난 삼아 엄마를 놀래켜 주려고 한 건
데, 이렇게 문제만 일으켰으니……..”

뮤스는 제법 어른스러운 표정을 하는 아이의 머리를 쓰다듬어 주며
가볍게 웃었다.

“훗! 그런 걱정은 하지 않아도 된단다. 어머니는 지금 네가 안전하
기만 하면 더 이상 바랄 것이 없을 테니까.”

“정말 그럴까요?”

“물론이지! 만약 어머니가 널 혼내려고 하면 내 뒤로 숨도록 해. 알
겠지?”

“네!”

아이는 뮤스의 말에 믿음이 가는지 해맑은 웃음을 지으며 그의 손을
굳게 잡았다.

이제 아이를 올릴 준비를 마친 뮤스는 고개를 들어 올려다보며 벌쿤

을 향해 외쳤다.

"벌쿤! 밧줄을 내려줘!"

"알았어! 잠깐만 기다려!"

고개를 빼고 뮤스의 신호를 기다리던 벌쿤은 서둘러 옆에 놓인 밧줄 뭉치를 풀어 내렸다. 밧줄은 금세 뮤스의 앞까지 내려오게 되었고, 몇 번 당겨본 뮤스는 아이의 허리에 단단히 묶으며 말했다.

"이제 위에 있는 힘센 오빠가 너를 끌어 올릴 거야. 무섭더라도 움직이거나 하면 안 된다? 그럼 준비됐어?"

"네, 준비됐어요!"

마음을 굳게 먹으며 대답하는 아이를 본 뮤스는 천천히 몸을 일으켰다. 그리고 등으로 전선 뭉치를 밀어 아이가 안전하게 빠져나갈 만한 공간을 확보하기 시작했는데, 바닥의 물을 타고 전뇌력이 흐르게 된다면 아이가 감전될 우려도 있었기에 양다리와 양손으로 흐르는 전뇌력을 억제하고 있는 중이었다. 시간이 조금 지나자 전뇌선과 맨살 사이의 옷이 타며 연기가 피어올랐다. 열기로 인해 통증을 느꼈지만, 어느 정도 참을 만했던 뮤스는 아이를 들어 올리며 벌쿤에게 신호했다.

"벌쿤! 이제 밧줄을 끌어 올려!"

뮤스의 목소리를 들은 벌쿤은 대답할 여유도 없이 서둘러 손을 놀려 밧줄을 잡아당겼다. 워낙 힘이 좋은 벌쿤이었기에 별다른 어려움 없이 밧줄이 당겨졌고, 금세 아이의 진흙 묻은 얼굴이 구덩이 밖으로 모습을 드러내고 있었다.

"여차! 다 올라왔군!"

아이를 구덩이 밖으로 끌어 올린 벌쿤은 서둘러 호흡을 곤란하게 만드는 밧줄을 풀어주었다. 그제야 아이는 완전히 긴장이 풀린 듯 제자리에 털썩 주저앉았다. 구덩이로부터 얼마 떨어지지 않은 곳에서는 아이 엄마의 목소리가 들려오고 있었다.

"미뉴엔느! 괜찮은 거니!"

금세 아이의 곁으로 달려와 품에 안은 중년 부인은 눈물을 글썽이며 아이의 상태를 꼼꼼히 살폈고, 반대로 미뉴엔느라 불린 아이는 엄마의 표정을 조심스럽게 살피고 있었다.

"엄마, 나 혼내지는 않을 거지? 응?"

상황에 어울리지 않는 미뉴엔느의 물음에 실소를 금치 못한 중년 부인은 고개를 끄덕이며 대답해 주었다.

"그래. 하지만 다음부터는 위험한 곳에 가지 않겠다고 약속해야 한다. 다시 그랬다가는 한 달 동안 간식을 주지 않을 테니까."

"응! 다시는 안 그럴게!"

두 모녀가 대화를 주고받고 있을 때 뮤스가 뒤늦게 구덩이에서 빠져나오고 있었다. 신발과 바지가 진흙에 더럽혀져 엉망인 모습이었지만 그에 전혀 신경 쓰지 않은 뮤스는 벌쿤의 어깨를 두들겨 주며 두 모녀의 곁으로 다가갔다.

"천만다행이었습니다. 따님이 많이 놀랐을 테니 집에 가서서 안정시키는 것이 좋겠군요."

뮤스의 목소리를 듣고서야 황급히 몸을 일으킨 중년 부인은 고개를 숙이며 감사를 표했다.

"제 딸을 구해주서서 너무나 고맙습니다. 이 은혜를 어떻게 보답해 드려야 할지… 괜찮으시다면 성함과 주소를 일러주시겠어요? 아이의 아버지께 말씀드려 꼭 보답해 드리고 싶답니다."

그녀의 말에 멋쩍은 얼굴을 한 뮤스는 손을 내저었다.

"그렇게 하지 않으셔도 괜찮습니다. 당연히 해야 할 일을 한 것뿐이니까요."

"하지만⋯⋯."

"정말 괜찮으니 염두에 두지 않으셔도 된답니다."

그리고 미뉴엔느와 눈 높이를 맞춘 뮤스는 더러워진 장갑을 벗고서 미뉴엔느의 얼굴을 닦아주며 말했다.

"미뉴엔느라고 했지? 앞으로는 위험한 곳에 가까이 가지 않도록 해. 그럼 오빠는 이제 가볼 테니 몸조심하렴."

"네! 고마워요, 오빠!"

"그럼 이만."

미뉴엔느와 작별 인사를 나눈 후 아쉬워하는 중년 부인을 향해 가볍게 목례를 건넨 뮤스는 벌쿤과 함께 미련없이 자리를 떴고, 그 자리에 모여 있던 사람들은 존경의 뜻이 담긴 눈빛으로 멀어져 가는 그들의 뒷모습을 바라볼 뿐이었다.

히안을 남겨둔 술집으로 돌아온 뮤스와 벌쿤은 당혹스러운 표정을 하고 있었다. 히안이 앉아 있어야 할 자리에 히안은 온데간데없고 다른 손님들이 자리를 차지하고 있었기 때문인데, 이에 놀란 뮤스는 술집 주인에게 다가가 물었다.

"아까 부탁드린 제 친구는 어디에 있는 겁니까? 저쪽 자리에서 혼자 술을 마시던 제 또래의 남자 말입니다."

뮤스의 물음에 수건으로 접시의 물기를 닦아내고 있던 주인은 기억을 되살려 보더니 은근한 미소를 띠며 대답했다.

"아! 어떤 여성 분이 모시고… 라기보다는 끌고 나가시던걸요? 아시는 분인 듯해서 그냥 보고만 있었습니다. 상당한 미인이던데… 후훗! 역시 청춘은 좋은 것이더군요."

"네?! 그렇게 부탁드렸는데 보고만 있었단 말입니까?"

뮤스의 다그침에 얼떨떨한 표정을 짓던 주인은 자신의 실수를 깨달은 듯 머리를 긁적였다.

"이런, 그럼 제가 실수를 한 모양이군요. 이 일을 어쩌나."

"어차피 벌어진 일이니 됐습니다. 음… 혹시 여자애들이 데리고 간 걸까? 아냐, 히안이 이곳에 있는 줄도 모를 텐데. 그럼 누가 히안을 데리고 나간 거지?"

옆에서 답답한 표정으로 듀들란 어로 나누는 대화를 듣고 있던 벌쿤이 뮤스의 옆구리를 찌르며 물었다.

"대체 주인이 뭐라는 거야? 히안 형이 여기 없대?"

벌쿤의 물음에 뮤스는 고개를 끄덕이며 대답해 주었다.

"응. 어떤 여자가 히안을 데리고 나갔다고 하는걸?"

"혹시, 히안 형을 납치한 게 아닐까? 번드르르한 옷을 입고 있으니 부잣집 도련님으로 봤을 수도 있잖아."

어느 정도 가능성이 있는 이야기였지만 납득하지 못할 구석이 있었기에 뮤스는 고개를 내저었다.

"글쎄, 그럴 가능성은 희박해 보이는걸. 이렇게 사람이 많은 곳에서 얼굴을 드러낸 채로 납치극을 벌일 사람이 어디 있겠어? 게다가 여자의 몸으로 히안을 끌고 가는 일조차도 만만치 않을 텐데 납치극을 벌이는 것이 가능할까?"

이리저리 머리를 굴려보았지만 아무런 결론도 내리지 못한 뮤스는 나직한 한숨을 내쉬었다.

"후우… 별일은 없을 거야. 히안이 듀들란 어를 못하긴 하지만 바보가 아닌 이상에야 황궁까지 찾아올 수는 있겠지. 일단은 나가서 찾아보기로 하고, 내일까지 찾지 못하면 황궁에 도움을 청할 수밖에."

대화를 마친 뮤스와 벌쿤은 히안을 찾기 위해 서둘러 술집을 나섰다.

어두운 밤하늘에 뜬 하얀 달은 점차 서쪽 하늘로 기울고 있었다.

새벽의 이슬이 땅을 촉촉하게 적실 무렵, 황궁의 서문 앞에는 주변을 환히 밝히는 전뇌등의 불빛을 받으며 금빛의 갑옷을 걸친 근위병들이 늠름한 모습으로 서 있었다. 대부분의 사람들이 깊은 잠에 들었을 늦은 밤이었지만 근위병들의 정신은 얼음처럼 차갑게 깨어 있었고, 부릅떠진 한 쌍의 눈은 칼날처럼 날카로워 보였다. 이렇듯 아무도 지켜보지 않는 늦은 밤이었음에도 중대한 사명감을 가진 그들이었던 만큼 한 점의 흐트러짐조차 보이지 않고 있는 것이었다.

스스슥… 스스슥…….

무엇인가가 땅에 끌리는 마찰음이 어둠 속으로부터 들려오고 있었다. 이를 놓칠 리 없던 근위병들은 손에 들고 있던 창을 바짝 끌어당겼고 안력을 돋워 소리가 들려오는 곳을 살피며 외쳤다.

"거기 누구냐! 이름을 밝혀라!"

번뜩이는 근위병들의 눈에 들어온 것은 흰색 로브를 걸친 한 명의 여인이었다. 그녀의 한쪽 어깨에는 술집에서 사라진 히안이 몸을 기대고 있었는데, 다리가 풀려 땅에 끌리는 것으로 보아 정신을 잃었음을 쉽게 알 수 있었다. 이어 호흡이 거친 여성의 목소리가 들려오기 시작했다.

"헥… 헥! 아, 아저씨, 저예요!"

목소리를 들은 근위병들은 눈앞의 여인이 말단 궁녀인 율리임을 깨닫고, 얼굴에 맺혀 있던 긴장감을 풀며 창을 거두어들였다. 갈색의 콧수염을 멋들어지게 기른 중년의 근위병이 그녀를 향해 혀를 차며 꾸짖듯이 말했다.

"쯔쯧… 율리구나. 늦은 시간까지 돌아다니지 말라고 그렇게 일렀건만 이제 들어온단 말이냐. 지금이 몇 시인지 알기나 하는 게야? 그러다가 늦잠이라도 자서 수석 궁녀에게 혼나기라도 하면 어쩌려고."

히안을 부축하느라 탈진하기 일보 직전이었던 율리는 평소 알고 지내던 중년 근위병의 잔소리에 인상을 찌푸리며 대답했다.

"에고에고… 어차피 매일 혼나는데 한 번 더 혼난다고 대수겠어요? 어차피 수석 궁녀님 눈 밖에 나버렸으니 어떻게 되든 상관없다구요. 그나저나 이 사람 좀 잠깐 잡아주세요! 정말 팔이 빠질 것 같아요."

율리는 그대로 어깨에 걸치고 있던 히안의 축 늘어진 몸을 중년의 근위병에게 넘겨주었다. 엉겁결에 히안을 떠맡게 된 중년의 근위병은 율리와 히안의 얼굴을 번갈아 보며 의아한 표정을 지었다.

"어라? 술 냄새 한번 지독하군. 그나저나 이 청년은 누군데 이렇게 술에 찌들어 있는 게냐? 잠깐, 어디서 본 듯한 얼굴인데… 어디서 봤더라?"

이제야 자유로워진 어깨를 두드리며 뭉친 근육을 풀던 율리는 귀찮은 말투로 대답했다.

"아이, 아저씨도 참! 어제 도이첸 제국에서 온 사람이잖아요!"

그제야 궁금증이 풀린 중년의 근위병은 탄성을 터뜨렸고, 신기한 듯 히안의 얼굴을 살피며 말했다.

"아하! 정말 그렇구나. 한데 어째서 네가 이 사람을 데리고 들어오는 거지? 분명 저녁때만 해도 일행과 같이 황궁을 나간 것으로 기억하고 있는데……."

아무런 생각 없이 중년 근위병과 대화를 나누던 율리는 그의 물음에 크게 당황하는 듯했다. 얼굴을 잔뜩 붉힌 그녀는 손을 내저으며 더듬거리는 목소리로 얼버무리기 시작했다.

"아… 저… 그게… 우연찮게 술집에 가게 되었는데, 혼자서 술을 퍼마시더니 금방 정신을 잃더라구요. 보고만 있을 수 없어서 제가 황궁으로 데리고 온 거죠! 정말이에요!"

볼을 붉적이며 율리의 변명을 듣던 중년의 근위병은 뭔가 이상한지 고개를 갸웃거리며 되물었다.

"술집이라고? 거참, 이상한 일이군. 너는 원래 술집이라면 질색을 하지 않았었나? 게다가 혼자 술집에 들락거리다니 다 큰 처자가 할 일은 아닌 듯한데……."

정곡을 찌르는 물음에 화들짝 놀란 율리는 소리를 빽 지르며 히안을 끌어당겼다.

"사람이 살다 보면 그럴 수도 있는 거죠! 아저씨는 신경 쓰지 마시고

문이나 잘 지키라구요! 아무튼 별 참견을 다 하신다니까!"

그리곤 어디서 힘이 생겨났는지 히안의 몸을 번쩍 들어 올린 율리는 쏜살같이 황궁 안으로 내달렸고, 그 자리에 남은 중년의 근위병은 뭐라 대답도 하기 전에 사라져 버린 율리를 멀뚱한 표정으로 바라볼 뿐이었다.

딸깍.

경쾌한 소리가 나며 방문의 손잡이가 움직이기 시작했다. 이어 방문이 조심스럽게 열리고 한 여성의 그림자가 방 안으로 들어오고 있었는데, 몇 시간에 걸친 고생 끝에 겨우 히안의 방에 도착한 율리였다. 힘겹게 방문을 닫은 그녀는 이제 서 있을 힘도 없는 듯 그 자리에 주저앉으며 방문에 등을 기대었다.

"에고… 에고… 죽겠다. 쳇, 얼마나 많은 사람들이 쟈트란으로 몰려들었길래 시내에 빈방이 없는 거냐고. 헤매기만 하다가 결국 황궁까지 들어오게 돼버렸잖아! 그리고 이 녀석은 장작같이 마른 몸인 주제에 뭐가 이렇게 무거워!"

투덜거리며 휴식을 취하고 있는 율리의 바로 옆에는 아직 정신을 차리지 못한 히안이 누워 있었다. 다리를 잡혀 끌려온 듯 그의 바지는 허벅지까지 내려온 상태였고 바닥에 쓸린 머리카락은 보기 싫게 헝클어져 있었다. 대충 보더라도 얼마나 심한 고초를 겪었는지 충분히 짐작할 수 있을 정도였는데, 히안의 몸을 끌고서 움직이는 것조차도 버거웠던 율리였기에 그의 상태까지 신경 써줄 여유는 없었던 것이다.

바닥에 앉아 있던 율리는 창을 통해 날이 밝아오는 것을 볼 수 있었다. 시간이 얼마 없다고 생각한 그녀는 손을 짚으며 몸을 일으켰다.

"으차! 사람들이 깨기 전에 일을 끝마쳐야 해. 조금만 더 기운을 내자고!"

스스로를 응원하며 다시 히안의 두 다리를 잡은 율리는 그를 침대로 옮기기 시작했다. 힘이 바닥난 상태였기에 그조차도 만만한 일이 아니었지만 계획을 성공시키겠다는 열의 하나로 젖 먹던 힘까지 짜내고 있는 것이었다. 겨우 히안을 침대에 뉘인 율리는 바쁘게 손을 놀려 히안의 옷을 하나씩 벗겨 나갔다. 그럴수록 볼품없는 히안의 맨살이 드러났고, 율리는 인상을 찡그리며 불만스러운 표정을 지어내고 있었다.

건물들 위로 떠오른 태양이 눈부신 햇살을 발산하고 있었다. 아치형으로 만들어진 창문을 통해 들어온 햇살은 새하얀 방을 가득 비추었고, 이 당돌한 햇살은 잠을 자고 있는 히안에게까지 닿아 있었다. 눈꺼풀을 간지르는 햇살 때문에 더 이상 잠을 잘 수 없었던 히안은 힘겹게 눈을 떴다.

"으음… 아침인가?"

손으로 부신 햇살을 가리던 히안은 갑작스레 밀려드는 두통을 느끼고는 비명을 질렀다.

"아악! 머리가 부서질 것 같군! 크윽……."

관자놀이를 여러 번 문질러 보아도 두통이 사그라들 기미가 보이지 않자 시간이 약이라는 생각에 체념하며 몸을 일으켰다. 침대머리에 등을 기댄 히안은 잠시 방 안을 둘러보기 시작했다. 익숙하지는 않았지만 어제 배정받은 자신의 방임을 한눈에 알 수 있었다. 하지만 자신의 방까지 오게 된 경위가 기억나지 않았던 히안은 의아한 표정으로 고개를 갸웃거리며 중얼거렸다.

"분명 술집에서 술을 퍼마시던 것은 기억이 나는데 그 이후에는 어떻게 된 거지? 뮤스가 날 여기까지 데려온 건가?"

그렇게 혼잣말을 중얼거릴 때였다. 언제부터인지 귀에 익숙지 않은 소리가 자신의 옆 자리에서 들려오고 있음을 깨달을 수 있었다. 왠지 불길한 기분에 휩싸인 히안은 천천히 고개를 돌려보았다.

"드르렁… 푸우… 드르렁… 푸우……."

이불 안에서부터 들려오는 누군가의 코 고는 소리. 그 소리에 잔뜩 긴장한 히안은 조심스러운 손길로 이불을 들춰보았는데, 이불 안의 광경이 눈에 들어오는 순간 히안은 그 자리에 얼어붙고 말았다.

뽀얀 살결에 속이 훤히 들여다보이는 실크 속옷을 입은 금발의 여인. 히안의 기억 속에서는 흔적조차 찾아볼 수 없는 낯선 여인인 율리가 그의 옆에서 잠을 자고 있는 것이었다. 비록 코를 요란하게 골았고 반쯤 벌어진 입가에는 침이 흘러나와 강을 이루긴 했지만, 외모만을 따지고 본다면 미인 축에 드는 얼굴이었다. 순간적으로 머리가 새하얗게 변해 사고 능력을 상실해 버린 히안은 넋 나간 사람처럼 중얼거리기 시작했다.

"내, 내가 여자와 하룻밤을… 여자와 하룻밤을… 여자와 하룻밤을……."

한동안을 그렇게 중얼거리던 히안은 정신을 차리며 번뜩 눈을 떴고 고개를 세차게 털어내며 머리를 감싸 쥐었다.

"으아앗! 대체 이 여자가 왜 내 옆에서 잠을 자고 있는 거냐고! 아무것도 기억이 나지 않아! 오, 주신이시여! 제가 그 엄청난 불경을 저질렀다는 말씀이십니까!"

히안이 절규에 가까운 외침을 터뜨리고 있을 때였다. 복도로부터 누군가의 발자국 소리가 들리더니 가벼운 노크 소리가 이어지고 있었다.

똑! 똑!

"으앗! 하필이면 이럴 때에!"

최악의 상황에 들려온 노크 소리에 호흡조차 잊을 정도로 놀라 버린 히안은 숨을 곳이라도 찾으려는 듯 급히 방 안을 둘러보기 시작했다. 하지만 마땅히 몸을 숨길 만한 곳이 눈에 띄지 않았는데, 창문을 열고 뛰어내릴까 생각도 해보았지만 자신의 방이 3층이라는 생각에 그조차도 불가능해 보였다.

한동안 아무런 대답을 하지 않자 노크 소리는 더욱 커졌고, 히안의 심장을 멈추게 만들기 충분한 목소리가 덤으로 들려오기 시작했다.

쾅쾅쾅!

"히안, 안에 있는 거니? 이 잠꾸러기야, 당장 일어나! 대답 안 하면 지금 쳐들어간다!"

목소리의 주인은 바로 폴린이었다. 어젯밤만 하더라도 풀 죽어 있던 그녀였지만 하루 만에 원래의 기분을 회복한 듯 더없이 기운찬 목소리였다.

"왜 하필이면 폴린인 거냐!"

전혀 생각지 못한 폴린의 출현으로 인해 궁지에 몰리게 된 히안은 조금이나마 시간을 끌어보기 위해 다급한 목소리로 대답했다.

"자, 잠깐, 폴린! 지, 지금 옷을 하나도 안 입고 있으니까 잠시 후에 다시 올래? 이, 이대로 볼 수는 없는 일이잖아?"

하지만 일말의 기대를 저버리며 요란한 소리가 방 안에 울려 퍼졌고 굳게 닫혀 있던 방문은 떨어져 나갈 듯이 세차게 열리고 있었다.

콰앙!

그리곤 특유의 방정맞은 웃음소리가 들려오더니 방으로 들어오는 폴린의 모습이 보이고 있었다.

"호호호호홋! 홀딱 벗고 있다면 더욱 보고 싶은걸? 이 누님이 잘 감상해 주도록 하지!"

결국 방 안으로 들어와 버린 폴린의 얼굴을 확인한 히안은 자신도 모르게 입을 딱 벌리고 있었다. 하지만 이미 벌어진 일에 언제까지 놀라고만 있을 수는 없다고 생각한 히안은 이불 속에서 잠을 자고 있는 정체 불명의 여인을 가리기 위해 이불을 위로 끌어당겼다.

"자, 잠깐, 폴린! 뼈밖에 없는 내 알몸 따위는 구경해도 좋을 게 없잖아? 아침부터 눈만 버린다고! 이건 모두 너를 위해서 하는 말이야!"

히안의 열렬한 웅변이 제법 먹혀들었는지 침대 앞에서 걸음을 멈춘 폴린은 거만한 자세로 고민하는 표정을 지었다.

"음… 그렇게 생각하니 네 말도 일리가 있는 것 같아. 음, 어떻게 할까?"

"하, 하핫! 차, 차라리 근육질의 벌쿤이나 몸매 좋은 뮤스의 방으로 가보는 것이 어떨까? 그러는 편이 훨씬 좋을 텐데……."

"하긴 그러는 편이 훨씬 좋겠어. 하지만~"

말끝을 기이하게 말아 올린 폴린은 이빨을 드러내며 사악한 미소를 지었고, 재빠른 손놀림으로 침대 위의 이불 자락을 와락 끌어당겼다.

“그 녀석들은 이미 임자있는 몸이잖아! 그러니 마음 놓고 볼 사람은 너밖에 없단 말이야. 호호… 호… 호…….”

호탕하게 웃으며 히안을 놀려주려 했던 폴린은 적나라하게 드러나 버린 침대 위의 광경에 순간 입을 다물었다.

속옷 하나로 몸을 가리고 있는 히안, 그리고 마찬가지로 속옷 차림으로 잠들어 있는 낯선 여인을 번갈아 보는 폴린의 눈동자는 큰 충격으로 인해 심하게 떨리는 중이었는데, 이 심상치 않은 상황을 보고 있을 수만은 없었던 히안은 변명이라도 해보려 입을 열었다.

“그, 그게 말이지… 오해라고, 오해야! 나는 이 여자가 누군지도…….”

하나 그 변명이 끝나기도 전에 폴린은 말허리를 잘랐다.

“듣고 싶지 않아. 이제는 꼴도 보기 싫어.”

나직하게 말한 폴린은 히안을 등지며 몸을 돌렸고 활짝 열려 있는 방문 밖으로 걸어나가기 시작했다.

히안은 가녀리게 떨리고 있는 폴린의 어깨를 똑똑히 볼 수 있었다. 처음으로 그녀가 약해 보인다 생각했고 이대로 보낼 수는 없다고 생각했다. 하지만 그의 입과 몸은 죄책감이라는 벽에 가려져 그의 생각을 외면하고 있었다.

폴린이 막 나간 방문의 한쪽에서 뮤스와 벌쿤이 고개를 빼꼼이 들이밀고 있었다.

그들은 방에서 나오는 폴린의 모습을 보고서 심상치 않은 분위기를 직감할 수 있었는데, 똑같이 의아한 표정으로 방 안을 살피는 중이었다. 그러던 중 시무룩한 얼굴로 침대 위에 앉아 있는 히안의 모습을 발견한 뮤스는 방 안으로 들어서며 물었다.

"어라? 역시 황궁에 먼저 와 있었구나! 한데 폴린은 아침부터 왜 저러는 거야? 어제의 일로 아직 화를 내고 있는……."

방 안을 둘러보던 뮤스의 시선이 침대 위에 닿게 되면서 말끝은 자연스럽게 흐려졌고 의아함이 황당함으로 변하며 깊은 탄식을 터뜨렸다.

"하… 하아! 이제 왜 저러는지 알 것 같군. 대체 이게 어떻게 된 일이야?"

뮤스의 물음에 울상을 지은 히안은 고개를 가로저으며 기죽은 목소리로 대답했다.

"나, 나도 잘 모르겠어. 어제 술집에서 술을 마신 기억밖에 없는데, 정신을 차려보니까 저 여자가 내 옆에서 자고 있더라고. 그사이 일은 아무런 기억도 나지 않아. 대체 내가 무슨 짓을 저지른 거야……."

스스로를 책망하며 어제의 기억을 되살리려 노력하는 히안의 옆으로 어느샌가 벌쿤이 다가와 있었다. 그는 히안의 모습을 유심히 살펴보더니 짐짓 심각한 표정으로 턱을 쓸며 입을 열었다.

"정말 세상에는 불가사의한 일들이 많이 일어나는 것 같아. 이렇게 볼품없는 형에게 이런 미녀가 따르다니… 폴린 누나의 취향도 대단하다고 생각했는데, 이 여자도 만만치 않나보군. 그래서 말인데, 어차피 벌어진 일이니까 차라리 이 여자와 결혼을 하는 편이 어떨까?"

퍼퍽!

말이 떨어지기가 무섭게 히안의 주먹은 벌쿤의 면상으로 날아갔다. 그렇지 않아도 심란한 판국에 옆에서 놀리고 있는 벌쿤이 더욱 얄미웠기 때문이었다.

“이 녀석! 남의 속도 모르고 무슨 소리를 하는 거야!”

하지만 솜방망이 같은 그의 주먹은 벌쿤에게 그다지 큰 타격을 주진 못했는데, 주먹에 맞고도 씨익 웃은 벌쿤은 히안의 어깨를 두들겨 주며 말했다.

“형을 위해서 하는 말이니까 그렇게 열내지 말라고. 왈가닥 폴린 누나보다야 이쪽이 훨씬 좋잖아? 세이즈보다야 못하지만 얼굴도 예쁘고 말이지.”

“폴린이 왈가닥이라도 상관없어! 나는 왈가닥 폴린이 좋단 말이야!”

열을 내며 외치는 히안의 목소리를 들었는지 침대에서 잠을 자고 있던 문제의 근원인 율리가 부스스한 모습으로 몸을 일으키고 있었다. 그녀는 아직 잠을 덜 깬 듯 입가에 흐른 침을 닦을 생각도 하지 못한 채 머리를 긁적였고 하품을 늘어지게 하며 흐릿한 눈빛으로 방 안을 둘러보기 시작했다.

“하아아암⋯ 벌써 아침인 거야?”

조금의 시간이 지나며 시야가 점차 또렷해 오자 율리는 자신을 바라보고 있는 히안과 뮤스, 그리고 벌쿤의 얼굴을 식별할 수 있었다. 이에 화들짝 놀란 그녀는 자신이 속옷 차림이라는 사실을 깨달았고, 짤막한 비명과 함께 침대 시트를 끌어당겨 몸을 가렸다.

“꺄악! 어디를 보고 있는 거예요!”

이에 머쓱해진 뮤스는 고개를 돌리며 헛기침을 했다. 하지만 앞뒤 상황을 가릴 처지가 아니었던 히안은 율리의 어깨를 흔들며 다급한 목소리로 묻기 시작했다.

　"대체 당신은 누구길래 내 옆에서 자고 있는 거죠? 그리고 밤새 무슨 일이 있었던 거예요! 왜 내 옆에서 잠을 자서 날 곤란하게 만드는 거냐고요!"

　하지만 그녀는 도이첸 제국어를 알아듣지 못했기에 고개를 갸웃거릴 뿐이었는데, 이를 보고만 있을 수 없었던 뮤스는 둘 사이에 끼어들어 히안의 물음을 대신해 주었다.

　"저, 아가씨는 대체 누구시죠? 그리고 어떻게 이 방에서 잠을 자게 된 겁니까?"

　뮤스의 말을 듣고서야 물음의 내용을 알게 된 율리는 급히 머리를 매만지곤 수줍은 듯한 표정을 가식적으로 지으며 차곡차곡 준비해 놓았던 대답을 하기 시작했다.

　"저는 유리아네뜨라고 해요. 황궁에서 잡일을 하고 있는 궁녀랍니다. 어제 일을 마치고 숙소로 돌아가는데 이분께서 잔뜩 취하신 상태로 제 손목을 잡아끌어 방으로 데리고 오셨죠. 저는 당황스러웠지만 황궁의 귀빈인 공학원 원장님의 뜻을 거스를 수가 없어서 그만……."

　어느 정도 예상한 내용이었지만, 그녀의 입을 통해 직접 듣게 되자 답답한 한숨이 절로 나옴을 느꼈다. 비록 자신이 저지른 일은 아니었지만 율리에게 진심으로 미안함을 느낀 뮤스는 고개를 숙이며 히안을 대신해 용서를 구했다.

　"후우… 그런 일이 있었던 것이군요. 용서해 주십시오. 제 친구 녀석은 원래 그런 녀석이 아닌데… 술에 취해 아가씨께 큰 결례를 범했던 모양입니다. 간단한 사과로 해결될 문제도 아니고 하니 친구와 이야기를 해서 어떻게든 좋은 쪽으로 해결 방법을 찾도록 하겠습니다."

사과를 건넨 뮤스는 율리의 대답을 히안과 벌쿤에게 말해 주었다. 그러자 히안은 고개를 도리질치며 자신의 행동을 부정하기 시작했는데, 아무리 취한 상태였다지만 자신이 그런 행동을 했다는 사실이 믿겨지지 않았기 때문이다.

"아냐! 그럴 리가 없어! 너희들도 알다시피 입맞춤조차 한 번 해본 적 없는 내가 그런 일을 저지를 수 있다고 생각하는 거냐? 뭔가 잘못된 거야!"

자신의 잘못을 인정하지 않고 있는 히안을 보며 인상을 찌푸린 뮤스는 냉정한 얼굴로 입을 열었다.

"그것이 네 본의였냐 아니냐는 중요하지 않아. 남자는 자신의 행동에 책임을 져야 하는 것이지. 네 기분을 이해하지 못하는 것은 아니지만 인간 된 도리로써 자신의 행동에 책임을 져라. 이분께도 그렇게 말씀드리도록 할게."

그들의 대화를 알아들을 수는 없었지만 분위기로 보아 자신이 계획한 방향으로 흘러가고 있음을 알 수 있었던 율리는 속으로 쾌재를 부르고 있었다.

율리를 안심시키기 위해 냉랭한 표정을 거운 뮤스는 미소 지으며 말을 건넸다.

"이 친구가 겉으로 보기에는 허술해 보이지만 알고 보면 상당히 괜찮은 녀석이랍니다. 너무나 성급한 말씀일지는 모르겠지만, 괜찮으시다면 이 친구와 도이첸 제국으로 함께 가주시지 않겠습니까?"

뮤스의 입에서 기다리던 말이 나오자 율리는 뛸 듯이 기뻤다. 하지만 철저하게 표정 관리를 한 그녀는 가련한 모습으로 얼굴을 붉히며 고개를 끄덕였다.

"너무나 갑작스럽긴 하지만… 원장님께서 바라신다면 어쩔 수 없는 일이죠. 원장님께 남은 평생 헌신하며 살도록 하겠습니다."

그녀의 대답에 뮤스는 얼떨떨한 표정을 지으며 머리를 긁적였다. 잠시 머뭇거리던 뮤스는 조심스러운 목소리로 입을 열었다.

"그, 그런데… 지금 같은 상황에서 이런 말씀을 드려도 될지 모르겠습니다만… 사실 공학원의 원장은 저 친구가 아니라 바로 저랍니다. 저 친구의 이름은 히안이고 제가 뮤스 드라켄이죠."

뮤스의 말을 들은 율리는 자신의 귀를 의심해야만 했다. 지금까지 비련한 여인의 이미지를 유지하고 있던 그녀의 모습은 한순간에 무너지고 있었는데, 충격이 컸는지 입술까지 파르르 떨리는 중이었다.

"지, 지금 뭐라고 하셨죠? 저쪽이 아니라 당신이 공학원의 원장이란 말씀인가요?"

돌변해 버린 그녀의 태도에 의아한 표정을 지은 뮤스는 고개를 끄덕이며 대답했다.

"네, 그렇습니다만… 하지만 지금에 와서 그것이 뭐가 그리 중요한 일이겠습니까? 약간의 오해로 인해 벌어진 일이지만 히안도 자신이 한 일을 책임질 것입니다."

뮤스의 말에 순간적으로 이성을 잃은 율리는 눈을 부릅뜨며 외쳤다.

"저한테는 중요한 일이라구욧!"

"에? 그게 무슨 말씀이신지? 저로서는 도무지 이해를 할 수가 없군요."

뮤스가 되물어오자 갑자기 머리가 지끈거림을 느꼈고, 이마에 손을 가져간 율리는 침대 아래에 떨어진 자신의 옷가지들을 챙기며 깊은 한숨을 내쉬었다.

"후우… 아무래도 저와는 인연이 없나보군요. 저 사람과는 어제 아무 일도 없었답니다. 그러니 더 이상 신경을 쓰지 않으셔도 돼요."

뮤스는 이 생각지 못한 반전에 어색한 표정을 지었다.

"지금 히안과 아무 일도 없었다고 말씀하시는 것입니까? 분명 방금 전에는……."

그렇지 않아도 심란한 기분이었던 율리는 뮤스가 꼬치꼬치 캐물어 오자 귀찮음을 느끼며 짜증스러운 목소리로 지금까지 있었던 일을 모두 털어놓기 시작했다.

"나는 저 사람이 공학원의 원장인 줄 알았다고요! 그래서 저 사람에게 접근해서 신세 좀 고쳐 보려고 했는데, 완전 잘못 짚었지 뭐예요. 어제 술집에서 데리고 나온 일부터 모두 제가 꾸민 일이에요. 그리고 아무에게나 몸을 맡기는 헤픈 여자도 아니고요. 이제 모두 이해하시겠죠?"

어느새 율리는 옷을 모두 차려입은 상태였다.

"저는 더 이상 할 말이 없네요. 아무튼 내 인생은 되는 일이 없어."

전혀 반성하는 기색 없이 자신의 운을 탓한 그녀는 당당한 모습으로 머리를 긁적이며 방을 나섰다.

그들 사이에 무슨 대화가 오고 갔는지 알 수 없었던 히안과 벌쿤은 궁금한 표정으로 뮤스의 설명을 기다렸고, 너무나 어이없는 사건에 말문이 막혀 버린 뮤스는 멍하니 율리가 사라진 곳을 바라보고만 있었다.

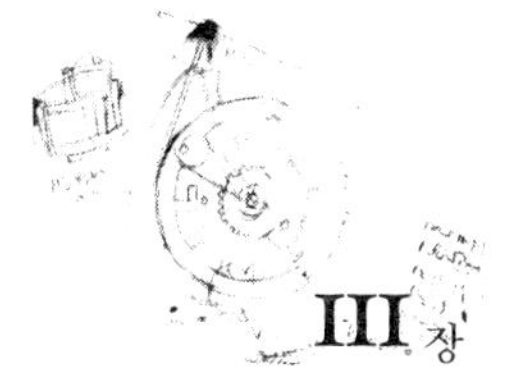

III장 도이첸 제국의 사절단

　며칠 후, 봄날의 산들한 바람에 체리나무의 꽃잎들이 날리며 분홍의 세상을 만들고 있었다. 뮤스는 머리 위로 떨어진 꽃잎을 그대로 얹은 채 쟈트란 황궁의 남쪽 대로를 산책하는 중이었는데, 뭔가 깊은 생각에 빠진 사람처럼 무표정한 얼굴로 입술을 달싹거리고 있었다.

　"양과 음의 조화는 만물을 살아 숨 쉬게 하며, 세상에서 일어나는 모든 현상은 음양의 조화로 해석할 수 있다. 음과 양이라는 거대한 줄기에 접근하기 위해서는 오행을 먼저 이해하여야 하며……."

　뜻을 이해할 수 없는 뮤스의 중얼거림은 금방 끝날 기미를 보이지 않았고, 시간이 갈수록 그의 발걸음은 조금씩 늦어지고 있었다.

　"뮤스! 특종이야, 특종!"

　저 멀리에서부터 뮤스를 부르는 카타리나의 목소리가 들려오고 있

었다. 그녀는 한참 동안이나 뮤스를 찾아 헤맸는지 상당히 지쳐 보였
고 이마에는 땀방울이 맺혀 있었다. 하지만 뮤스는 그녀가 부르는 소
리를 듣지 못한 듯 계속해서 걸음을 옮기고 있었는데, 이러한 뮤스를
한두 번 본 것이 아니었던 카타리나는 허리에 손을 얹으며 고개를 설
레설레 저었다.

"에휴, 또 무슨 생각을 하고 있나보네. 이런 곳까지 와서 머리를 혹
사시키고 있다니. 아무튼 여유를 즐길 줄 모른다니까."

카타리나는 넓은 황궁을 뒤지고 돌아다니느라 지친 다리를 이끌며
뮤스에게로 다가갔다. 그리고 그의 앞을 가로막은 카타리나는 숨을 크
게 들이쉬더니 목청껏 외치기 시작했다.

"뮤스!! 뭐 하니?!"

갑작스러운 외침 소리에 놀란 뮤스는 헛바람을 들이켰다.

"앗! 무, 무슨 일이야, 갑자기?"

뮤스의 물음에 입을 삐죽 내민 카타리나는 심통난 표정으로 대답했
다.

"갑자기라니? 아까부터 계속 불렀어. 그런데 들은 척도 하지 않던
걸?"

그제야 자신의 고질병(?)이 다시 나타났음을 알 수 있었던 뮤스는 볼
을 붉적이며 어쩔 줄을 몰라 했다.

"미, 미안, 내가 또 다른 데 정신이 팔려 있었나 봐. 많이 불렀어?"

사과를 하는 뮤스를 보며 더 이상 심통을 낼 수 없었던 카타리나는
밝은 웃음을 지어 보였다.

"아니, 괜찮아. 뭔가에 열중해 있는 모습도 보기 좋은걸!"

"하, 하하… 뭐 그런 말을."

뮤스가 쑥스러워하고 있을 때 자신이 뮤스를 찾아온 이유를 떠올린 카타리나는 손뼉을 치며 말을 이었다.

"아! 너, 그 소식 들었니? 폴린이랑 히안 소식 말이야!"

"응? 폴린이랑 히안? 겨우 오해를 풀어줬더니 또 무슨 일이라도 생긴 거야?"

궁금해하는 뮤스를 향해 미소를 띤 카타리나는 잠시 뜸을 들이더니 설레이는 듯 손을 모으며 입을 열었다.

"둘이 결혼하기로 했대! 너무나 갑작스러운 소식 아니니?"

뜻밖의 소식을 전해 들은 뮤스는 카타리나의 기대를 저버리지 않고 상당한 놀라움을 표했다.

"뭐?! 둘이 결혼을 하기로 했다니… 그럼 히안이 청혼을 한 거야?"

"아니, 청혼은 폴린이 했다는걸? 여자가 먼저 청혼을 한다는 게 조금 이상하긴 하지만, 폴린의 성격을 생각해 본다면 자연스럽다고 할 수 있잖아. 폴린의 말을 인용하자면 '이제는 기다리기도 지쳤어. 바보 같은 히안이 진짜로 사고치기 전에 내가 먼저 거두어들이기로 했지' 라고 하던걸?"

폴린의 말투를 흉내 내며 상황을 설명하는 카타리나를 본 뮤스는 웃음을 터뜨렸다.

"푸핫! 정말 폴린이랑 똑같은걸? 그래도 다시는 폴린 흉내 내기는 하지 마라. 생각만 해도 등이 오싹하니까."

"풋! 알았어."

그러던 중 문득 얼굴을 붉히며 고개를 숙인 카타리나는 손가락을 조물거리며 조용한 목소리로 입을 열었다.

"그런데 뮤스… 우리는 언제쯤 결혼할 수 있을까?"

"……."

한동안 뮤스는 아무런 대답이 없었다. 대신 그의 따뜻한 손길이 카타리나의 머리카락과 볼을 쓸어 내리기 시작했고, 그녀의 고개를 들어 올린 뮤스는 부드러운 눈빛을 건네며 듬직한 목소리로 입을 열었다.

"내게 주어진 사명이 곧 끝나게 될 거야. 그때가 되면 나는 제일 먼저 너에게 청혼을 할게. 나의 아내가 되어달라고."

"응, 기다릴게. 언제까지라도……."

뮤스의 대답을 듣게 되자 카타리나는 더없이 달콤한 행복감에 젖어 들었고, 두 남녀의 입술은 분위기를 타며 자연스럽게 가까워지기 시작했다.

촉촉하게 젖은 두 입술이 닿을 찰나, 원망스럽게도 그들의 애정 행각을 방해하는 목소리가 들려왔으니, 장난기 잔뜩 섞인 벌쿤의 목소리였다.

"이런, 이런, 아무리 좋아도 그렇지 이런 대로에서 그런 낯뜨거운 행각을 벌여도 되는 거야? 히안 형과 폴린 누나가 결혼한다고 충격 발표를 하더니, 여기도 불이 붙어버리셨구만!"

목소리가 들려온 곳에는 함께 팔짱 끼고 걸어오는 벌쿤과 세이즈의 모습이 보이고 있었다. 이미 내기의 기한이 지나 버렸기에 원래의 옷으로 바꿔 입을 수 있었던 벌쿤은 평소보다 더욱 활력이 넘치는 모습이었는데, 벌쿤의 갑작스러운 등장에 얼굴을 붉힌 카타리나는 급히 뮤스에게서 떨어졌고, 뮤스는 머쓱한 표정으로 먼 산을 보며 딴청을 했다.

"무, 무슨 소리야. 카타리나 눈에 뭔가 들어간 것 같아서 살펴보던 중이었다고. 그런데 넌 무슨 일로 여기에 나타난 거냐?”

“거참, 클래식한 변명이로구만. 아! 그보다 오늘부터 대륙 각국의 사절단이 황궁으로 도착하기 시작한다더군. 지금 도이첸 제국과 스윈 제국의 사절단이 들어온다고 해서 세이즈랑 구경이라도 할 겸 산책 나온 거야.”

벌쿤 옆에 붙어 있던 세이즈는 은근한 눈초리를 보내며 뮤스와 카타리나를 향해 손을 흔들어 보였고, 부끄러운 장면을 친구에게 들켜 버린 카타리나는 어색한 미소를 지을 뿐이었다. 그것도 잠시, 더 이상 뮤스와 카타리나의 애정 행각에 대해 별다른 신경을 쓰지 않은 세이즈는 벌쿤의 팔을 잡아끌며 재촉했다.

“벌쿤, 어서 서두르자! 나 사절단 행렬은 처음 보는 거란 말이야! 조금이라도 놓치고 싶지 않은걸.”

세이즈가 애교스럽게 보채자 유순한 양처럼 변해 버린 벌쿤은 그녀를 가뿐하게 안아 들었고, 체리나무가 우거진 대로 사이를 쏜살같이 달려나가기 시작했다.

“공주님의 분부에 따르겠습니다! 그럼 꽉 잡으세요!”

“꺄하하하! 조금 더 빨리 달려, 벌쿤!”

벌쿤과 세이즈가 히히덕거리며 사라져 가는 모습을 바라보던 카타리나는 뮤스의 손을 잡으며 말했다.

“뮤스, 우리도 따라가 보자. 뭔가 재미있을 것 같은걸?”

“후훗! 나도 공주님이 원하시는데 가지 않을 수 있겠어? 그럼 우리도 서두르자.”

그렇게 말한 뮤스는 벌쿤이 했던 것과 같이 카타리나를 양팔에 안아

들고서 달리기 시작했다.

"꺄~ 뭐, 뭐니, 갑작스럽게?"

뮤스의 돌연한 행동에 놀라긴 했지만 보기와는 다르게 넓고 듬직한 어깨를 느끼며 그가 하는 대로 따르고 있었다.

쟈트란 시내와 연결된 황궁의 남문에는 많은 수의 시민들이 나와 손을 흔들며 길게 이어진 사절단의 행렬을 반기고 있었다.

각국의 사절을 태운 전뇌거들의 앞으로는 그들을 호위하기 위해 따라온 병사들이 줄을 맞추어 말을 몰았고, 뒤로는 사절들의 수행원들을 태운 마차들이 따르고 있었다. 이들의 수는 적게 잡아도 천여 명에 달했는데, 가문의 문장과 국가의 문장을 자랑스럽게 내건 그들은 당당한 모습으로 황궁의 남문을 통과하여 입궁하는 중이었다.

"와아! 와!"

전뇌거에 타고 있던 사절들은 창을 가리고 있는 커튼을 열어 열렬하게 자신들을 환영하고 있는 쟈트란의 시민들을 내다보고 있었다. 그중에는 이미 여러 번 쟈트란을 방문한 이도 있었고 이번이 첫 방문인 이도 있었지만, 이번만큼 대륙 전체 국가를 대상으로 한 대규모의 초청은 흔한 일이 아니었기에 모두들 설레이는 얼굴들이었다.

뮤스와 카타리나 역시 환영 인파에 묻혀 사절단의 입궁 행렬을 지켜보고 있었다. 그들은 눈앞을 지나가는 전뇌거와 마차 안을 들여다보며 사절들의 얼굴을 확인하느라 분주했는데, 혹시라도 아는 얼굴이 있을지도 모른다는 기대감 때문이었다.

초롱초롱한 눈망울을 움직이며 처음 보는 사절단의 행렬을 구경하

던 카타리나는 뭔가를 발견한 듯 행렬의 끝을 가리키며 뮤스의 소매를
잡아끌었다.

“뮤스! 저기 봐! 도이첸 제국 황실의 전뇌거야.”

카타리나가 가리킨 곳을 본 뮤스 역시 도이첸 제국 황실의 전뇌거를
한눈에 알아볼 수 있었다. 저렇듯 우아한 금빛 곡선과 질주하는 말의
형상이 양각된 전뇌거를 소유하고 있는 곳은 도이첸 제국의 황실이 유
일했기 때문이었다.

“아! 정말 도이첸 제국 황실의 전뇌거구나.”

“저 안에는 누가 타고 있을까? 가비르 재상님이나 예전에 공학원을
찾아왔던 고듀트 외교 대신님이시겠지?”

“아무래도 고듀트 외교 대신님께서 타고 계실 거야. 가비르 재상님
은 국무를 책임져야 하는 만큼 황궁을 비울 수는 없을 테니까.”

“아무래도 그렇겠구나.”

뮤스와 카타리나가 대화를 나누는 사이 도이첸 제국 황실의 전뇌거
는 그들의 앞을 지나치고 있었다. 이에 잠시 대화를 멈춘 뮤스와 카타
리나는 깨끗하게 닦여 있는 창 안을 들여다보며 그곳에 타고 있는 이
의 얼굴을 살펴보기 시작했다.

잠시 후, 그들의 눈에는 창밖을 내다보며 손을 흔들고 있는 두 인물
의 모습이 선명하게 잡히고 있었다. 하지만 어쩐 일인지 그곳에서 뜻
밖의 얼굴을 발견할 수 있었던 뮤스와 카타리나는 누가 먼저랄 것도
없이 놀라움에 찬 얼굴로 서로를 마주 보며 외쳤다.

“에엣? 저분은?!”

바삐 이런저런 생각을 해보던 뮤스는 어깨를 으쓱이며 카타리나를

향해 말했다.

"이거야 원… 저분이 오시리라고는 전혀 짐작하지 못했는걸? 아무래도 직접 가서 만나뵈야겠어. 괜찮겠지, 카타리나?"

"응, 나는 괜찮아."

예상치 못한 인물의 등장으로 마음이 분주해진 뮤스는 어떻게 된 일인지 알고 싶은 마음에 카타리나를 이끌고 사람들 사이를 빠져나왔고, 사절들의 입궁 수속이 이루어질 황궁의 내궁을 향해 걸음을 재촉하기 시작했다.

황궁의 남문을 통과하여 내부로 들어온 사절단 행렬은 거대한 기둥이 지붕을 받치고 있는 순백의 건물 앞에 멈춰 서고 있었다. 그들은 내궁으로 들어가기 위한 수속을 밟기 위해 내궁으로 통하는 유일한 입구인 '하늘의 문'으로 오게 된 것이었다. 황궁에서 지켜야 할 법도를 엄수할 것을 서약하고 사절들과 수행원들의 방을 배정받거나, 황궁 생활 중에 필요한 요구 사항들을 접수하는 등의 일들을 하는 곳이었다.

자신들이 타고 온 전뇌거에서 내린 사절들은 바닥에 깔린 붉은 융단을 밟으며 하늘의 문으로 걸음을 옮겼고, 수행원들은 일사불란한 움직임으로 전뇌거와 마차 등에서 짐을 내리기 시작했다.

하늘의 문에는 듀들란 제국의 재상인 투르코스가 직접 사절들을 맞이하기 위해 나와 있었다. 그의 뒤로는 게하임 부관과 몇 명의 보좌관들이 함께 서 있었는데, 한 명씩 모습을 드러내는 사절들을 판별하여 소속 국가와 직위 등을 투르코스 재상에게 보고하는 중이었다.

하늘의 문으로 연결된 계단을 오르고 있는 사절들의 생김새와 장신구들에 붙어 있는 문장을 찬찬히 뜯어본 게하임 부관은 자신의 지식과 추론을 통해 사절들을 구분하고 있었다.

"가장 오른쪽의 진보라색 셔츠를 입은 분은 스윈 제국 황족 계승 서열 12위인 카뮤드 폰 로베나인 후작입니다. 비록 서열 12위라고는 하지만, 황녀들의 수가 많기에 실질적인 서열은 다섯 손가락 안에 드는 황실의 실권자입니다. 그리고 그의 옆에서 대화를 나누며 올라오는 분은 오세프 국가연합의 외교차관인 오스텔 폰 듀라세미드 왕자이시죠. 연합국 중 미뉴하펜 공국의 왕자입니다. 그 뒷줄의 붉은 외투를 걸친 분은 역시 스윈 제국의 외교 대신인 코르메트 폰 그라페엘 후작으로 스윈 제국 대학의 총장을 역임한 이후 외교 대신에 임명되었습니다."

그 이후로도 잠시 동안 게하임 부관의 보고는 계속되었고, 이십여 명에 달하는 사절들에 대한 정보는 차곡차곡 투르코스 재상의 머리 속에 쌓이고 있었다.

"초청장을 발송한 8개 국가 중 6개 국가의 사절들이 오늘 도착한 것으로 보고되었고, 나머지 2개 국가는 조금 차질이 생겨 내일 중으로 도착할 예정입니다."

게하임 부관의 보고를 듣던 투르코스 재상은 빙그레 미소를 띠며 고개를 끄덕였다.

"후훗, 발표회 진행이 순조로운 것 같으니 기분이 좋군. 그럼 사절들을 맞이하러 내려가 봐야겠지?"

웃으며 말하고 있는 투르코스 재상을 보며 의아한 표정을 지은 게하임 부관은 고개를 갸웃거리며 물었다.

"한데 지난 며칠 사이 무슨 일이라도 있었던 것입니까?"

　문득 걸음을 옮기다 말고 게하임 부관의 물음에 뒤를 돌아본 투르코스 재상은 어깨를 으쓱여 보였다.

　“글쎄, 그리 특별한 일은 없었네. 그것은 왜 묻는 것인가?”

　“다른 게 아니라, 재상 각하께서 갑작스럽게 웃는 얼굴을 보이시니 황제 폐하와 황녀님은 물론이시고, 아랫사람들까지 무슨 일인지 궁금해하고 있습니다. 그리고 걱정되는 점도 없잖아 있습니다.”

　“걱정이라니? 내가 웃는 게 불만스럽기라도 한 것인가?”

　투르코스 재상의 되물음에 놀라 손을 내저은 게하임은 자못 진지한 얼굴로 말했다.

　“왜, 그런 말이 있지 않습니까, 사람이 갑작스럽게 변하면 명이 다한 것이라는…….”

　그의 이야기를 들은 투르코스 재상은 피식 웃었고, 다시금 걸음을 옮기기 시작했다.

　“허헛! 싱거운 소리 그만 하고 어서 가세나. 예전에는 웃지 않는다고 철가면이라 부르더니 이제는 웃는다고 뭐라 하는군. 아무튼 사람들이란…….”

　“아, 알겠습니다.”

　결국 투르코스 재상의 심경 변화에 대해 아무것도 알아내지 못한 게하임 부관은 아쉬운 얼굴로 그를 뒤따르기 시작했다.

　사절들이 올라오고 있는 곳으로 내려간 투르코스 재상은 그들의 얼굴을 살피며 게하임 부관이 일러준 이름들을 떠올렸고, 반가운 표정을 지으며 인사를 건네기 시작했다.

　“처음 뵙겠습니다. 스윈 제국의 카뮤드 폰 로베나인 후작이시죠? 그리고 이쪽 분은 오세프 국가연합의 오스텔 폰 듀라세미드 외교차관님이시군요. 저는 듀들란 제국의 재상인 투르코스 드레스덴이라고 합니다. 먼 길을 오시느라 수고가 많으셨습니다."

듀들란 제국의 재상이 현 듀들란 제국 황제 크로시드 3세의 친숙부라는 사실은 대륙의 귀족이라면 모르는 이가 없을 정도였는데, 이렇듯 상위 서열의 황족인 동시에 재상 직을 겸하고 있는 인물이 직접 나와 자신들의 이름을 알아주고 환대하자 사절들은 기쁨을 감추지 못하고 있었다.

"아! 투르코스 재상님이셨군요. 재상님의 위명은 스윈 제국에서도 귀가 따갑게 들었습니다. 이렇게 만나뵙게 되어 영광입니다."

"이렇게 친히 맞이하여 주시니 몸 둘 바를 모르겠습니다. 이러한 영광을 누리게 해주셔서 감사할 따름입니다."

투르코스 재상은 이들을 시작으로 마주치는 사절들을 반갑게 맞으며 인사를 건넸고, 하나같이 그의 환대에 진심으로 감동하는 모습이었다.

투르코스 재상이 십여 명의 사절들과 인사를 주고받을 즈음 뒤늦게 도착하는 사절단의 행렬이 있었다. 그들은 지금까지의 사절단 행렬들과는 규모에서부터 큰 차이를 보이고 있었는데, 순백의 전뇌거를 중심으로 이십여 대의 마차가 앞뒤로 줄을 지었고, 백여 기의 철갑 기마병으로 이루어진 호위 부대가 위용 넘치는 모습으로 사절 일행을 보호하듯 에워싸고 있었다.

사절들을 맞이하다 말고 그곳으로 시선을 돌린 투르코스 재상은 그들의 소속을 한눈에 알아보았고, 안면을 딱딱하게 굳히며 중얼거렸다.

"도이첸 제국이 자랑하는 쿠페란 기마병대로군. 일개 사절단을 파견
하는 데 국가 최강의 기마병대를 호위 부대로 붙여오다니… 그렇게도
자신들의 힘을 과시하고 싶었던 건가?"

투르코스 재상의 중얼거림을 들을 수 있었던 게하임 부관은 냉정한
표정으로 도이첸 제국의 사절단을 꼼꼼히 살펴보며 입을 열었다.

"재상 각하의 말씀대로 힘을 과시하는 행동일 수도 있겠지만, 조금
달리 생각한다면 파견된 사절이 저 정도의 호위 부대를 필요로 하는
요인이라는 말이 될 수도 있습니다."

"흐음… 그럴 수도 있겠군. 그렇다면 대체 어떤 인물이?"

투르코스 재상과 게하임 부관이 대화를 하고 있는 사이 도이첸 제국
황실 전뇌거의 문이 열리고 있었다. 그리고 먼저 모습을 드러낸 인물
은 도이첸 제국의 외교 대신인 고듀트였다. 흰색의 예복은 약간 마른
체형을 가진 그에게 잘 어울려 보였고, 금장 도금이 된 지팡이로 땅을
짚으며 전뇌거 앞에 섰다.

고듀트 외교 대신의 얼굴을 본 투르코스 재상은 이미 안면이 있는
얼굴이었기에 어깨를 으쓱이며 말했다.

"여느 때와 같이 고듀트 외교 대신이로군. 그리고 다른 일행이 있는
듯한데……."

멀리서 바라보고 있는 투르코스 재상의 시야에는 남색의 예복을 차
려입은 이십 대의 청년이 전뇌거에서 내리는 모습이 잡히고 있었다.
하지만 기억을 더듬어보아도 그의 신분을 알 수 없었던 투르코스 재상
은 게하임을 향해 물었다.

"저 청년은 누구인가? 고듀트 외교 대신에게 저만한 자녀가 있다는

소리는 듣지 못하였는데."

투르코스 재상의 물음에 게하임 부관 역시 알지 못하는 얼굴인 듯 알쏭달쏭한 표정을 지었다.

"글쎄 말입니다. 단순히 고듀트 외교 대신의 일행이 아니겠습니까? 설레어하는 얼굴을 보니 여행이라도 온 듯한 기색이군요."

"흐음… 조금 있으면 고듀트 외교 대신이 소개해 주겠지. 먼저 내색치 말게나."

어쨌든 그들을 맞이해야만 했던 투르코스 재상은 전뇌거 앞까지 다가갔고, 오가는 수행원들에게 이것저것 지시를 하고 있는 고듀트 외교 대신을 향해 먼저 인사를 건넸다.

"오래간만에 뵙는군요, 고듀트 외교 대신."

투르코스 재상의 목소리에 고개를 돌린 고듀트 외교 대신은 반가운 표정을 지으며 고개를 살짝 숙여 목례했다.

"아! 투르코스 재상님이셨군요. 재상님께서 직접 나와 계시리라고는 생각지 못했습니다. 지난 18차 양국 회담 때 뵙고 처음이니 벌써 4년이나 지났군요. 한데 오늘따라 얼굴에 화색이 도시는 것을 보니 그동안 무슨 좋은 일이라도 있으셨습니까?"

고듀트 외교 대신은 투르코스 재상의 표정이 이상하리만큼 부드러워졌음을 느꼈고, 이에 쓴웃음을 보인 투르코스 재상은 고개를 내저으며 대답했다.

"하핫, 나이를 먹다 보니 사람이 변하는 것이겠죠."

대충 얼버무린 투르코스 재상은 옆에 있는 청년을 바라보며 말을 이었다.

“그보다 함께 동행하신 이 젊은 분도 소개를 좀 해주시겠습니까?”

그의 말에 조금 머뭇거린 고듀트 외교 대신은 청년의 얼굴을 살피며 나직한 목소리로 조심스럽게 입을 열었다.

“투르코스 재상님, 이분은 저희 도이첸 제국의 카로이트 4세 황제 폐하이십니다.”

놀랍게도 남색 예복의 청년은 바로 도이첸 제국의 젊은 황제인 카로이트 4세였던 것이었다.

“이, 이분께서 정녕 귀국의 황제 폐하이십니까?”

마음의 준비도 없이 청년의 정체를 듣게 된 투르코스 재상은 말로 표현할 수 없을 만큼 크게 놀라고 있었다. 그도 그럴 것이 한 국가의 수장이 일개 사절로서 타국을 방문하는 것은 그 전례를 찾아볼 수 없을 만큼 파격적인 사건이기 때문이었는데, 군소 국가의 왕도 아닌 도이첸 제국의 황제가 그런 일을 했다는 것은 꿈에서조차 생각지 못할 일이었던 것이다.

투르코스 재상이 너무 놀란 탓에 어찌해야 할지 몰라 우왕좌왕하자 고듀트 외교 대신은 급히 그에게로 다가가 조용히 부탁의 어조로 말했다.

“황제 폐하께서 이곳에 오셨다는 사실은 당분간 비밀로 해주셨으면 고맙겠습니다. 저희 황실에서도 이 사실을 알고 있는 사람이 몇 되지 않을 만큼 비밀리에 모신 것이랍니다.”

고듀트 외교 대신의 부탁에 고개를 끄덕인 투르코스 재상은 놀란 가슴을 진정시키며 물었다.

“한데 무슨 일로 황제 폐하께서 몸소 이곳까지 왕림하시게 되었는지 여쭈어봐도 괜찮겠습니까?"

고듀트 외교 대신이 대답하려 할 때 젊은 황제가 먼저 나서며 입을 열었다.

"귀하께서 투르코스 재상이시군요. 귀하의 명성이 구바닌 산맥을 넘어 도이첸 제국까지 닿아 있어 평소 한 번 만나고 싶었는데, 오늘에서야 인연이 되었나 봅니다. 너무 긴장하지 않으셔도 괜찮습니다. 본인이 이곳까지 오게 된 것은 그저 순수한 호기심에서 귀국의 제국 개발 사업 성과를 보고 싶었기 때문이랍니다. 비록 귀국과 도이첸 제국이 경쟁의 위치에 있다고는 하지만, 본국보다 조금이라도 나은 점이 있다면 배우고 본받아야 하지 않겠습니까?"

그의 눈에서 한 점의 사심조차 찾아볼 수 없었고, 일국의 황제임에도 불구하고 겸손한 태도를 취하는 그를 보며 내심 감탄을 금치 못한 투르코스 재상은 공손한 자세로 목례하며 젊은 황제를 맞이했다.

"정식으로 예를 갖추지 못한 점 진심으로 사죄드리겠습니다. 쟈트란의 모든 시민들을 대신하여 황제 폐하의 왕림에 감사드리는 바입니다."

"모든 것이 본인이 원했던 바이니 크게 신경 쓰지 않으셔도 괜찮습니다. 부탁은 오히려 본인이 드려야겠죠."

"최대한 빨리 내궁으로의 입궁 절차를 마치도록 할 테니 불편하시겠지만 잠시 이곳에서 기다려 주십시오."

다시 한 번 목례를 건넨 투르코스 재상은 급히 게하임 부관과 보좌관들을 이끌며 하늘의 문으로 걸음을 옮겼고, 자리에 남은 고듀트 외교 대신은 황제의 얼굴을 걱정스럽게 바라보며 찜찜한 표정을 하고 있었다.

고듀트 외교 대신이 무엇이라 입을 열 찰나 행렬의 뒤쪽으로부터 금속이 부딪치는 소리가 들려왔다. 무의식적으로 그곳을 향해 시선을 돌린 황제와 고듀트 외교 대신은 기마병들에 가로막힌 검은 머리의 청년과 비슷한 또래의 여인을 볼 수 있었다. 금세 그들의 얼굴을 알아본 젊은 황제는 손을 들어 보이며 외쳤다.

"뮤스 원장님과 카타리나 양이셨군요! 더 이상 무례를 범하지 말고 어서 창을 거두어들이거라!"

살기를 띤 눈으로 뮤스와 카타리나를 내려다보던 기마병들은 황제의 불 같은 명이 떨어지자 급히 살기를 거두어들이며 그들에게 길을 내주었다. 황제에게로 다가온 뮤스는 오랜만에 만나는 황제의 신색을 살폈고, 반갑게 웃으며 입을 열었다.

"폐하의 존체는 날이 갈수록 훤해지시는 것 같습니다. 그동안 별고 없으셨습니까? 고듀트 외교 대신님께서도 오랜만에 뵙는군요."

안부를 물어오는 뮤스의 손을 잡은 황제는 고개를 끄덕이며 웃어 보였다.

"하핫! 대륙에서 가장 안전하다는 벨링 궁에 매일 갇혀 지냈는데 어찌 무슨 일이 있겠습니까? 아! 그리고 카타리나 양은 예전보다 더욱 아름다워지신 것 같습니다."

황제의 말에 카타리나는 얼굴을 붉히며 수줍어했다. 뮤스의 옆으로 다가온 그녀는 정중한 모습으로 인사를 건넸다.

"오랜만에 뵙겠습니다, 폐하. 폐하께서야말로 날이 갈수록 위엄이 더해가시는 것 같습니다."

그녀의 말에 황제는 기쁨 반 쑥스러움 반의 얼굴을 하며 손을 내저었다.

"그렇게 예의를 갖춘 인사는 하지 않으셔도 괜찮습니다, 카타리나 양. 기왕 벨링 궁을 벗어났으니 조금은 자유롭게 지내고 싶군요. 요즘은 황위에 오르기 전의 시절이 그리워져서 말이죠."

신분에 어울리지 않게 장난스러운 태도로 대답하고 있는 황제를 보며 가볍게 웃은 뮤스는 전뇌거와 마차에서 짐을 내리고 있는 수행원들을 둘러보며 물었다.

"그나저나 이곳까지 황제 폐하께서 어인 일이십니까? 고듀트 외교 대신님께서는 오실 것이라 미리 짐작하고 있었지만, 황제 폐하께서 친히 이 먼 곳까지 오시다니 정녕 뜻밖이었습니다."

어느 정도 짐작했던 뮤스의 물음에 황제는 머쓱한 표정을 지어 보였다.

"하핫. 오랜만에 뮤스 원장님을 만나고 싶기도 했고, 오래전부터 듀들란 제국에 한번 방문하고자 했던 이유도 있었답니다. 또, 이번 기회에 제국 개발 사업이라는 것이 얼마나 효율을 거두었는지 두 눈으로 보고 싶었던 것이죠. 뭐, 한 가지 이유를 더 덧붙이자면……."

말끝을 흐리던 황제는 돌연 서운한 얼굴을 하며 말을 이었다.

"공학원에서 이번에 개발했다는 비행선을 하루빨리 타보고 싶었다고나 할까요? 하핫, 솔직히 말하자면 아마 제가 이곳에 온 가장 큰 이유라고 할 수 있겠습니다."

전혀 뜻밖의 이유를 듣게 된 뮤스는 자신도 모르게 실소를 터뜨렸다.

“하핫, 진심으로 하는 말씀이십니까? 그런 이유로 듀들란 제국까지 오셨다니 폐하도 참으로 대단한 분이십니다.”

그들의 곁에서 잠자코 대화를 듣고만 있던 고듀트 외교 대신은 그동안의 애환을 뮤스에게 토로하듯 울상을 지으며 대화에 끼어들었다.

“폐하께서는 비행선 제작 소식을 벨링 궁에서 접한 이후로 타보고 싶은 마음에 일을 손에 잡지 못하셨습니다. 어쩔 도리 없이 라이델베르크 공학원으로 연락을 취해보았지만, 이미 비행선은 듀들란 제국을 향해 출발한 후였고, 뮤스 원장님이 돌아올 날까지 기다릴 수 없으셨던 폐하께서는 대신들의 반대를 뿌리치시고 저와 함께 이곳까지 오시게 된 것입니다. 휴우, 폐하께서 자리를 비우시는 동안 국정에 영향이 있을까 우려하여 일부 대신들만이 이 사실을 알고 있는 상태이고, 투르코스 재상님께도 이 일을 비밀로 해달라 부탁드러 놓았습니다. 나쁜 뜻은 아니지만, 폐하께서는 뮤스 원장님을 만난 이후로 날이 갈수록 활동적으로 변하셔서 궁 내의 대신들에게 적지 않은 당혹감을 안겨주고 계십니다.”

타인의 입을 통해 자신의 활약상(?)을 듣고 있던 황제는 멋쩍은 웃음을 지었고, 황제의 행동을 어느 정도 짐작할 수 있었던 뮤스는 그의 행동이 자신의 탓으로 돌려지는 듯한 분위기에 쓴웃음을 지었다.

그로부터 얼마의 시간이 지나지 않아 사절들에 대한 내궁으로의 입궁 절차가 끝나게 되었고, 뮤스와 카타리나, 그리고 황제와 고듀트 외교 대신은 그간의 이야기를 나누며 내궁으로 자리를 옮기기 시작했다.

쨍쨍한 아침의 햇살이 뮤스의 얼굴로 파고들고 있었다. 늦은 시간까지 젊은 황제의 말동무가 되어주느라 잠을 못 잤던 터라 오늘따라 늦잠을 자고 싶었던 뮤스는 눈이 부셔옴에 짜증을 느끼며 이불을 끌어당겨 얼굴을 덮었다. 하지만 어쩐 일인지 눈은 다시 부셔오기 시작했고, 다시금 이불을 끌어당기려 했다.

"으음… 눈부셔."

그러나 그의 의도를 저버리며 이불은 움직일 생각을 하지 않았는데, 이상함을 느낀 뮤스는 살포시 눈을 떴다. 흐릿한 그의 시야에는 한 여인의 얼굴이 가득 들어오고 있었는데, 보고 있는 것만으로도 미소가 나올 얼굴이었다. 그녀의 얼굴을 알아본 뮤스는 눈을 부비며 몸을 일으켰다.

"아함! 카타리나구나. 아침 일찍부터 무슨 일이라도 있는 거야?"

뮤스의 물음에 아무런 대답도 하지 않은 카타리나는 등을 돌린 채 심통이 난 표정을 짓고 있었다. 뭔가 이상함을 느낀 뮤스는 정신이 번쩍 드는 것을 느꼈고, 그녀의 얼굴을 살피며 물었다.

"응? 왜 그런 표정을… 무슨 기분 나쁜 일이라도?"

그제야 뮤스의 얼굴을 바라본 카타리나는 잔뜩 부풀린 볼에서 바람을 빼며 투덜거리기 시작했다.

"흥! 어제 황제 폐하를 만난 이후로 전혀 나와 시간을 보내주지 않았잖아! 함께 저녁 먹을 시간도 없이 황제 폐하와 어디론가 사라져서 보이지도 않고. 칫!"

카타리나의 투덜거림만큼 세상에 무서운 것이 없었던 뮤스는 이불을 치우고 일어나 애처로운 표정으로 그녀를 달래기 시작했다.

"하, 한 번만 봐달라고. 나로서는 어쩔 수가 없는 일이었어. 황제 폐하께서 놓아주질 않으시니 어떻게 빠져나올 방도가 없었다구. 조금만 이해해 주면 안 될까. 응?"

쩔쩔매고 있는 뮤스를 보며 혀를 삐죽 내민 카타리나는 언제 그랬냐는 듯이 웃으며 자리를 털고 일어났다.

"헤헷! 이젠 됐어. 네가 어쩔 수 없었다는 걸 알면서도 그냥 혼자 심통이 나서 그래 본 거야. 실컷 투덜거렸더니 이제는 조금 속이 풀리는걸?"

잔뜩 긴장하고 있던 뮤스는 맥이 풀림을 느끼며 침대 위에 주저앉았다.

"아… 그런 거였구나. 역시 카타리나는 이해해 줄 것이라고 생각했어. 휴우… 십년감수했군."

가슴을 쓸어 내리는 뮤스를 향해 가볍게 미소 지은 카타리나는 그의 이마에 가볍게 입맞춤을 해주며 말했다.

"그럼 나는 애들이랑 황궁 밖으로 나갈 일이 있어서 먼저 일어날게. 전에 못했던 쇼핑을 계속해 볼 생각이야. 그래서 나가는 길에 이야기라도 전할 겸 들른 거고."

멍한 표정으로 입맞춤을 받던 뮤스는 우려 섞인 목소리로 물었다.

"응? 같이 가지 않아도 괜찮을까? 듀들란 제국어에 능숙한 사람도 없고……."

고개를 내저은 카타리나는 손을 흔들어 인사를 건네며 서두르고 있었다.

"걱정할 필요는 없을 거야. 어차피 쇼핑에 그리 많은 말이 필요한 것도 아니니까. 늦기 전에 나가봐야겠어. 그럼 저녁때 보자!"

"으응. 그럼 조심해서 다녀와."

카타리나는 바쁜 걸음으로 방에서 나갔고, 그새 잠이 모두 달아나 버린 뮤스는 헝클어진 머리카락을 긁적이며 시원스럽게 기지개를 켰다.

"아하암! 아침부터 조금 당황스러웠군."

침대에서 일어난 그는 카타리나가 나간 후 조금 열려 있는 방문을 발견하고는 문을 닫기 위해 걸음을 옮겼다.

"분명 폴린이 부추겼을 거야. 설마 벌써 혼수를 준비하는 건 아니겠지?"

혼잣말을 중얼거리며 문고리를 잡으려 할 때였다. 방문 너머로부터 귀에 익숙한 목소리를 들을 수 있었다. 의아함을 느낀 뮤스는 확인을 위해 방문 사이로 머리를 빼꼼이 내밀어 바깥의 상황을 살피기 시작했다.

"으음? 황제 폐하의 목소리인데……."

과연 그의 눈에는 몸을 낮춘 황제의 뒷모습이 잡히고 있었다. 그는 누군가와 대화를 나누고 있는 중이었는데, 얼핏 보이는 모습이 나이 어린 여자 아이임을 쉽게 알 수 있었다.

"아, 뮤스 원장님의 방을 찾다가 이곳에서 길을 잃은 모양이구나?"

황제의 물음에 여자 아이는 고개를 끄덕였고, 시무룩한 어조로 대답했다.

"네. 엄마께서 나중에 함께 가자고 하셨지만, 조금이라도 빨리 감사 드리고 싶어서 혼자 찾아온 것이에요. 그런데 황궁에 위낙 방이 많다

보니 찾을 길이 없었어요."

"후훗, 그렇다면 너는 굉장히 운이 좋은 아이로구나. 바로 이 옆 방이 뮤스 원장님의 방이거든. 나 역시 뮤스 원장님을 만나러 왔으니 함께 들어갈까?"

"정말요? 그럼 부탁드리겠습니다."

"하핫! 이렇게 귀여운 아가씨가 부탁을 하는데 당연히 들어줘야 하지 않겠니?"

깜찍한 모습으로 고마워하는 여자 아이의 머리를 한차례 쓰다듬어 준 황제는 낮췄던 몸을 일으켰다.

"그럼 어서 가보자꾸나."

여자 아이의 손을 잡고서 뮤스의 방을 향해 발걸음을 떼던 황제는 방문 밖으로 머리를 내밀고서 자신들을 바라보고 있는 뮤스를 발견하였다. 그를 향해 손을 들어 보인 황제는 빙긋 웃는 얼굴로 자신의 옆에 있는 여자 아이를 가리키며 입을 열었다.

"뮤스 원장님, 아침부터 귀여운 손님이 찾아오셨군요."

그의 말에 여자 아이의 얼굴을 본 뮤스는 어렴풋한 기억을 떠올리며 나직한 탄성을 질렀다.

"아! 그때 그 아이구나! 이름이 미뉴… 미뉴엔느였던가?"

동시에 뮤스의 얼굴을 확인한 여자 아이는 만면에 밝은 미소를 피워 올리며 고개를 끄덕였다.

"네! 미뉴엔느라고 해요. 그냥 밍이라고 부르셔도 상관없어요."

"그나저나 네가 어떻게 이곳에… 아, 우선은 방으로 들어오렴. 폐하께서도 누추하지만 들어오시지요."

우연찮게 도움을 주게 된 미뉴엔느가 어떻게 하여 황궁의 내궁까지 들어올 수 있었는지 알 수 없었지만, 찾아온 손님을 계속해서 밖에 세워놓을 수 없었던 뮤스는 그들을 방 안으로 안내했고, 대충 늘어놓았던 옷가지들을 치우며 차라도 한잔 대접할 겸 찻잔을 챙기기 시작했다.

또로로록.

찻물이 새하얀 찻잔 속으로 떨어지며 맑고 영롱한 소리가 들려왔다. 진하게 우러나온 찻물은 투명한 붉은색을 띠었고, 찻잔이라는 좁은 틀 속에서 이리저리 흔들리며 햇빛을 반사시키고 있었다. 소파의 앞쪽에 걸터앉은 미뉴엔느는 조심스럽게 뜨거운 찻잔을 들어 입 안으로 흘렸다. 이어 노릇하게 굽힌 쿠키 한 조각을 입에 문 미뉴엔느는 꼭꼭 씹어 삼키며 만족한 표정을 지어 보였다.

"정말 맛있는걸요? 엄마는 쿠키를 자주 먹지 못하게 하셔서 속상해요. 저는 쿠키를 너무나 좋아하는데……."

천진난만한 표정을 짓고 있는 미뉴엔느를 보며 가벼운 미소를 지은 뮤스는 차를 한 모금 마시며 물었다.

"그것보다 어떻게 내가 이곳에 있는 줄 알았지?"

손에 남아 있던 쿠키를 입 안으로 쏙 넣은 미뉴엔느는 해맑은 웃음을 띠며 대답했다.

"아버지께 그때 있었던 일을 말씀드렸더니 오빠가 이곳에 있다고 가르쳐 주셨어요. 저희 아버지는 모르는 게 없으시거든요. 그래서 엄마와 함께 아버지를 따라 황궁으로 온 거예요. 지금 엄마는 아버지의 집무실에 계시구요."

"아버지를 따라? 그럼 너희 아버지께서 황궁에서 일을 하시는 거
니?"

뮤스의 물음에 미뉴엔느는 고개를 끄덕였고, 계속해서 쿠키를 먹는
데 열중했다.

느긋한 자세로 차 맛을 음미하며 그들의 대화를 듣고 있던 황제는
문득 미뉴엔느의 얼굴이 누군가와 닮았음을 깨달았다. 하지만 기억을
더듬어봐도 그것이 누구인지 알 수 없었던 황제는 의문을 느끼며 미뉴
엔느를 향해 물었다.

"아버지의 성함이 어떻게 되시지? 이상하게도 네 얼굴이 눈에 익구
나."

그의 말을 듣고 있자니 뮤스 역시 미뉴엔느가 누군가와 닮았다는 생
각을 하게 되었는데, 금세 그것이 누구인지 알 수 있었던 뮤스는 무릎
을 치며 나직한 탄성을 터뜨렸다.

"아! 그러고 보니 눈과 입매가 투르코스 재상님과 많이 닮았군요."

황제 역시 그의 말에 동의했다.

"과연 어디서 본 듯한 얼굴이라 했더니……."

뮤스와 황제의 이야기를 들은 미뉴엔느는 쿠키를 먹다 말고 신기한
얼굴로 그들을 바라보았다.

"두 분 모두 저희 아버지를 알고 계시는군요!"

이로써 미뉴엔느가 투르코스 재상의 딸임이 확실해지자 뮤스는 기
막힌 우연에 다시 한 번 탄성을 터뜨렸고, 황제는 자신의 예리한 눈썰
미에 만족한 미소를 지었다.

그 후 이들 셋은 여러 가지 이야기를 나누기 시작했다. 뮤스는 미뉴

엔느를 구해주게 된 일들을 황제에게 이야기해 주었고, 미뉴엔느는 그 날 이후에 있었던 일들을 뮤스와 황제에게 들려주게 되었는데, 때로는 심각한 얼굴을 하기도 하고 때로는 웃음을 자아내기도 하며 즐거운 오전의 한때를 보내고 있었다.

이야기가 오고 가는 사이에 뮤스와 황제에게 친근감을 느낀 미뉴엔느는 더욱 활달해진 모습이었다. 욕심스럽게 양손에 쿠키를 집어 든 미뉴엔느는 입가에 쿠키 가루를 잔뜩 묻힌 모습으로 이야기하는 중이었다.

"저는 아버지께 많이 혼날 줄 알았거든요? 그런데 웃는 방법도 모르실 것 같던 아버지가 웬일인지 따뜻하게 웃으시더니 다음부터는 조심하라는 말씀만 하셨어요. 그래서 겨우 안심할 수 있었죠."

그렇게 밝은 얼굴로 이야기하던 미뉴엔느는 갑자기 무엇인가 떠오른 듯 손뼉을 치며 설레이는 표정을 지었다.

"맞다! 오늘 황궁에서 연회가 있는 건 알고 계시죠? 제국 개발… 무슨 전야라고 하던데……."

미뉴엔느의 말에 황제까지 덩달아 손뼉을 치며 입을 열었다.

"아차차! 그리고 보니 원래 그 일 때문에 뮤스 원장님을 찾아온 것인데 이제야 생각이 났군요. 작은 선물로 예복이나 한 벌 맞춰 드릴까 해서 찾아온 것이랍니다. 마침 이번 사절단에 솜씨 좋은 재단사가 동행을 해서 말이죠."

제국 개발 사업 발표회 전야 연회에 대해 얼핏 들은 적이 있긴 했지만, 그것이 오늘이라는 것까지는 모르고 있었던 뮤스는 쓴웃음을 지으며 대답했다.

"제국 개발 사업 발표회 전야 연회를 말씀하시는 것이로군요. 그것이 오늘이라고는 생각지도 못하고 있었습니다. 그리고 폐하의 배려는 고맙지만, 예전에 준비해 놓았던 예복이 있으니 저는 그것으로도 충분하답니다."

하지만 황제는 물러설 생각이 없는 듯 고개를 내저으며 말했다.

"뮤스 원장님께서도 엄밀히 따지자면 도이첸 제국을 대표하는 사절로서 이곳에 오신 것입니다. 그렇다면 그에 걸맞는 품위의 예복을 준비하는 게 당연한 것이 아니겠습니까? 뮤스 원장님께서 헌 예복을 입고 공식 석상에 나서는 모습을 도이첸 제국의 황제로서 보고 있을 수만은 없는 일입니다."

황제의 눈빛을 보며 쉽게 물러나지 않을 것임을 짐작한 뮤스는 어쩔 수 없이 그의 배려를 받아들일 수밖에 없었다.

"그렇게까지 말씀하신다면야 어쩔 수가 없군요. 감사히 받아들이도록 하겠습니다."

둘의 대화가 끝나자 미뉴엔느가 끼어들며 뮤스를 향해 하고자 했던 이야기를 이었다.

"오빠, 혹시 연회에 함께 갈 분이 없으시다면 저와 동행해 주면 안 될까요? 원래는 쟝 아저씨와 함께 갈 예정이었는데, 쟝 아저씨는 오늘까지 많이 바쁘다고 하시거든요. 그래서 이렇게 오빠에게 부탁드리는 거예요."

미뉴엔느의 부탁을 들어주고 싶기는 했지만 카타리나의 얼굴이 떠오른 뮤스는 미안한 얼굴을 하며 대답했다.

"이걸 어떻게 하지? 나는 함께 동행할 사람이 이미 있는데 말이야.

아무래도 네 부탁을 들어줄 수 없을 것 같구나."

부탁을 들어줄 수 없다는 뮤스의 대답에 미뉴엔느는 시무룩한 모습으로 말했다.

"그렇다면 어쩔 수 없죠 뭐. 혼자 연회에 가는 수밖에."

미뉴엔느는 더 이상 쿠키를 먹을 기분이 나지 않는지 입가에 묻은 쿠키 가루를 털어냈다. 그리고 작은 입술 사이에서는 나이답지 않은 무거운 한숨이 새어 나오고 있었다. 그런 모습을 가만히 지켜본 황제는 안타까운 듯 혀를 차며 입을 열었다.

"쯔쯧, 이렇게 귀여운 아가씨의 부탁을 거절하다니 뮤스 원장님도 참으로 냉담하시군요."

반장난조로 말하는 황제를 본 뮤스는 볼을 긁적이며 쓴웃음을 지었다. 이어 미뉴엔느와 시선을 맞춘 황제는 따뜻하게 웃으며 말을 건넸다.

"괜찮다면 나와 함께 연회에 갈까? 나도 동행할 사람이 없던 차에 잘되었구나."

그의 말에 미뉴엔느의 얼굴은 금세 밝아졌고, 빨리 고개를 끄덕였다.

"정말 그래도 되겠어요?"

"하핫! 물론이란다. 오히려 귀여운 아가씨와 동행할 수 있으니 내가 더욱 영광인걸?"

"고마워요, 오빠!"

와락!

기분이 좋아진 미뉴엔느는 거리낌없이 황제의 품으로 달려들었는데,

갑작스러운 행동에 조금 놀라긴 했지만, 처음으로 들어보는 오빠라는 소리가 왠지 정겹게 느껴진 황제는 미소를 떠올리며 미뉴엔느의 머리를 쓰다듬어 주었다.

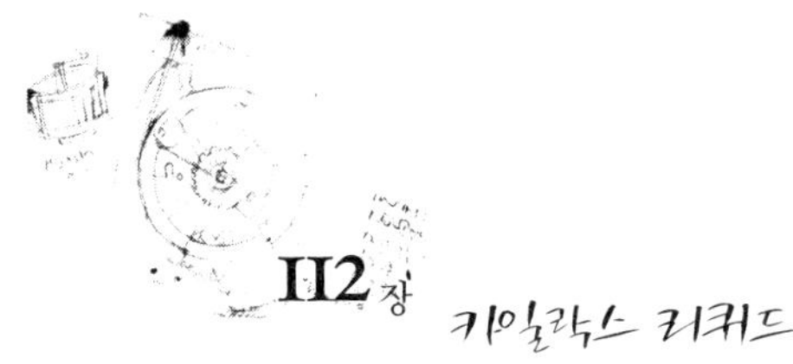

저녁 식사 시간이 되면서 제국 개발 사업 발표회 전야 연회의 막이 오르고 있었다. 황궁에는 몸이 절로 들썩거릴 흥거운 음악이 울려 퍼졌고, 초대를 받은 사절들과 황궁 귀족들은 동행인들과 함께 연회장으로 모여들고 있었다.

뮤스와 일행 역시 연회장으로 향하는 길 위에 있었다. 크라이츠를 제외하고는 모두 쌍을 이루고 있었는데, 그중 히안과 폴린은 벌써부터 신혼부부라도 된 양 가까이 붙어 눈꼴 시린 친근함을 표하고 있었다.

"히안, 이것 좀 먹어봐. 아까 시내에 나가서 사 온 과자인데 제법 맛있더라고."

과자를 한입에 넣을 수 있도록 작게 쪼갠 폴린은 히안의 입 안에 직접 넣어주었고, 히안은 맛있게 받아먹으며 행복에 거워하는 중이었다.

"하핫! 정말 맛있는걸? 네가 먹여줘서 더 맛있는 걸 거야!"

"호호홋! 정말 그렇게 생각해? 여기 많이 있으니까 실컷 먹어."

그런 모습을 뒤에서 보고 있던 크라이츠는 불편한 심기를 그대로 드러내며 신경질적인 목소리로 중얼거렸다.

"차라리 티격거리며 싸우고 있을 때가 훨씬 보기 좋았는데… 그렇지 않아도 파트너를 못 구해서 기분 나쁜 판국에 아주 속을 뒤집는걸? 이 황궁에는 왜 이렇게 쓸 만한 남자들이 없는지 원."

그녀의 중얼거림을 들은 뮤스는 위로라도 할 겸 입을 열었다.

"쓸 만한 남자들이 없다기보다는 누님의 눈이 너무 높은 것이 아닐까요?"

크라이츠는 뮤스의 말을 인정하는지 고개를 끄덕였다.

"너도 생각을 해보렴. 지상 최고의 미모와 지성을 겸비하고 있는 내가 어떻게 평범한 사람과 어울릴 수가 있겠니? 음, 장영실 경 정도면 어느 정도 상대를 해줄 만한데……."

뜬금없이 장영실의 이름을 언급하던 크라이츠는 잠시 발걸음을 멈추었고, 좋은 생각이 나기라도 한 듯 손뼉을 치며 기뻐하기 시작했다.

"아하! 장영실 경에게 부탁하면 되겠구나! 현혹 계열 마법을 살짝 걸어준 후에 최면 마법을 쓰면 내 부탁을 거절할 수 없겠지."

혼잣말을 중얼거리고 있는 크라이츠를 본 뮤스는 불안한 얼굴로 그녀의 앞을 가로막았다.

"누, 누님, 대체 무슨 생각을… 지금 장영실 아저씨는 마무리 작업으로 바쁘시답니다. 그러니 연회장에 가서서 다른 분을 찾아보시는 편이 좋지 않을까요?"

하지만 크라이츠의 귀에는 들리지 않는 듯 앞을 가로막고 있는 뮤스를 유유히 지나쳐 어딘가로 걸음을 옮겼고, 그녀가 결심한 이상 말릴 방법이 없다는 것을 잘 알고 있는 뮤스는 그저 보고만 있을 뿐이었다.

그때까지 세이즈와 장신구에 대한 이야기를 나누고 있던 카타리나는 크라이츠가 어디론가 사라지는 것을 보고는 뮤스에게 다가와 물었다.

"어? 크라이츠님께선 갑자기 어디로 가시는 거니?"

하지만 사실을 그대로 말해 주기가 뭐했던 뮤스는 어깨를 으쓱거리며 화제를 돌렸다.

"글쎄, 잠시 잊은 게 있으신 거겠지. 그보다 오늘 나가서 그 목걸이랑 귀고리를 사 온 거야? 네게 굉장히 잘 어울리는걸?"

"정말? 내가 생각해도 나한테 잘 어울리는 것 같아서 고민도 하지 않고 사버렸지 뭐야."

뮤스의 칭찬에 금세 크라이츠에 대한 의문을 잊은 카타리나는 웃으며 목걸이를 뽐냈고, 하루 동안 있었던 일을 뮤스에게 들려주며 연회장으로 향하였다.

별관에 위치한 연회장 입구에는 단정하게 검은 예복을 차려입은 중년의 의전관이 서 있었다. 뮤스와 일행이 연회장에 도착하는 것을 본 의전관은 몸에 배인 각듯한 자세로 인사를 건넸고, 차분한 어조로 말했다.

"어서 오십시오. 성함을 말씀해 주시고 초청장을 보여주시겠습니까?"

그의 말에 고개를 끄덕인 뮤스는 가방에 넣어놓았던 초청장을 꺼내

보여주며 자신과 일행을 소개했다.

"도이첸 제국 라이델베르크 공학원 원장인 뮤스 드라켄과 일행입니다."

도이첸 제국 공학원의 원장이라는 소개에 조금 놀란 기색을 보인 의전관은 뮤스 일행을 안쪽으로 안내하며 말했다.

"아! 뮤스 원장님이시군요. 연회에 참석해 주신 점 감사드립니다. 저를 따라오십시오."

뮤스와 일행은 그의 뒤를 따르기 시작했다.

금빛으로 화려하게 꾸며진 응접실을 통과해 안쪽으로 들어가자 상아색 대리석으로 만들어진 나선형의 계단이 보였다. 그 계단 아래에는 먼저 온 손님들이 간단한 식사를 하거나 잡담을 나누며 원형의 거대한 연회장을 메우고 있는 중이었는데, 계단 끝에 멈추어 선 의전관은 아래쪽의 연회장을 향해 큰 목소리로 말했다.

"도이첸 제국 공학원의 원장님이신 뮤스 드라켄님과 그 일행 분들이십니다!"

그의 목소리는 둥근 천장과 벽을 타고 퍼지며 넓은 연회장 전체에 울렸고, 잡담을 나누던 손님들은 소개된 인물의 얼굴을 보기 위해 계단의 위쪽을 올려다보고 있었다.

"그럼 즐거운 시간 되시길 바랍니다."

이로써 의전관으로서의 역할이 끝나자 뮤스와 일행을 향해 허리를 살짝 굽혀 목례를 건네며 원래 있던 연회장의 입구로 돌아갔다.

장내를 한 번 둘러본 뮤스는 카타리나의 손을 잡고 계단을 내려가기 시작했고, 그 뒤를 히안과 폴린, 벌쿤과 세이즈가 따랐다. 이때 손님들의 시선은 한동안 이들의 모습에 집중되어 있었는데, 소문만 무성하던 도이첸 제국 공학원 원장의 얼굴을 보기 위함이었다.

뮤스가 연회장까지 내려오는 모습을 확인한 손님들은 하나둘 그의 주변으로 다가오고 있었다. 그리고 누가 먼저랄 것도 없이 뮤스를 향해 인사를 건네며 자신들을 소개하기 시작했다.

"스윈 제국의 바르샤드 폰 비앙쉬 백작이라고 합니다. 원장님의 명성을 귀가 따갑도록 들어왔었는데, 오늘 이렇게 직접 만나뵙게 되어 영광입니다."

"샤빈 공국을 대표해서 온 크라펠 폰 알비움 백작입니다. 평소 흠모하던 원장님을 뵙게 된 오늘을 절대 잊을 수가 없을 것 같군요."

"듀들란 제국의 외교 대신인 오켈라인 폰 라드플릭입니다. 몇 번 원장님을 멀리서 뵌 적이 있었는데, 오늘에서야 이렇게 인사를 드리는군요."

순식간에 사람들에게 둘러싸인 뮤스는 정신없이 사방에서 들려오는 인사를 받아야만 했는데, 복잡한 분위기를 좋아하지 않는 뮤스였지만 어느 정도 짐작하고 있었던 상황이기에 싫은 내색을 하진 않았다.

"저야말로 대륙의 고명하신 분들을 이렇게 한 자리에서 만나뵙게 되어 기쁨을 감출 수가 없습니다. 이쪽은 저의 동료들로서……."

뮤스는 카타리나와 일행의 소개도 잊지 않았는데, 특히 그들은 교제 중이라고 밝힌 카타리나에 대해 많은 관심을 보이고 있었다.

한참 동안 여러 사람들과 인사를 주고받던 뮤스와 카타리나는 양해를 구하고 나서야 그들의 사이를 빠져나올 수 있었다. 카타리나는 이렇게 사람들의 주목을 받아본 것이 처음이었는지 벌써부터 피곤한 얼굴이었는데, 이를 본 뮤스는 안쓰러운 표정으로 그녀의 어깨를 보듬어 주며 한숨을 내쉬었다.

"후우… 정신없었지? 피곤해 보이는데 괜찮겠어?"

뮤스의 걱정스러운 목소리를 들은 카타리나는 가볍게 미소 지었다.

"응. 조금 쉬면 괜찮아질 거야."

그녀의 말에 주변을 둘러보던 뮤스는 가까운 곳에 놓여 있는 소파를 발견하고는 그곳으로 카타리나를 데리고 갔다. 그리고 그녀가 소파에 앉는 것을 도와준 뮤스는 음식이 놓여 있는 테이블을 가리키며 말했다.

"그럼 여기서 조금 쉬도록 해. 혹시 배가 고프면 음식을 가져다 줄까? 아니면 마실 것이라도?"

"아냐, 별로 음식 생각은 없는걸. 너는 어때?"

"후훗. 나도 사람들한테 시달려서 그런지 별로 입맛이 없어."

몇 마디의 이야기를 나누는 사이에 어느 정도 휴식을 취할 수 있었던 뮤스와 카타리나는 여유로운 모습으로 소파에 앉아 연회장을 오가는 사람들을 구경했다. 그런 사람들의 틈 속에는 히안과 폴린, 그리고 벌쿤과 세이즈의 모습도 보였는데, 그들은 이러한 연회가 흥겹기만 했는지 만면에 웃음을 띠며 사람들과의 만남과 푸짐하게 차려진 음식들을 즐기고 있었다.

뮤스와 카타리나가 소파에 앉아 악사들이 연주하는 음악을 듣고 있을 때, 연회와는 어울리지 않는 복장을 한 일단의 무리가 사람들의 이목을 끌며 다가오고 있었다. 그들은 금속 갑옷으로 전신을 둘러싼 근위병 무리였는데, 비록 연회의 법도에 따라 손에 무기를 들고 있는 상태는 아니었지만 화기만연한 연회장에 어울리지 않는 것은 틀림없어 보였다.

척! 척! 척!

이어 그들은 뮤스와 카타리나의 앞까지 당도했고, 아무 말 없이 굳은 자세로 멈추어 섰다. 당혹감과 의아함을 동시에 느낀 뮤스는 그들을 향해 물었다.

"제게 볼일이라도 있으신 것입니까?"

그의 물음에 금속 갑옷의 근위병들은 아무런 대답도 하지 않았는데 그들의 틈에서 귀에 익숙한 목소리가 들려왔다.

"아! 놀라실 것 없습니다, 뮤스 원장님."

그리고 근위병들의 사이가 조금 벌어지더니 그 가운데에서 한 청년과 10살가량의 여자 아이가 모습을 드러냈다. 바로 도이첸 제국의 젊은 황제와 투르코스 재상의 딸인 미뉴엔느였다. 그들의 얼굴을 확인한 뮤스는 엉거주춤한 동작으로 자리에서 일어나 근위병들을 한번 훑어보며 물었다.

"이것이 대체 어떻게 된 일입니까? 연회장에 이렇게 많은 근위병들을 대동하고 나타나시다니……."

황제 스스로도 머쓱했던지 머리를 긁적이며 쓴웃음을 지었다.

"그러게 말입니다. 미뉴엔느와 함께 연회에 가려고 방을 나서는데 이 근위병들이 저를 보호한답시고 방문 앞에서 기다리고 있는 것이 아니겠습니까. 괜찮다고 해도 투르코스 재상의 특별 명령이라고 막무가내더군요. 조금 귀찮은 일이 있을 것이라고 생각은 했지만, 이런 일이 생겨 버릴 줄이야……."

황제의 옆에 있던 미뉴엔느는 거의 울상이 되어 있었는데, 기대하고 있던 연회를 근위병들로 인해 즐기지 못할 판국이 되어버렸으니 당연한 일이었다.

"이게 뭐람. 조금 있으면 무도회가 시작될 텐데 이래선 춤도 추지 못할 거라구요. 이 무서운 아저씨들이 같이 춤을 추지 않는다면 말이죠."

입이 한 치나 나온 미뉴엔느의 얼굴을 본 뮤스는 자신도 모르게 실소를 터뜨리고 있었다. 그는 미뉴엔느를 소개하기 위해 카타리나를 바라보았다.

"이 아이가 투르코스 재상의 따님이야. 이름은 미뉴엔느라고 하지."

예복을 귀엽게 차려입은 미뉴엔느를 본 카타리나는 눈웃음을 지으며 인사를 건넸다.

"아주 예쁜 아가씨로군요. 만나서 반가워요. 괜찮다면 카타리나 언니라고 부르도록 해요."

미뉴엔느는 투덜거리던 기색을 바삐 감추며 예의 바르게 자신의 소개를 했다.

"미뉴엔느 드레스덴이라고 한답니다. 만나뵙게 되어서 기뻐요, 카타리나 언니. 언니야말로 굉장히 예쁘신걸요?"

"투르코스 재상님의 따님이라면 듀들란 제국의 황족일 텐데 어떻게 대해야 할지 모르겠군요."

카타리나가 존칭을 쓰는 것이 불편했던 미뉴엔느는 또박또박한 목소리로 말했다.

"그냥 편안하게 미뉴엔느라고 부르시면 된답니다. 비록 혈통상 황족이라고는 하지만 아버지께서 젊었을 때 황족의 혈통을 거부하셨기에 저 역시 황족이라고 생각해 본 적이 없거든요. 그래서 황궁에서 살지도 않고 풀네임을 쓰지도 않는 거예요."

뮤스와 카타리나는 투르코스 재상가에 얽힌 이야기를 호기심 어린 표정으로 듣고 있었다. 그에 대해 조금 들은 바가 있었던 황제는 내용을 덧붙일 겸 입을 열었다.

"이 이야기에 대해 오래전 가비르 재상에게 들은 적이 있습니다. 듀들란 제국 선황의 형이었던 투르코스 재상은 원래 황제의 위를 계승할 황태자였다고 합니다. 당시 황실의 귀족들은 두 개의 세력으로 나뉘어 암투를 벌이고 있었는데, 이들은 자신들의 권력이 더욱 커지기를 원했고, 그 배경을 만들기 위해 형이었던 투르코스 재상을 지지하는 세력과 동생이었던 선황을 지지하는 세력으로 나뉘어 서로 황제 위에 추대하려고 하였죠. 하지만 이들의 세력 다툼에 휘둘리기를 싫어했던 투르코스 재상은 스스로 황족임을 거부한 채 스윈 제국으로 유학을 떠나 버렸답니다. 이후 투르코스 재상의 뜻에 따라 황제 위에 오른 선황은 권력에 눈이 먼 귀족들의 작위를 회수하여 추방시켰고, 지금의 황실 기반을 닦게 된 것입니다. 후훗, 어느 국가든지 황위 계승식 때만 되면 그런 말썽에 휩싸이나 봅니다."

쓴웃음과 함께 긴 이야기를 마친 황제는 미뉴엔느의 머리를 쓰다듬어 주며 말을 이었다.

"비록 투르코스 재상이 타국의 인물이긴 하지만 소속 따위를 떠나 한 명의 인간으로서 충분히 존경할 만한 인물이라고 생각한답니다."

이야기를 듣고 있던 뮤스는 자신도 모르는 사이에 몇 번인가 탄성을 터뜨렸고, 황제의 생각에 동의하는 듯 고개를 끄덕이고 있었다.

"제 이야기가 너무나 아름답게 부풀려져서 떠도는 모양이군요."

돌연 뒤에서 들려오는 투르코스 재상의 목소리에 뮤스와 함께 대화하던 이들의 시선이 돌아갔다. 그곳에는 연한 초록빛이 감도는 예복을 차려입은 투르코스 재상이 있었고, 바로 옆에는 역시 비슷한 색깔의 드레스를 입은 재상 부인이 함께하고 있었다. 근위병들에게 둘러싸여 있는 황제를 향해 공손하게 목례를 한 투르코스 재상은 하던 말을 이었다.

"당시의 일은 그저 제 욕심에 따라 황제 위를 거부한 것이랍니다. 답답한 곳에 갇혀 살기에 적합한 성격이 아니었기 때문이죠."

"후훗, 무슨 말씀이신지 알 것 같군요."

간단하게 인사를 한 투르코스 재상은 부인과 함께 뮤스에게 다가왔다. 그리고 정중하게 허리를 숙이며 입을 열었다.

"자네가 우리 딸아이를 구해주었다는 이야기를 어제서야 집사람에게 들을 수 있었다네. 말로 그 고마움을 다 표할 수 없는 일이지만 진심으로 자네에게 감사한다네."

옆에 있던 재상 부인 역시 그를 따라 허리를 깊숙이 숙였다.

"그때는 경황이 없어서 제대로 인사를 드리지 못했네요. 저희 딸아이를 구해주신 점 다시 한 번 감사드립니다."

투르코스 재상 부부의 인사를 아무런 생각 없이 받고 있던 뮤스는 당황스런 얼굴을 하며 손을 내저었다.

"저는 당연히 해야 할 일을 했을 뿐입니다. 마침 제가 그곳에 있었던 것은 미뉴엔느의 운이 좋았던 것이 아니겠습니까. 그러니 어서 몸을 일으키십시오."

그제야 투르코스 재상 부부는 몸을 일으켰고, 황제 옆에 서 있는 미뉴엔느의 얼굴을 보며 나직한 한숨을 내쉬었다.

"저 아이가 그런 곳에 빠졌었다는 이야기를 듣는 순간 정말 아찔하더군. 자네 덕분에 안전하게 구출되었지만, 만약 자네가 그곳에 없었다면 생각하기도 싫은 일이 일어났을 것일세."

뮤스 역시 미뉴엔느의 웃는 얼굴을 보며 말했다.

"공학 기술이라는 것이 사람들의 삶에 도움을 주는 것은 틀림없지만, 주의를 기울이지 않는다면 오히려 사람들에게 해를 끼치게 되는 것입니다. 특히 안전사고라는 것은 예고없이 찾아오는 것이니 앞으로도 따님이 겪은 사고를 잊지 마시고 안전에 더욱 신경을 기울여 주셨으면 합니다."

"물론일세. 앞으로 또 그런 일들이 발생하지 않으리란 법도 없으니."

대충 이야기가 마무리되는 듯하자 조용히 듣고만 있던 젊은 황제가 주변의 이목을 살피며 조심스럽게 끼어들었다.

"투르코스 재상, 잠시 이야기 좀 할 수 있겠습니까?"

황제를 향해 고개를 돌린 투르코스 재상은 가볍게 고개를 숙이며 대답했다.

"물론입니다. 자리를 옮겨야 하는 일입니까?"

별일 아니라는 듯이 손을 내저은 황제는 자신을 둘러싼 근위병들을 탐탁지 않은 눈으로 훑어보며 대답했다.

"뭐, 자리를 옮길 것까지는 없습니다. 그저 이 움직이는 것조차 힘들어 보이는 친구들 좀 물려주셨으면 할 뿐이니까요."

그의 말에 놀라는 표정을 지은 투르코스 재상은 고개를 내저었다.

"모두 안전을 위한 것입니다. 만에 하나 신변상 무슨 일이라도 생긴다면……."

말끝을 흐리고 있는 투르코스 재상을 향해 멋쩍게 웃은 황제는 근위병의 갑옷을 손으로 두들겼다.

"이곳의 사람들은 저를 고듀트 외교 대신의 친척쯤으로 알고 있는 상태인데, 금속 갑옷을 입은 근위병들이 이렇게 따라다닌다면 오히려 사람들이 제 정체를 의심하지 않겠습니까? 차라리 평범하게 행동하는 편이 훨씬 좋을 듯합니다만."

평소의 투르코스 재상이었다면 충분히 생각할 수 있었던 일이지만 크라이츠의 일과 딸의 일 때문에 정신이 산만해진 터라 어처구니없는 실수를 저지른 것이었다. 이에 투르코스 재상은 답답한 한숨을 내쉬며 대답했다.

"제 생각이 짧았던 모양이었군요. 바로 이들을 물리도록 하겠습니다."

짧은 손짓을 한 번 하자 근위병들은 줄을 맞추어 연회장 한쪽으로 물러났고, 그제야 주위를 훤히 둘러볼 수 있게 된 황제는 만족한 표정을 지었다.

"휴우, 이제 조금 살 것 같군요. 그럼 곧 무도회가 시작될 것 같은데 함께 무도회장으로 가시지 않겠습니까? 제 파트너가 춤추는 것을 좋아해서 말이죠."

황제의 제안을 흔쾌히 받아들인 투르코스 재상 부부는 먼저 걸음을 떼며 무도회장으로 자리를 옮겼다. 카타리나에게 의견을 물은 뮤스 역시 그녀와 함께 무도회장으로 향했고, 이들을 기다렸다는 듯이 무도회의 시작을 알리는 듀들란 전통 음악이 연회장의 중심에 넓게 마련된 무도회장으로부터 들려오고 있었다.

자정이 다 되어갈 무렵, 연회의 분위기가 한껏 고조될 시간이었지만 장내에서 어수선한 분위기를 찾아보기는 힘들었다. 무도회가 끝나자 여성들은 마실 것으로 목을 축이며 소파에 앉아 서로의 관심거리에 대해 수다를 떨었고, 남성들은 연회장에서 만나 친분을 쌓은 이들과 함께 정치나 경제에 대한 이야기를 나누고 있었다. 모두들 사회적 지위에 걸맞는 품위를 지키기 위해 노력하는 모습이 역력했다.

그러한 연회장의 한쪽에는 분위기에 걸맞지 않게 심각한 얼굴을 한 사람들이 뒷짐을 지고 서서 무엇인가에 열중하는 중이었다. 그들의 앞에는 체스판을 사이에 두고 두 명의 인물이 마주 앉아 있었는데, 그중 한 명은 뮤스였고 다른 한 명은 흰색 수염을 멋들어지게 기른 노년의 인물이었다. 노년의 인물은 한참을 고심스러운 얼굴로 수염을 매만지더니 자신의 킹을 체스판에 눕히며 고개를 가로저었다.

"허어, 내가 졌네. 대체 누구한테 체스를 배운 것인가? 내가 체스에 관심이 많아 여러 사람과 수를 나누어보았지만, 자네와 같은 수를 가진 인물은 처음 보네."

체스 말을 정리하던 뮤스는 가볍게 웃었다.

"하핫, 여행 중에 우연찮게 어떤 분과 동행을 한 적이 있었는데, 그분이 체스를 즐기셔서 시간이 날 때마다 두었답니다. 그때 조금 배운 것에 불과합니다."

"허! 자네의 실력이 조금 배운 것에 불과하다면 대체 그분의 실력은 어느 정도라는 말인가? 혹 그분을 나에게 소개시켜 줄 수는 없겠나? 거처라도 가르쳐 준다면 그곳이 대륙의 어디더라도 찾아갈 의사가 있다네."

노년인의 물음에 그라프의 주름진 얼굴을 떠올린 뮤스는 쓴웃음을 지으며 고개를 내저었다.

"저 역시 그분을 다시 만나고 싶지만, 워낙 방랑벽이 심한 분이시라 거처가 정해져 있지 않습니다."

"그것참 아쉽구먼."

"인연이 없으면 만나뵙기 힘드신 분이죠. 그럼 한 번 더 두시겠습니까?"

뮤스가 묻자 노년인은 너털웃음을 터뜨리며 손을 내저었다.

"허헛! 벌써 여섯 번을 내리 졌다네. 지금의 실력으로는 더 이상 해봐야 자네를 이길 가능성은 없어 보이는군. 다음에 기회가 된다면 나의 저택에서 마련하는 체스 모임에 참석해 주지 않겠나?"

"기꺼이 응하도록 하겠습니다."

"그럼 날을 잡아서 도이첸 제국 공학원으로 초청장을 보내도록 하지. 오늘 정말 즐거웠다네."

"별말씀을요. 저 역시 즐거웠습니다."

노년인은 자신의 패배에 아쉬움도 없다는 듯 가뿐한 기분으로 자리에서 일어났고, 뮤스는 정중히 그를 배웅해 주었다.

먼발치에서 따분한 표정으로 술을 마시고 있던 황제는 체스 게임이 끝난 것을 확인하자 희색을 띠며 뮤스에게로 다가왔다.

"휴우… 이제야 끝이 난 듯하군요. 마크듀엘 후작이 체스광이라는 것은 알고 있었지만, 이 정도일 줄은 몰랐습니다. 연속해서 세 시간씩이나 체스를 두다니… 파트너를 다른 사람에게 빼앗긴 카타리나 양이 상심이 크겠는걸요?"

황제의 목소리에 자리에서 일어난 뮤스는 어깨를 으쓱거리며 대답했다.

"별로 그렇지도 않습니다. 오히려 버림받은 건 저인걸요."

"버림받다니요? 두 분 사이에 무슨 일이라도 있으셨습니까?"

정색하며 되묻는 황제를 보고 가볍게 웃은 뮤스는 손을 내저었다.

"하핫! 농담이었습니다. 사실 카타리나는 연회를 그다지 즐기는 편이 아니라 친구들과 숙소로 돌아갔답니다. 저 역시 연회를 즐기지 않지만 마크듀엘 후작님께 발목을 잡혀 여지껏 남아 있게 된 것이죠."

말을 잠시 멈춘 뮤스는 황제의 옆이 허전함을 느끼며 물었다.

"그보다 폐하야말로 파트너에게 버림받으신 것입니까? 미뉴엔느의 모습이 보이지 않는군요."

황제 역시 뮤스가 그랬던 것처럼 어깨를 으쓱거리며 대답했다.

"아마도 그런 것 같습니다. 제 파트너가 너무 어려서 그런지 밤이 깊어지니 꾸벅꾸벅 졸더군요. 지금쯤 투르코스 재상의 집무실에서 곤하게 잠들어 있을 겁니다. 결국은 뮤스 원장님이나 저나 같은 처지가 되어버린 듯하군요."

"정말 그렇군요. 그럼 남은 사람들끼리 자리를 옮겨서 즐겨볼까요?"

뮤스의 제안이 마음에 들었던 황제는 생각할 것도 없다는 듯 흔쾌히 고개를 끄덕였다.

"하하! 그 말을 지금까지 기다리고 있었습니다. 멋진 술을 한 병 가지고 온 것이 있는데, 괜찮으시겠습니까?"

황제의 물음에 잠시 생각을 해보던 뮤스는 걱정스러운 얼굴을 하며 말했다.

"물론 괜찮겠지만, 오늘은 조금 자제하면서 마시는 것이 좋겠습니다. 예전에 벨링 궁에서처럼 마셨다가는 황궁이 들썩거릴 테니까요."

"아무래도 손님으로 온 것이니 조금 자제를 해야겠죠?"

이로써 서로 의견을 맞춘 뮤스와 황제는 붐비는 연회장을 가로질러 출구로 향했고, 금세 사람들에게 가려지며 그 모습을 감추었다.

황제의 숙소에 딸린 응접실에서 뮤스와 황제는 술을 한 잔씩 주고받으며 옛이야기를 되씹는 중이었다. 뮤스의 얼굴은 고작 몇 잔의 술로 벌겋게 달아오른 상태였고, 황제 역시 눈동자가 살짝 풀려 있는 모습이었는데, 이들 모두 워낙에 술을 못 마시는 체질이었기에 과하게 마시지 말자는 그들의 약속은 사실상 효력이 없는 듯했다.

인상을 구기며 목을 태워 버릴 듯한 독주를 힘겹게 삼킨 황제는 비운 잔을 이리저리 돌려보며 입을 열었다.

"사람들은 이 쓴 것을 왜 그렇게도 즐겨 마시는지 모르겠습니다. 기분이야 조금 좋아지긴 하지만, 아침에 일어나면 머리는 깨질듯 아파오고 속은 상처를 입은 듯 쓰려오는데 말입니다."

뮤스 역시 황제를 따라 자신의 잔에 부어진 술을 한입에 털어 넣고 있었다.

"저 역시 술맛을 아직 모릅니다. 막연하게 세상살이에 고단해진 사람들은 그 잠시뿐인 기분이라도 즐기고 싶은 심정이지 않을까라고 추측해 보고 있을 뿐이죠. 대부분의 사람들에게 삶이란 그렇게 만만한 것이 아니니까요."

"흠, 그런 것입니까?"

"정도의 차이는 있겠지만, 누구나 고민이 있는 법이 아니겠습니까. 하물며 대륙에서 제일가는 권력과 명예, 그리고 부를 가지신 폐하께서도 많은 고민을 가지고 계신데, 보통 사람들은 어떻겠습니까? 그런 고민을 잠시나마 잊기 위한 돌파구가 바로 술이라는 것이겠죠."

"과연 그렇겠군요."

"한데 여기에도 이해가 가지 않는 점이 있습니다. 바로 지금처럼 기분이 좋을 때에도 술을 찾게 된다는 것이죠. 후훗."

그들은 이렇듯 결론없는 이야기들을 안주 삼아 씹으며 술잔을 기울였다. 하지만 안타깝게도 얼마 가지 않아 술병은 바닥을 드러내었고, 황제는 비어버린 술병을 들여다보며 아쉬운 입맛을 다셨다.

"이런, 술이 바닥나 버렸군요. 황궁 안에서 술을 구할 만한 곳이 있을지 모르겠습니다."

아쉬워하는 황제의 얼굴을 본 뮤스는 손을 내저었다.

"폐하, 술은 이쯤에서 그만 마시는 것이 좋을 것 같습니다. 여기서 더 마신다면 몸을 주체하지 못할 듯하군요."

"음… 하지만 아직 시간이 이른데 술을 마시지 않는다면 딱히 할 것이 없지 않습니까. 후훗, 그렇다고 밤이 늦었으니 잠을 청하라는 말씀은 하지 말아주시죠. 벨링 궁을 빠져나와 오랜만에 느끼는 자유로움이니만큼 조금이라도 더 여유로움을 즐기고 싶으니까요."

뮤스 역시 약간의 취기로 인해 기분이 좋아진 상태였기에 이대로 잠을 청하기에는 아쉬움이 따르고 있었다.

"뭔가 재미있는 일이 필요한 것 같군요. 마땅한 것이 있으려나……"

두 명의 혈기 왕성한 젊은이들은 흥밋거리를 찾기 위해 머리를 맞대어 생각에 잠겼다. 그러기를 한참, 뭔가가 떠오른 뮤스는 의미심장한 미소를 띠며 자신의 가방을 뒤지기 시작했고, 황제는 뮤스의 행동을 이채로운 눈빛으로 바라보고 있었다.

뮤스의 손에 들려 나온 것은 푸른색의 액체와 붉은색의 액체가 담긴 두 개의 투명한 병이었다. 뮤스는 그것들을 불빛에 비추어 보며 침전물의 유무를 살폈고, 아무런 이상이 없다는 것을 확인한 그는 손가락으로 두들기며 만족한 웃음을 지었다.

"후훗, 이것을 조금 사용한다면 아주 재미있는 일이 벌어질 것입니다."

궁금한 표정을 한 황제는 뮤스의 곁으로 다가와 유리병 안의 두 가지 액체를 유심히 살피며 물었다.

"이것이 무엇입니까? 물약처럼 생기긴 했는데……"

황제의 물음에 고개를 끄덕인 뮤스는 유리병을 손가락으로 팅기며 설명하기 시작했다.

"딱히 정해놓은 이름은 없지만 편의상 카일락스 리퀴드라고 부르도록 하지요. 이 카일락스 리퀴드는 오래전 미개척지에서 만나게 되었던 카일락스라는 마물에게서 채취한 체세포를 이용하여 만든 것이랍니다."

"카일락스라… 처음 듣는 마물의 이름이로군요."

낯선 마물의 이름에 고개를 갸웃거리는 황제를 본 뮤스는 당연하다는 듯 말했다.

"아마도 그럴 것입니다. 고대에 멸종된 것으로 알려져서 아는 이들이 드무니까요. 그중 암컷은 하늘을 날며 사람이나 동물들의 체액을 빨아먹기 때문에 아주 위험한 존재랍니다."

"고대의 마물이라니… 어째서 고대에 멸종된 마물이 미개척지에 나타나게 된 것입니까?"

뮤스는 심각한 얼굴로 되묻는 황제를 보며 볼을 긁적였다.

"글쎄요. 그것까지 밝혀낼 수는 없었습니다. 하지만 당시 미개척지에서 만나게 된 일행과 힘을 합하여 번식지를 없앴으니 두 번 다시는 볼 일이 없겠죠."

"그건 참으로 다행이로군요. 그럼 카일락스 리퀴드라는 것에 대한 설명을 계속해 주시죠."

고개를 끄덕인 뮤스는 하던 이야기를 이어 나갔다.

"그 카일락스라는 마물은 아주 흥미로운 개성을 가지고 있답니다. 바로 그들의 몸이 투명하여 눈으로 확인하는 것이 불가능하다는 점인데, 이것이야말로 카일락스의 진정한 무기였죠. 후훗, 지금은 웃으며 이야기를 하지만, 아무것도 보이지 않는 어두운 숲 속에서 웅웅거리는 카일락스의 날갯짓 소리를 듣는 것은 굉장히 공포스러운 일이었답니다."

황제는 카일락스의 위험성을 충분히 상상할 수 있었기에 마른침을 꿀꺽 삼키며 뮤스의 이야기에 몰입 중이었다.

"어쨌든 저는 카일락스가 어떠한 원리로 몸을 투명하게 만드는지 궁금했기에 사체의 표피 일부분을 채취했고, 공학원으로 돌아온 후 조금씩 시간을 내어 연구하게 되었습니다. 그러기를 몇 달, 결국 의문을 풀어낼 수 있었죠."

"음… 그러니까 그 카일락스라는 마물이 눈에 보이지 않는 이유를 밝혀낸 것이로군요."

"네, 맞습니다. 바로 비밀은 카일락스의 특수한 표피에 있었는데, 그들의 표피는 빛을 흡수하여 반대 편으로 방출하는 능력을 가지고 있었던 거죠."

뮤스의 설명이 선뜻 이해가 되지 않았던 황제는 고개를 갸웃거렸다.

"그 설명만으로는 어떤 원리인지 알 수가 없군요."

"하핫! 물론 그러실 겁니다. 이해를 돕기 위해 간단한 원리로 설명해 드리도록 하지요."

잠시 말을 멈춘 뮤스는 자신의 가방에서 작은 거울 두 개를 꺼내었다. 술병과 안주거리가 놓여 있던 탁자의 한쪽을 치운 뮤스는 거울 두 장을 등지게 하여 세워놓았고, 그 사이에 자신의 손을 밀어 넣으며 설명을 이어 나갔다.

"세상의 모든 물체가 눈에 보이는 것은 바로 빛의 작용 때문이랍니다. 빛의 입자가 어떠한 물체에 닿게 되면 그 물체는 반사율에 따라 빛을 반사하게 되는데, 그것이 사람의 망막에 닿아 물건을 식별할 수 있는 것이죠."

그리고 뮤스는 거울을 가리켰다.

"자, 이제 여기 있는 거울을 보도록 하시죠. 거울은 물체에서 방출하는 빛을 흡수하고, 같은 양의 빛을 방출하는 역할을 하는 것이랍니다. 즉, 거울을 통해 내 얼굴을 보는 행동을 복잡하게 해석하자면, 내 얼굴에서 방출한 빛이 거울에 반사되어 다시 내 눈으로 들어온다는 것이죠."

처음 접하는 개념이었지만 알아듣기 쉬운 뮤스의 설명 덕분에 황제의 고개는 저절로 끄덕여지고 있었다.

"조금 헷갈리기는 하지만 무슨 말인지 대충 알아들을 수 있겠습니다. 후훗, 단순히 거울을 들여다보면서도 그런 복잡한 생각을 해야 하니 뮤스 원장님도 참으로 고달프시겠군요."

황제의 농담을 가볍게 웃어넘긴 뮤스는 설명을 계속하였다.

"하핫! 폐하의 말씀대로 타인에게는 그렇게 보일지도 모르겠군요. 자, 이제 한 가지 가정을 해보도록 하죠. 여기 등지고 서 있는 두 개의 거울이 어떠한 이유로 서로 연결되어 있어서 뒤쪽의 거울이 받아들인 빛을 앞쪽의 거울에서 대신 방출한다고 말입니다. 그럼 어떻게 되겠습니까?"

지나가는 물음이었지만 진지하게 생각해 보던 황제는 자신의 얼굴이 비추어진 거울을 들여다보며 대답했다.

"그렇다면… 뒤쪽 거울에 비춰진 세상을 앞쪽 거울을 통해 볼 수 있는 것이군요. 마치 투명한 유리를 들여다보듯이."

황제의 대답에 만족한 표정을 지은 뮤스는 호쾌하게 무릎을 쳤다.

"바로 그것입니다! 거울들 사이에 제 손이 들어갈 만큼의 공간이 있음에도 불구하고 투명한 유리처럼 보이는 것이죠. 카일락스의 표피가 바로 그러한 작용을 하게 됩니다. 즉, 빛을 흡수하여 반대쪽으로 방출하기 때문에 실제로 존재하면서도 눈에는 보이지 않는 것이랍니다."

"호오, 그거 정말 신기한 일이로군요."

　탄성을 지른 황제는 뭔가 짚이는 것이 있는 듯 푸른 액체와 붉은 액체가 들어 있는 유리병들을 가리켰다.

　"그렇다면 이 유리병 안의 카일락스 리퀴드는……."

　"이제 대충 눈치를 채셨군요. 바로 사람의 피부가 카일락스의 표피와 같은 작용을 하도록 만들어주는 액체입니다. 카일락스는 총 23쌍의 전면표피와 후면표피를 가지고 있는데, 전면표피에서 받아들인 빛은 후면표피로, 후면에서 받아들인 빛은 전면표피로 전달하여 방출하게 되는 것이죠. 각각 푸른색 카일락스 리퀴드는 전면표피, 그리고 붉은색 카일락스 리퀴드는 후면표피에 해당하는 피부를 만들어주고, 전신의 모발에까지 그 영향을 미치게 된답니다. 물론 안전상의 문제도 없습니다. 피부층에서만 활동하도록 만들었고, 설령 몸속까지 침투한다고 해도 혈액 속의 항체를 이겨내지는 못할 테니까요. 에, 또……."

　뮤스의 설명이 길어질 듯하자 황제는 머리가 지끈거려 오는 것을 느끼며 손을 내저었다.

　"아아… 설명은 그 정도로도 충분합니다. 한데 설마 계속해서 그렇게 살아야 하는 것은 아니겠죠?"

　설명하는 데에 한참 심취해 있던 뮤스는 황제의 물음에 정신을 차리며 고개를 끄덕였다.

　"하핫! 물론입니다. 이것들은 인간의 체온에서만 왕성한 활동을 하기 때문에 체온이 변하게 되면 저절로 괴멸해 버리죠. 따뜻한 물이나 차가운 물로 씻으면 금세 본래대로 돌아오게 된답니다."

　이 질문을 마지막으로 모든 의문이 풀리게 된 황제는 더 이상 기다릴 것도 없다는 듯이 유리병과 뮤스를 번갈아 보며 말했다.

"이제 직접 해보도록 하죠. 저는 어떻게 하면 되는 것입니까?"

장난꾸러기 같은 황제의 표정을 보며 빙그레 웃은 뮤스는 두 개의 유리병의 뚜껑을 열었고, 두 개의 면봉을 꺼내어 각각의 병에 담그며 대답했다.

"간단하답니다. 몸의 앞뒷면에 이 카일락스 리퀴드를 각각 찍어주는 것이죠. 상의를 벗으셔야 하는데 괜찮겠습니까?"

"아, 물론입니다."

짧게 대답한 황제는 서둘러 단추를 풀어 셔츠를 내렸다. 이로써 황제의 맨살이 드러나자 뮤스는 병에 담갔던 면봉을 꺼내어 그의 곁으로 다가갔고, 눈대중으로 위치를 가늠하며 명치 부분과 등의 한가운데에 두 가지 색의 카일락스 리퀴드가 묻은 면봉을 찍었다. 한 발자국 물러난 뮤스는 그의 가슴과 등을 살피며 입을 열었다.

"이제 잠시 후 카일락스 리퀴드가 피부로 흡수되고, 피부층의 단백질과 반응하여 세포 분열을 시작하게 될 것입니다."

가슴에 묻은 푸른색의 카일락스 리퀴드와 등에 묻은 붉은색의 카일락스 리퀴드는 천천히 피부 속으로 스며들며 은은한 빛을 발하는 중이었는데, 눈을 동그랗게 뜬 황제는 난생처음 겪는 신기한 현상을 아무 말 없이 지켜보고 있었다.

스스스…….

어느 순간이 되자 푸른빛과 붉은빛은 빠른 속도로 몸 전체에 퍼지기 시작했다. 가슴을 넘어 아래로는 배, 위로는 목까지 닿는가 했더니 금세 눈동자를 제외한 모든 곳에서 푸른빛과 붉은빛이 흘러나오고 있었다. 더욱 놀라운 점은 이 두 가지의 빛이 만나게 된 경계선이 점차 투명해지기 시작한다는 것이었다. 이를 본 뮤스는 팔짱을 끼며 만족한 표정을 지었다.

"이제 서로 맞닿게 된 전면표피와 후면표피가 유기적으로 결합하게 되는 것이죠."

뮤스의 말대로 투명한 경계선은 점차 넓어졌다. 그럴수록 황제의 몸은 점차 사라지는 것처럼 보이고 있었는데, 그 원리를 이해하고 직접 눈으로 보고 있는 황제였음에도 불구하고 좀처럼 믿기 힘든 기색이었다.

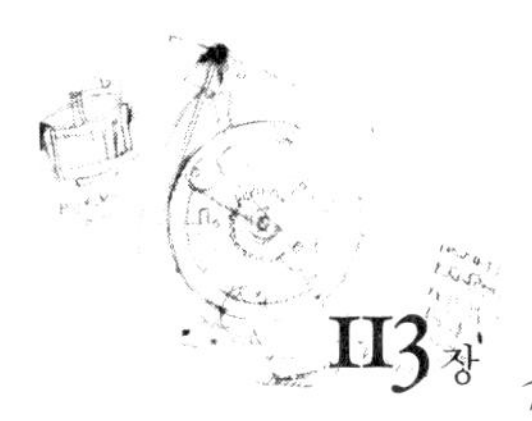

113장 제국 개발 사업 발표회장 잠입

사람들의 왕래가 없는 고요한 복도를 두 명의 근위병이 걷고 있었다. 그들의 눈에는 잠의 기운이 진하게 걸려 있었고 입에서는 끊이지 않고 하품이 나왔다.

"하아암……."

하품을 하면서 나온 눈물을 슬쩍 옷소매로 닦은 근위병 중 한 명은 못마땅한 표정으로 동료를 향해 입을 열었다.

"이게 대체 무슨 꼴인지 모르겠군. 힘들게 근위병 임용 시험을 통과했더니 고작 한다는 게 따분한 순찰뿐이라니."

그의 불만에 찬 목소리를 듣고 있던 또래의 동료는 한심하다는 듯한 표정을 지으며 손을 내저었다.

"시답잖은 소리는 치우라고. 그럼 너는 처음부터 황제 폐하의 경호를 맡기라도 할 줄 알았던 거냐?"

"뭐, 그런 건 아니지만, 타국 귀족들의 안전을 위해서 밤잠을 설칠 거라는 건 생각 못했지. 게다가 대부분 연회에서 신나게 놀고 있을 테니 빈방을 지키는 것이나 다름없는 일이라고."

"우리 같은 말단 근위병들이야 위에서 시키는 대로만 하면 되는 거야. 괜히 투덜거려 봐야 속만 상하니 손해잖냐. 그러니까 잠이 오더라도 조금만 참는 게 상책이라니까."

동료의 위로에 나직한 한숨을 내쉰 근위병은 더 이상 아무런 말도 하지 않았고, 자신이 해야 할 일을 하기 위해 계속해서 걸음을 옮길 뿐이었다. 그렇게 자신의 발자국 소리를 들으며 걷던 두 근위병은 문득 복도 바닥에 떨어진 흰색의 천을 발견하며 그 자리에 멈췄다.

"음, 저게 뭐지? 누가 떨어뜨려 놓은 것 같은데?"

"테이블 천인 것 같군. 궁녀들이 일하면서 흘린 것인가?"

서로의 얼굴을 바라보며 의아한 표정을 짓던 근위병들은 그것을 줍기 위해 걸음을 옮겼다. 다가가서 보니 그들의 예상대로 테이블 천임을 알 수 있었다. 어깨를 한 번 으쓱거린 근위병은 허리를 굽히며 입을 열었다.

"헤유, 아무튼 이번에 새로 들어온 궁녀들은 어딘가 모자라는 것 같아. 매번 실수를 저질러서 윗사람들도 골치를 썩고 있다 하더군."

궁녀들의 흉을 보고 있는 그를 보며 피식 웃은 동료가 고개를 내저었다.

"우리도 고작 네 달밖에 되지 않았잖아. 궁녀들을 흉볼 처지가 될지 모르겠군."

“쳇, 꼬투리를 잡고 늘어지는 건 아주 좋지 않은 버릇이라고.”

시큰둥한 어조로 말을 한 근위병은 신경질적으로 바닥에 떨어진 테이블 천을 낚아챘다. 하지만 손이 허전함을 느껴야만 했는데, 분명 자신의 손에 잡혀 있어야 할 천이 바닥에 그대로 있었기 때문이다.

“어, 어라?”

잠시 자신의 눈을 의심한 근위병은 다시 한 번 테이블 천을 잡으려고 손을 뻗었다. 그러나 어찌 된 일인지 그 자리에 가만히 있어야 할 테이블 천이 그의 손을 피하듯 움직이는 것이었다. 이에 크게 놀란 근위병은 말까지 더듬거리며 동료를 바라보았다.

“처, 천이 마음대로 움직인다! 분명히 너도 봤지?”

동료 역시 그것을 봤는지 고개를 크게 끄덕이고 있었다.

“나, 나도 분명히 봤어!”

그리곤 자신이 직접 확인해 보려는 듯 테이블 천을 향해 손을 뻗었다. 아니나 다를까, 이번 역시 테이블 천이 그의 손을 빠져나가고 있었다. 이로써 자신들이 잘못 본 것이 아님을 확신하게 된 근위병들은 무서운 마음에 뒤로 물러나며 침을 꼴깍 삼켰다. 하지만 황궁의 근위병이라는 이름을 가진 그들로서 이 정도에 꽁무니를 빼며 도망갈 수는 없는 일이었기에 뛰는 가슴을 진정시키며 주변을 살피기 시작했다.

“부, 분명 누군가가 장난을 치는 거야.”

“그, 그래, 그렇지 않고서야 테이블 천이 혼자 움직일 리는 없잖아? 침착하자고.”

이렇게 이번 일을 합리화시킨 그들은 서로에게 눈치를 주며 잠시 숨을 골랐다. 그러더니 어느 순간 한 명이 고개로 신호를 하였고, 동시에 테이블 천을 향해 몸을 날렸다.

"이얏! 잡고야 말 테다!"

쿠당탕!

요란한 소리를 내며 테이블 천이 있던 자리 위를 몸으로 덮친 근위병들은 자신의 몸을 돌보지도 않고 테이블 천을 찾기 시작했다. 그러나 당연히 자신의 배 밑에 깔려 있어야 할 테이블 천은 어디로 갔는지 눈에 보이지 않았고, 도무지 이해할 수 없는 상황을 경험하게 된 근위병들은 믿기지 않는다는 표정을 지었다.

"대, 대체 어디로 간 거지?"

"그걸 나한테 물으면 어떡해?!"

짜증스런 목소리로 버럭 소리를 지른 근위병은 동료를 밀쳐 내며 바닥에 엎드려 있던 몸을 뒤집었다. 그때였다. 무슨 일인지 바닥에 누워 천장을 올려다본 근위병은 입을 쩍 벌리며 기겁한 얼굴을 했고, 의아함을 느끼며 그를 따라 천장을 올려다본 동료 역시 새파랗게 질린 얼굴을 하기 시작했다. 바로 그들의 눈앞에는 기괴하게도 흰색의 테이블 천이 하늘거리며 공중에 떠 있는 것이었다. 이쯤 되니 더 이상 누군가의 장난이라 생각할 수 없었던 근위병들은 발버둥 치며 비명을 질러댔다.

"끄아아아악!"

"유, 유령이다! 도망쳐!"

하지만 생각과는 달리 몸이 말을 듣지 않았기에 거의 바닥을 기다시피 했고, 잠시 후에야 겨우 몸을 가눌 수 있게 된 근위병들은 병장기를 내던진 채 뒤도 돌아보지 않고서 줄행랑을 쳤다. 이리하여 근위병들의

모습이 복도 끝으로 거의 사라지게 되자 아무도 없는 복도에서 누군가
의 웃음소리가 흘러나오기 시작했다.

"푸하하핫! 저들의 표정을 보셨습니까? 황궁 근위병들도 유령은 무
서워하나 봅니다."

다름 아닌 도이첸 제국의 젊은 황제의 목소리였다. 곧 뮤스의 목소
리가 이어지고 있었다.

"하핫! 물론 보다마다요. 근위병들도 사람이니 두려움이 없을 수는
없겠죠. 한데 벌써 다섯 번이나 같은 장난을 쳤는데, 앞으로도 계속할
생각이십니까?"

"음… 글쎄요. 이제 조금 다른 것을 해보고 싶기도 한데, 뭔가 좋은
생각이라도 가지고 있으십니까?"

황제의 물음에 뮤스는 잠시 생각을 하는 듯하더니 뭔가 좋은 생각이
떠오른 듯 설레이는 목소리로 대답했다.

"제국 개발 사업 발표회장을 먼저 구경해 보는 것은 어떻겠습니까?
낮에 보니 경비가 굉장히 삼엄하던데, 뭔가 대단한 것을 숨기고 있는
것이겠죠?"

허공에서 손뼉을 치는 소리가 나며 황제의 목소리가 흘러나왔다.

"그것도 재미있겠군요! 어차피 내일이면 볼 수 있을 테니, 조금 빨리
본다고 크게 나쁠 것은 없겠죠."

"물론입니다. 나쁜 뜻을 가지고 하는 일은 아니니까요. 그럼 저를
잘 따라오십시오. 황제 폐하나 저 역시 서로의 눈에 보이지 않으니 도
중에 놓칠 수도 있습니다."

뮤스의 말에 황제는 가벼운 웃음을 터뜨리며 대답했다.

"훗! 그보다도 옷을 모두 벗고 황궁을 활보한다는 것이 정말 어색하군요. 설마 도중에 카일락스 리퀴드의 작용이 멈춘다거나 하지는 않겠죠?"

"후훗, 그럴 리야 있겠습니까?"

"하긴, 어차피 다른 사람의 눈에 보이지 않으니 옷을 좀 벗고 있으면 어떻겠습니까? 그럼 발표회장으로 가보도록 하죠."

몇 마디의 대화를 나누며 뜻을 맞춘 뮤스와 황제는 가벼운 마음으로 제국 개발 사업 발표회장으로 향했다. 허공에 떠 있던 테이블 천은 천천히 바닥으로 떨어지고 있었다.

샤트란 황궁의 북쪽, 세상의 그 누구라 하더라도 감탄사를 아끼지 않을 만큼 신비하고도 아름다운 야경이 있었다. 먹을 뿌려놓은 듯한 밤하늘 아래 은은한 백색의 빛을 발산하고 있는 반구형의 거대한 건물이 바로 그것이었다. 5층 정도 됨 직한 그 건물은 신기하게도 벽돌로 지어진 건물이 아니라 철골과 두터운 천으로 이루어진 독특한 설계의 건물이었는데, 내부를 밝힌 빛이 건물을 뒤덮은 천을 통과하면서 은은한 빛을 발산하고 있었다.

마치 철골로 뼈대를 세운 거대한 움막과도 같은 이 건물을 먼발치에서 바라보고 있는 두 쌍의 눈동자가 있었다. 정확히 말하자면 반짝이는 두 쌍의 둥근 눈동자만이 허공에 떠 있었는데, 정녕 보는 것만으로도 등골이 오싹해질 기괴한 광경이었다.

바로 뮤스와 젊은 황제의 눈동자였다. 카일락스 리퀴드의 효용으로 피부와 모발은 숨길 수 있었으나 점막으로 이루어진 눈동자까지는 그

효용이 미치지 못했기에 겉으로 드러나고 있는 것이었다.

뮤스는 황제의 눈동자를 바라보며 입을 열었다.

"저곳이 바로 내일 제국 개발 사업 발표회가 열릴 장소입니다. 얼마 전 우연찮게 지나치다 보니 많은 경비병들이 주변을 지키고 있더군요. 그러니 지금까지 그래 왔듯이 실눈을 뜨고 움직이도록 하십시오. 눈동자가 빛을 반사하면 쉽게 그들의 눈에 띌 테니까요."

뮤스의 언질을 들은 황제는 눈을 가늘게 뜨며 대답했다.

"하하, 그 점은 이미 숙달되었으니 걱정 마시죠. 그보다 저러한 건물은 난생처음 봅니다. 벽돌 대신 철골과 천으로 만든 듯한데, 바람이라도 조금 세게 불면 날아가 버릴 듯 약하게 생겼군요."

뮤스는 건물을 바라보며 입을 열었다.

"설계도를 보지 못한 이상 상세한 부분까지 알 수는 없겠지만, 바람으로 인해 건물이 훼손되거나 하지는 않을 것입니다. 보시다시피 건물의 형태가 바람의 영향을 최소화하는 반구형이고, 건물의 곳곳에는 바람을 흘려보내는 통풍구가 만들어져 있습니다. 또 뼈대 역할을 하는 철골 구조물 또한 치밀한 역학적 계산을 통해 설계되어 있는 듯하니, 벽돌로 만든 건물들과 비교하더라도 견고성만큼은 뒤떨어지지 않을 것입니다. 어차피 사람들이 거주하는 용도의 건물이 아닌 만큼 벽돌 건물보다 저러한 철골 구조의 가건물을 짓는 편이 비용적인 면과 시간적인 면에서 득이 된다고 판단했던 것이겠죠."

뮤스의 설명에 황제는 나직한 탄성을 질렀다.

"호오, 역시 만만히 볼 만한 사람들이 아니로군요. 최소한의 투자로 최대한의 효과를 얻는다라는 경제학의 기초 원리를 철저히 지키고 있으니… 말이야 기초 원리지만, 그것을 실제로 행하는 것은 참으로 어려운 일이죠."

"후훗! 그만큼 자신이 있으니 대륙 전체를 상대로 이러한 행사를 벌이는 것이 아니겠습니까? 이제 그들의 자신감이 어디에서 나오는지 확인해 보도록 하죠."

뮤스는 가벼운 웃음과 함께 먼저 걸음을 옮겼고, 황제 역시 고개를 끄덕이며 그의 뒤를 따랐다.

뮤스와 황제는 발소리를 내지 않기 위해 조심스러운 걸음으로 제국 개발 사업 발표회가 열릴 건물을 향해 다가갔다. 그들은 얼마 떨어지지 않은 곳에 있었기에 금세 건물을 둘러싸고 있는 울타리까지 닿을 수 있었고, 동시에 경비병들의 움직임을 알아보기 위해 눈을 가늘게 뜬 채 좌우를 살피기 시작했다. 그러던 도중 뭔가 석연치 않음을 느낀 뮤스는 나직한 목소리로 입을 열었다.

"이상한 일이로군요. 분명 낮까지만 해도 많은 경비병들이 울타리 주변을 돌며 감시하고 있었는데 지금은 한 명도 보이지 않으니……."

뮤스와 같이 주변을 살피던 황제 역시 주변이 너무나 조용함을 느끼며 말했다.

"정말 인기척이 전혀 느껴지지 않습니다. 경비병들이 몇 명만 있더라도 이리 조용하지는 않을 텐데."

"그러게 말입니다. 일단 울타리가 너무 높으니 경비 초소가 있는 정문 쪽으로 가보도록 하죠."

"그러는 것이 좋겠군요."

몇 마디의 대화를 주고받은 그들은 걸음을 조금 더 빨리하며 정문으로 향했다.

잠시 후 정문에 도착하게 된 뮤스와 황제는 눈앞에 펼쳐진 광경에 잠시 얼떨떨한 표정을 지어야만 했다. 바로 십여 명에 달하는 경비병들이 모두 정신을 잃고서 땅바닥이나 경비 초소 등에 쓰러져 있는 상태였기 때문이다.

뮤스는 급히 그들 중 한 명에게 다가가 상태를 살펴보았다. 그러나 누군가에게 공격받은 상처 따위를 찾아볼 수 없었던 뮤스는 더욱 깊은 의문을 느끼며 입을 열었다.

"이상한 일이로군요. 둔기로 맞거나 칼에 베인 상처가 없는데 이렇게 정신을 잃고 쓰러져 있다니… 게다가 모두들 잠을 자듯이 평온한 표정입니다."

눈앞의 경비병들을 바라보던 황제 역시 나름대로 생각을 굴리며 말했다.

"칼을 뽑은 흔적도 없습니다. 또 전투가 있었다면 다른 건물에서도 충분히 그 소리를 들었을 텐데 줄곧 조용했으니 침입자가 있었던 것은 아닌 듯하군요."

황제의 말을 조용히 듣고 있던 뮤스는 뭔가 짚이는 것이 있는 듯 인상을 찌푸리며 혼잣말을 중얼거렸다.

"설마 누님께서? 그러고 보니 장영실 아저씨를 데리러 간다던 누님의 모습이 연회장에서 보이지 않았군. 흠, 누님이 경비병들에게 수면 마법을 사용했다면 모든 것이 설명되지. 경비병들이 발표회장으로 들어가는 누님을 막았을 테니 손쉽게 모두 잠재워 버린 것이로군. 아무튼 말릴 수가 없는 분이라니까."

다시 한 번 경비병들을 살피고 나서야 자신의 추측에 확신을 가질 수 있었던 뮤스는 가뿐한 마음으로 황제와 함께 건물의 입구를 향해 움직이기 시작했다.

길이가 무려 150멜리에 달하고 폭 또한 100멜리는 족히 됨 직한 드넓은 실내 공간, 바로 이곳이 내일 제국 개발 사업 발표회가 열릴 장소였다. 높은 반구형의 천장에는 대형 전뇌등들이 촘촘히 박혀 발표회장의 내부를 대낮처럼 밝혔고, 그 주변에는 이곳을 방문할 손님들에게 환영의 뜻을 알릴 형형색색의 천들과 휘장들이 멋들어지게 걸려 있는 모습이었다.

넓은 발표회장의 곳곳에는 십여 가지의 크고 작은 전시물들이 질서 정연하게 전시되어 있었다. 대부분의 전시물들은 아무런 여과 없이 모습을 그대로 드러내고 있는 상태였다. 하지만 발표회장의 중심에 자리 잡고 있는 거대한 전시물만은 흰색의 천에 뒤덮여 그 모습을 드러내지 않고 있었는데, 그것이 이번 제국 개발 사업 발표회의 중심이 될 전시물임을 쉽게 짐작할 수 있었다.

각각의 전시물들에는 흰색의 가운을 걸친 사람들이 밤잠을 잊은 채 마지막 점검을 위해 매달려 있는 중이었다. 더운 날씨로 인해 이마에는 구슬땀이 쉴 새 없이 흘렀지만, 소매로 땀 훔칠 여유조차 없었던 그들은 꼼꼼한 손놀림으로 연장들을 움직이며 자신의 일에 열중하고 있었다.

치지지지직— 치지지직—

까앙! 까앙!

갖가지의 연장 소리가 쉴 새 없이 울려 퍼지고 있는 발표회장. 그 쪽에 네 명의 남녀가 있었다. 다름 아닌 장영실과 루스티커, 그리고 켈트와 크라이츠였는데, 크라이츠를 제외한 나머지 사람들은 특이한 형태의 전뇌거에 붙어 부속들을 하나씩 점검하는 중이었고, 마땅히 도울 만한 일이 없었던 크라이츠는 나무를 쌓아 만든 간이 의자에 앉아 흥미로운 눈으로 그들이 하는 일을 구경하고 있었다.

한 손에 설계도를 들고 부속을 점검하는 켈트를 바라보던 크라이츠는 눈앞에 서 있는 기이한 모양의 전뇌거에 호기심을 느끼며 물었다.

"켈트 씨, 그런데 이 전뇌거는 어디에 쓰는 거죠? 바퀴 모양도 이상하고 전뇌거의 앞뒤에 갈퀴 같은 것도 달려 있군요."

크라이츠가 물어오자 어깨를 으쓱인 켈트는 조임쇠로 장영실을 가리키며 대답했다.

"껄껄! 저 역시 처음 보는 물건이라 잘 모르겠군요. 저야 루스티커 늙은이에게 억지로 끌려와서 일을 도와주고 있는 것일 뿐이니까요. 차라리 저기 있는 장영실 경에게 물어보는 것이 빠르지 않겠습니까?"

문득 자신의 이름이 언급되는 것을 들은 루스티커는 난처한 표정을 짓더니 허탈한 목소리로 입을 열었다.

"이것 참, 막무가내로 발표회장을 구경시켜 달라고 하셔서 어쩔 수 없이 이곳으로 모셨는데 그게 무슨 말씀이십니까? 제가 억지로 끌고 왔다니요! 그렇게 말씀하실 거라면 차라리 방으로 들어가 계속해서 술이나 마시도록 하시죠."

하지만 그런 기억 없다는 듯이 능청맞은 얼굴로 손을 휘휘 내저은 켈트는 다시금 하던 일에 열중하기 시작했다. 비록 자신이 맡은 일은 아니었지만 무엇인가를 만들고, 고치고, 정비하는 일 자체가 즐거웠던 터라, 라이델베르크 공학원에서 보지 못한 기기들을 새롭게 접한다는 것은 그의 호기심을 한껏 자극하는 일이었기에 누가 시키는 것이 아님에도 불구하고 비지땀을 흘리며 매달리고 있는 것이었다.

땅땅!

연장으로 본체를 몇 번 두들겨 조립 상태를 확인해 본 장영실은 목에 걸고 있던 수건으로 땀을 닦아내며 크라이츠를 향해 입을 열었다.

"이 전뇌거는 거리를 달리는 주행용 전뇌거가 아니라 농사일을 돕기 위해 고안된 전뇌거랍니다."

"호오, 농사에 전뇌거를 이용한다니 아주 흥미로운 일이로군요. 조금 더 자세한 설명을 부탁드려도 될까요?"

크라이츠의 물음에 고개를 끄덕인 장영실은 기름때가 묻은 작업용 장갑을 벗으며 굵직한 목소리로 설명하기 시작했다.

"국민의 5할 이상이 농업에 관계된 일로 생계를 꾸려 나가는 현 시점에서 한 해의 농작물 수확량은 한 국가의 재정을 좌지우지할 만큼 큰 영향력을 가지고 있습니다. 그런 만큼 과거부터 황실에서는 농업을 공식적으로 장려하고 농작물의 수확량을 늘리기 위한 여러 가지의 농경 방식들을 개발했던 것이지요. 하지만 사유지에서 개인이 작농을 하는 듀들란 제국의 농업 특성상 농법의 변화로만 농작물의 수확량을 늘리기에는 한계가 있었습니다. 게다가 일정한 수준 이상의 교육을 받은 농촌의 젊은이들이 힘든 농사일을 기피하여 도시로 몰려들고 있어 오히려 농작물의 수확량은 해가 갈수록 줄어들고 있는 상태입니다. 결국 이러한 현상은 국가 재정을 뒤흔드는 위기로 작용하게 되었고, 기본 생활 유지비가 상승하는 등 국민들의 생활에도 직접적인 영향을 끼치게 된 것이죠."

켈트와 투르코스 역시 어느새 하던 일을 멈추며 장영실의 이야기에 귀를 기울이고 있었다. 그의 이야기는 계속해서 이어졌다.

"이와 같은 이유로 농업에 대한 지원을 재국 개발 사업의 한 분야로 지정할 수밖에 없었습니다. 그리고 그 결과물이 바로 눈앞에 보이는 이 농업용 전뇌거라고 할 수 있지요. 여기 있는 농업용 전뇌거는 일손을 많이 필요로 하는 작업을 보다 쉽게 할 수 있도록 고안되었습니다. 땅을 고르고 씨앗을 뿌리는 작업부터, 토지에 물을 대고, 농작물을 수확하는 작업까지 이 한 대로 쉽고 빠르게 끝낼 수 있는데, 점차 일손이 부족해지고 있는 농촌에 큰 도움이 될 것이라 기대하고 있습니다. 이 농업용 전뇌거는 약간의 보증금만으로 농민들에게 3년간 대여해 주게 되고, 그 이후 일정한 금액을 황실에 지불하면 농민 개인 소유로 이전된답니다. 이 밖에도 황실에서는 경작지 정리와 수로 건설 등의 사업을 장기적으로 시행할 예정입니다."

장영실에게 세부적인 설명을 듣고 있던 크라이츠는 가벼운 탄성을 터뜨리며 놀라움을 표하고 있었다.

"과연 공학 기술이 뛰어날 뿐만 아니라 생각의 깊이도 다르군요. 비단 듀들란 제국뿐만 아니라 대륙에 존재하는 대부분의 국가들이 장영실 경이 말씀하신 문제에 시달리고 있답니다. 대륙의 뛰어나다는 두뇌들이 모여 도시 집중 현상의 해결 방안을 찾고 있는 상황이지만 달리 뾰족한 수를 찾지 못했는데, 그 돌파구를 장영실 경이 제시해 주는 듯하군요."

크라이츠의 칭찬에 머쓱함을 느낀 장영실은 머리를 긁적였다.

"과찬이십니다. 실용성 검증이 끝난 상태라고는 하지만 이 농업용 전뇌거가 사회에 어떠한 파급 효과를 가지고 올지는 짐작할 수 없으니 그 결과는 장담할 수 없는 상황입니다. 앞으로 두고 봐야 알겠지요."

장영실의 설명을 귀 기울여 듣고 있던 켈트가 너털웃음을 터뜨리며 그들의 대화에 끼어들었다.

"허헛! 이 농업용 전뇌거를 이용하게 되면 최소한의 인건비로 더 많은 농작물을 수확할 수 있다는 게 아닌가? 그것만으로도 자네가 추진하고 있는 일은 충분한 가치가 있는 것일세. 애써 젊은이들의 도시 집중 현상을 막지 않는다 해도 농작물의 수확량은 안정되고, 젊은 노동력은 다른 분야로 돌릴 수 있을 테니, 일거양득의 효과를 보는 셈이라 할 수 있지. 껄껄! 이와 같이 유익한 기기들이 많아질수록 세상은 점차 살기 좋은 곳으로 변하게 될 걸세."

장영실은 자신이 생각하고 있던 바를 정확히 짚고 있는 켈트를 향해 고개를 끄덕여 보였다. 하지만 이내 씁쓸함을 느낀 그는 나직한 한숨과 함께 조용히 입을 열었다.

"켈트님의 말씀대로 공학 기술의 이상이란 참으로 멋진 것입니다. 사람들의 생활을 더욱 윤택하게 해주고 어려움을 손쉽게 해결해 주기도 하는 마술과 같은 것이니까요."

안색이 어두워진 장영실을 보며 켈트는 고개를 갸웃거렸다.

"한데 표정이 좋지 않은 것 같은데, 무슨 문제라도 있다는 것인가?"

"이상과 현실 사이의 거리가 너무나 멀다는 것이 문제입니다. 솔직히 말씀드리자면 저는 이번 제국 개발 사업 발표회를 달갑지 않게 생각하고 있습니다.”

“그것은 왜인가?”

“크라이츠님이나 켈트님도 충분히 아시겠지만 이번 제국 개발 사업 발표회는 듀들란 제국이 가진 공학 기술을 타국에 자랑하기 위해 마련된 자리입니다. 순수하게 공학 기술을 전시하고 알리는 자리가 아니라 눈에 보이지 않는 국가 간의 이권 다툼에서 듀들란 제국의 입지를 돈독히 하기 위한 수단으로 공학 기술이라는 것이 쓰이고 있는 것이지요. 만인을 이롭게 하기 위해 쓰여져야 할 공학 기술을 국력을 가늠하는 잣대로 내세우는 것이 과연 옳은 일이겠습니까?”

팔짱을 낀 채 그들의 대화를 듣고 있던 크라이츠가 의아한 표정으로 말했다.

“장영실 경의 말뜻은 어느 정도 이해하지만, 공학 기술의 순수성을 내세우고자 하는 말에는 수긍할 수 없네요. 국가의 입장에서 자신들의 입지를 굳히기 위해 어떠한 형태로든 과시성 행사를 주최하는 것은 오래전부터 있어왔던 겁니다. 그런 류의 행사들은 국가 간의 경쟁심을 유발시키는 데 큰 영향을 미치게 되고, 행사를 통해 열등성을 깨닫게 된 국가들은 더욱 발전하기 위해 발버둥을 치게 되는 것이죠.”

장영실의 얼굴을 잠시 살핀 그녀는 턱을 끌어당기며 말을 이었다.

“인간의 역사는 거듭되는 경쟁의 연속이라 할 수 있답니다. 남을 이기고 높을 곳에 올라서고자 하는 인간의 습성이 그대로 반영된 것이죠. 그 과정에서 때때로 추악함을 보이긴 하지만 결국 그러한 경쟁심으로 인해 지금에 와서는 여러 종족들 중 가장 큰 번영을 누리고 있는 것이라 생각해요. 제 말에 잘못된 점이 있나요?”

바늘 하나 들어갈 틈조차 없으리만큼 논리적인 그녀의 이야기에 장영실은 고개를 내저으며 웃음을 터뜨렸다.

"하핫! 정말이지 반박의 여지가 없는 예리한 말씀이십니다. 하지만 이 대륙에서 공학 기술이 가진 위치를 생각해 보신다면 뭔가 잘못된 점을 찾아낼 수 있을 겁니다. 제가 알기로 이 대륙에는 스물여덟 개의 크고 작은 국가들이 있습니다. 듀들란 제국이나 도이첸 제국, 그리고 스윈 제국과 같은 강대국이 있는가 하면 자급자족조차 힘든 공국이나 도시 국가들 또한 많은 수가 존재하고 있는 것이죠. 또 대륙의 인구 분포를 본다면 듀들란과 도이첸, 이들 양대 제국에 대륙의 총인구 중 반수가 거주하고, 나머지 반수는 군소 국가들에 분포되어 있는 상황입니다. 이 정도는 씨니어 스쿨에서 배우는 내용이니 충분히 아시리라 믿습니다."

크라이츠는 그 내용을 인정하며 고개를 끄덕였다. 장영실은 켈트와 루스티커의 얼굴을 둘러보며 말을 이어 나갔다.

"여러분 모두 아시는 바와 같이, 공학 기술은 저와 뮤스를 통해 이제 막 대륙에 자리를 잡아가고 있는 실정입니다. 그런 만큼 저와 뮤스가 거주하고 있는 듀들란 제국과 도이첸 제국만이 공학 기술을 가지고 있다고 해도 과언이 아니지요. 이것이 과연 대륙에 어떠한 영향을 미칠 거라 생각하십니까? 조금 극단적이긴 하지만 저는 공학 기술이라는 힘을 바탕으로 한 양국의 횡포로 이어질 것이라 예측하고 있습니다. 이대로 듀들란 제국과 도이첸 제국이 공학 기술을 개발하기 위해 치열한 경쟁을 벌이게 된다면, 양국은 자연스럽게 자국의 이익을 위해 타국으로의 공학 기술 유출을 제한하게 될 것입니다. 그로 인해 군소 국가들에 거주하는 사람들, 즉 대륙 인구의 반수에 달하는 사람들이 공학 기술의 혜택을 전혀 받지 못한 채 살아가게 되고, 강대국과 군소 국가 간의 차이는 더욱 크게 벌어질 테죠. 오히려 강대국의 국민들보다 군소 국가의 국민들이 더욱 열악한 환경에서 살아가기에 공학 기술의 혜택이 더 절실한데 말입니다. 후훗, 제가 과민하게 생각하고 있는 건지는 모르겠지만, 늘 뭔가 잘못 돌아가고 있다는 느낌을 지울 수가 없었답니다.”

차분한 어조였지만 결국 장영실의 이야기는 크라이츠의 논리를 정면으로 반박하는 내용이었다. 이에 크라이츠의 불 같은 성격을 잘 알고 있던 켈트는 잔뜩 긴장한 표정으로 그녀의 반응을 조심스럽게 살피기 시작했다. 하지만 크라이츠는 무슨 생각에서인지 역정을 내기는커녕 입가에 부드러운 미소까지 피워 올렸는데, 켈트는 오히려 그러한 크라이츠의 모습에 어리둥절해하고 있었다.

한참 동안 이야기를 듣고만 있던 루스티커가 침중한 한숨을 내쉬었다. 그리고 뒷짐을 지며 조용히 입을 열었다.

“흐음… 자네가 과민한 것이 아닐세. 오히려 앞으로 일어날 일들을 정확하게 짚은 것이라고 할 수 있지. 나 역시 국가 정책의 결정에 어느 정도 영향력을 미치는 사람으로서 자네가 하는 말을 부정할 수는 없다네. 이번 제국 개발 사업 발표회가 끝나게 되면 황실은 대규모의 투자를 감행하여 공학 기술을 제국 전역에 보급하게 될 것이고, 한발 먼저 공학 기술 보급을 시작한 도이첸 제국에 뒤처지지 않기 위해 기를 쓰겠지. 어차피 황실의 입장에서는 자국의 권력 신장과 자국 국민들의 안녕에만 신경 쓰면 되는 것이니 자네의 말대로 타국 국민들의 생활까지 걱정해 줄 아량은 가지고 있지 않다네."

잠시 턱을 매만지며 크라이츠의 표정을 살피고 있던 켈트가 루스티커의 이야기에 혀를 차며 끼어들었다.

"쯔쯧, 인간이란 족속들은 너무나 욕심이 많지. 주신께서 이 세상의 모든 생명체들을 위해 내려주신 신성한 대지에 마음대로 금을 그어놓고 자신들의 영토임을 주장하는가 하면, 그 땅 안의 모든 동식물들을 소유물로 생각하기도 한다네. 게다가 이 대륙을 통틀어 같은 종족끼리 싸우는 유일한 존재가 바로 인간이지 않나. 이 얼마나 어리석은 족속들인가? 지능이 높다는 것만 제외한다면 미개척지의 마물들과 별다를 바가 없는 족속들이지. 눈앞의 이해관계를 떠나 조금 더 큰 것을 바라볼 수 있다면 훨씬 좋을 것을……."

켈트의 신랄한 비판에 루스티커는 아무런 말도 하지 못한 채 부끄러움에 고개를 떨굴 뿐이었다. 루스티커에게 다가간 켈트는 그의 어깨를 두들기며 호탕하게 웃었다.

"껄껄! 그렇게 풀 죽은 얼굴은 하지 말게나. 나이를 먹을 만큼 먹은 친구가 그런 얼굴을 하고 있으면 정말이지 볼품없어 보인다네. 다만 자네가 장영실 경의 생각을 조금이라도 이해하고 듀들란 황실에 좋은 방향으로 말해 주었으면 좋겠구먼. 그야말로 대륙의 모든 이들이 행복하게 잘살자고 하는 말이 아닌가? 듀들란 제국의 황실이 직접 나서서 모든 국가들을 도와주지는 못한다 해도 그들에게 공학 기술을 전해주어 스스로 발전할 기회 정도는 줘야 한다고 생각하지 않나?"

켈트의 이야기에 루스티커는 씁쓸한 입맛을 다시며 말했다.

"먼저 듀들란 제국 황실의 입장을 먼저 간단하게 설명해 드리도록 해야겠군요. 겉으로 드러내고 있지는 않지만, 듀드란 제국의 황실은 장영실 경과의 계약이 끝난 이후의 일들을 걱정하고 있는 단계랍니다. 내년 중순쯤이면 장영실 경은 1차 제국 개발 사업을 마무리 짓고서 듀들란 제국을 떠나게 되는데, 그 이후 장영실 경의 뒤를 이을 사람이 없다는 것이 큰 문제로 떠오르고 있는 중이죠. 반면 도이첸 제국의 경우 뮤스 원장이 계속해서 체류하며 공학원을 이끌게 될 테니, 시간이 지날수록 두 국가 간의 공학 기술력 차이가 크게 벌어질 것은 자명한 일이랍니다. 상황이 이러하니 듀들란 제국 황실로서는 큰 위협을 느끼지 않을 수가 없었던 것입니다. 허헛! 본국의 앞날도 장담하지 못할 상황인만큼 중소 국가들을 도울 만한 입장이 아니라는 것이죠."

"그렇다면 도이첸 제국 쪽과 협상하는 것은 어떻겠는가? 뜻을 제대로 전한다면 그쪽에서도 크게 반대하지는 않을 듯한데."

하지만 루스티커는 그것 역시 쉽지 않다는 듯 고개를 내저었다.

"보통 협상 제의는 유리한 위치에 있는 쪽에서 하는 것입니다. 그래야만 상대 측에서 협상을 순순히 받아들이고 협상에서 유리한 위치를 점할 수 있기 때문이죠. 만약 본국에서 협상을 제의했다가 도이첸 제국에서 거부하기라도 하면 국가의 위신은 바닥으로 추락하게 될 것입니다. 이러한 우려 때문에 협상을 제안하려 해도 대신들과 황실 귀족들의 반발이 만만치 않을 것이 틀림없습니다. 자존심 하나로 살아가는 고리타분한 사람들이 바로 그들이니까요."

켈트는 이야기가 복잡하게 진행되자 머리가 지끈거림을 느꼈다.

"도무지 인간들의 정치는 알 수가 없군. 세상을 복잡하게 살기 위해 안달하는 것 같단 말이야. 후훗."

루스티커와 켈트의 대화를 흥미롭게 듣고 있던 크라이츠는 문득 이상한 기분을 느끼며 조금 떨어진 나무 상자들이 쌓여 있는 곳으로 고개를 돌렸다. 누군가가 자신들을 몰래 지켜보고 있는 듯한 기분 나쁜 느낌이었다.

"으음?"

하지만 사람의 모습은커녕 기척조차 느껴지지 않고 있었는데, 이상함에 고개를 갸웃거린 그녀는 더욱 유심히 주변을 둘러보았다.

"분명 누군가가 이곳에 있는 것 같았는데……."

두리번거리는 크라이츠를 본 장영실이 물었다.

"무슨 불편한 일이라도 있으십니까?"

장영실의 물음에 잠시 대답을 미룬 크라이츠는 눈을 감으며 냄새를 맡는 시늉을 했다. 그러자 드래곤 특유의 예민한 후각이 발휘되면서 코에 익숙한 체취를 느낄 수 있었고, 이에 담담한 미소와 함께 눈을 뜬 그녀는 시치미 떼듯 고개를 저으며 장영실을 향해 대답했다.

"아무것도 아니에요. 그냥 내부의 공기가 조금 탁한 것 같아서요."

그리고 나무 상자들이 쌓여 있는 곳을 향해 장영실 몰래 윙크해 보인 크라이츠는 아무 일 없었다는 듯이 다시 고개를 돌리며 켈트와 루스티커의 이야기에 귀를 기울이기 시작했다.

제국 개발 사업 발표회장으로부터 얼마 떨어지지 않은 황궁의 뒤뜰, 푸른 잔디밭의 중심에는 조그마한 연못이 있었고, 주변으로는 잠시 앉아 쉴 만한 나무 벤치들과 어두움을 밝히는 조명등이 일정한 간격으로 놓여 있었다. 밤이 깊어감에 따라 사람들의 발길이 닿지 않았기에 풀

벌레들의 울음소리를 제외한다면 그 어떤 기척도 들리지 않는 한적하기 그지없는 곳이었다.

끼이익.

돌연 그 누구의 모습도 보이지 않던 이곳에서 나무가 삐걱이는 소리가 들려오고 있었다. 그와 동시에 연못으로 가장 가깝게 붙은 나무 벤치 하나가 조금 흔들렸는데, 벤치가 상당히 묵직했기에 바람의 행실이라고 보기에는 무리가 있어 보였다. 이어 벤치 위의 허공으로부터 한 젊은이의 목소리가 경쾌하게 흘러나오기 시작했다.

"하핫, 정말 뮤스 원장님의 누님은 대단한 분이시군요. 눈에 보이지도 않았을 텐데 그곳에 우리가 있는 것을 알아채다니 말입니다. 정확히 제 눈을 바라보며 장난스럽게 윙크를 하실 때는 정말이지 심장이 딱 하고 멈추는 줄 알았답니다."

맑으면서도 은연중에 힘이 실려 있는 음색을 가진 도이첸 제국 젊은 황제의 목소리였다. 그리고 조심스러우면서도 진중한 느낌을 주는 목소리가 황제의 옆 자리에서 들려오고 있었는데, 바로 뮤스의 목소리였다.

"저 역시 누님이 눈치를 채시리라고는 생각지도 못했습니다. 오늘은 모른 척하고 넘어가 주셨지만 내일 만난다면 어떻게 된 일인지 캐물으실 것이 분명한데, 누님께 시달리게 될 것을 생각하니 조금 걱정이 되는군요."

시달리게 될 것이라는 뮤스의 말을 쉽게 이해할 수 없었던 황제는 의아한 목소리로 되물었다.

"시달리시다니요? 설마 저렇게나 고아해 보이시는 분이 뮤스 원장님에게 짓궂은 행동을 하기라도 한다는 말씀이십니까?"

황제의 물음에 뮤스는 입을 달싹거리며 혼잣말을 중얼거렸다.

"후우, 고아하다니… 누님께 속고 있으신 겁니다."

하지만 너무나 작은 목소리였기에 황제는 그 말을 못 들은 듯했고, 뮤스는 화제를 돌릴 겸 웃으며 다른 이야기를 꺼내었다.

"하핫, 뭐… 그보다 발표회장 구경은 어떠셨습니까?"

그의 물음에 황제는 피식 웃으며 대답했다.

"훗, 제가 봐서 무엇을 알겠습니까? 그저 이번 제국 개발 사업 발표회에 듀들란 제국이 상당한 공을 들였음을 느낄 수 있었을 뿐입니다. 그리고 다시 한 번 뮤스 원장님이 대단하다라는 생각을 하게 되었고요. 개인의 능력으로 그만한 규모의 공학원을 일으켜 세웠다는 점을 생각하면 잠을 자다가도 감탄사가 절로 나온답니다."

크라이츠의 도움이 없었다면 불가능한 일이었지만, 그녀의 정체를 황제에게 밝힐 수 없었던 뮤스는 가볍게 황제의 말을 받아주었다.

"별말씀을 다 하십니다. 그 이후 제국 전역으로 규모를 늘릴 수 있었던 것은 황실의 도움이 아니었다면 불가능한 일이었죠."

"하하핫! 황실에서는 꼼꼼히 실리를 따져 행동했을 뿐입니다. 투자한 비용보다 많은 것을 얻을 수 있다는 판단을 한 것이죠. 공학원에 투자하고 있는 다른 상가의 귀족들 역시 그런 생각이 아니었겠습니까? 황실의 명령만으로 대규모의 투자를 감행할 만큼 순진한 사람들이 아니니까요."

"긍정적으로 봐주시니 감사할 따름입니다."

"그건 그렇고……."

말끝을 조금 흐리는 듯하던 황제는 조심스럽게 말을 이었다.

"뮤스 원장님은 발표회장에서 장영실 경이 꺼낸 이야기에 대해서 어떻게 생각하십니까?"

잠시 기억을 되짚어보던 뮤스는 황제가 무엇을 이야기하려는지 깨달으며 대답했다.

"아, 공학 기술의 보급에 대한 이야기를 말씀하시는 것입니까? 후훗, 그 이야기가 마음에 걸리셨던 모양이군요."

"네, 그리 길지 않은 대화였지만 많은 것을 느끼게 되었답니다. 훗! 솔직히 강대국의 횡포라는 말을 들었을 때는 해당 국가의 황제로서 적지 않은 충격을 받기도 했습니다. 마치 악당 취급을 받고 있는 느낌이었죠."

자조적인 표정으로 침울해하고 있을 황제의 얼굴을 쉽게 떠올릴 수 있었던 뮤스는 그를 위로하기 위해 입을 열었다.

"꼭 그런 뜻은 아니었을 것입니다. 그분들도 국가의 이익 때문에 그러한 행동을 하는 것이라는 점은 충분히 이해하고 있는 상황이니까요. 켈트 아저씨께서 비난하는 대상 역시 어느 특정 국가가 아니라 인간이라는 종족 자체이지 않습니까?"

뮤스의 위로가 고맙긴 했지만 여전히 씁쓸한 기분을 지울 수 없었던 황제는 무거운 한숨을 내쉬며 말했다.

"과거를 되짚어보더라도 그와 같은 일들이 빈번하게 벌어진 것이 사실입니다. 도이첸 제국이나 듀들란 제국 등을 포함한, 소위 강대국이라는 국가들은 자신들의 실력을 행사하며 이익을 챙기기에 급급했고, 그에 미치지 못하는 군소 국가들은 부당함을 알면서도 대항할 힘이 없었기에 무릎 꿇을 수밖에 없었던 것이죠. 그야말로 횡포라는 말로 대신하기에 모자람이 없는 일들이었습니다. 게다가 앞으로는 장영실 경이 언급했던 대로 도이첸 제국과 듀들란 제국은 공학 기술로 인한 새로운 경쟁을 시작하게 될 것입니다. 그 사이에서 피해를 보는 것은 힘없는 군소 국가들일 테고, 결국 인간의 욕심이 만들어낸 횡포의 역사는 되풀이되는 것이겠죠."

이야기를 듣고 있던 뮤스는 황제의 반응을 어느 정도 짐작하고 있었는지 담담한 태도를 취하고 있었다.

"폐하, 역시 실력을 앞세운 강대국의 횡포에 대해 못마땅하게 생각하시는 모양이로군요. 말인즉, 폐하 역시 장영실 아저씨의 생각에 동의한다는 말씀이십니까?"

뮤스의 물음에 잠시 갈등하던 황제는 나직한 목소리로 대답했다.

"물론 개인적인 생각은 그렇습니다. 하지만 저는 그 무엇보다 국가의 익을 최우선시해야만 하는 황제의 신분입니다. 제 사견으로 인해 국가에 손해가 되는 결정을 내릴 수 없다는 것이죠. 안타깝지만 저로서도 어쩔 수 없는 일인 듯하군요."

황제는 애써 냉철한 이성으로 상황을 바라보고자 노력하고 있었다. 하지만 뮤스는 여전히 담담한 태도로 일관하며 확신에 찬 목소리로 말했다.

"황제 폐하께서는 절대 눈앞의 잘못된 점을 그냥 간과하실 수 없을 것이라 감히 말씀드리겠습니다. 분명 어떻게든 문제점을 해결하기 위해 노력하실 것이 틀림없습니다."

전혀 예상치 못한 뮤스의 말에 놀란 황제는 떨리는 목소리로 되물었다.

"어, 어찌 그렇게 장담하시는 것입니까?"

"바로 그것이 황제 폐하의 가슴에서 우러나오는 진실된 뜻이기 때문입니다."

"나의 진실된 뜻?"

"그렇습니다. 제가 알고 있는 폐하는 결코 자국의 이익을 위해 남에게 불행을 안겨줄 분이 아니시라는 것이죠. 만약 눈 하나 깜짝하지 않고 남에게 불행을 안겨줄 분이셨다면, 애초 걱정 따위는 하지도 않으셨을 것입니다. 그 이외에 어떤 설명이 더 필요하겠습니까?"

제아무리 뮤스가 황제와 친분이 깊다고 하더라도 일국의 수장에게 하는 말로써는 너무나 무성의하고 무례하기 짝이 없는 말투였다. 하지만 젊은 황제는 오히려 그의 냉담한 말투에 정신이 번쩍 드는 것을 느꼈고, 잠시 동안 자신을 되돌아보며 생각에 잠겨 있던 황제는 뮤스의 말을 수긍하기라도 하는 듯 호탕한 웃음을 터뜨리는 것이었다.

"하하하핫! 인정하지 않을 수가 없군요. 후훗, 뮤스 원장님의 말씀대로 저는 그러한 상황을 보고만 있지는 못할 것입니다. 어떻게 해서든 잘못된 점을 바로잡기 위해 애를 쓰겠죠. 저의 성격에 대해서 너무나 잘 알고 계신 것이 아닙니까?"

이제야 본래의 기색을 어느 정도 회복한 황제의 목소리에 뮤스는 한층 밝아진 말투로 대답했다.

"후훗, 폐하께서 제아무리 대국의 황제라 하더라도 본질은 결국 한 명의 인간일 뿐입니다. 그런 만큼 개인의 견해가 없을 수는 없는 것이고, 그 견해가 국가 정책에 반영되는 것은 지극히 당연한 일입니다. 폐하께서 진정으로 옳다고 생각하는 일을 행하도록 하십시오. 그것이 가장 올바른 선택일 것이라 믿습니다."

"내가 옳다고 생각하는 일을… 꼭 기억해 두도록 하겠습니다."

황제는 뜨거워진 가슴속에 그의 진언을 깊이 되새기고 있었다.

이로써 황제의 기분이 어느 정도 안정된 듯했고, 시간 역시 상당히 늦었음을 깨달은 뮤스는 자리에서 몸을 일으키며 말했다.

"초여름이라도 밤 날씨는 제법 쌀쌀하군요. 밤이 늦었으니 이제 그만 숙소로 들어가 보도록 할까요?"

황제 역시 뮤스의 말대로 몸이 싸늘해짐을 느끼며 벤치에서 일어났고, 손으로 털이 곤두선 듯한 몸을 부비며 대답했다.

"아, 그러고 보니 조금 춥군요. 감기나 걸리지 않았으면 좋겠습니다. 이맘때 감기에 걸리는 것만큼 한심해 보이는 것이 없는데."

이야기를 하며 몸을 부비던 중 손이 촉촉하게 젖음을 느낀 황제는 의아한 눈빛으로 자신의 손을 내려다보았다. 그러자 조명등의 불빛을 반사하며 반짝이고 있는 물방울이 손끝에 맺혀 있는 것을 발견할 수 있었는데, 본능적으로 불길함을 느낀 그는 급히 주변을 둘러보며 외쳤다.

"뮤, 뮤스 원장님, 이, 이것이?"

아니나 다를까, 바로 옆에서 서서히 형체를 드러내고 있는 뮤스의 모습이 보이고 있었는데, 그 역시 당황한 기색이 역력했다.

"이런! 이슬이 내리고 있었던 모양이군요! 이슬점까지는 전혀 생각지 못하고 있었는데… 카일락스 리퀴드의 세포들이 괴멸하기 시작하나 봅니다!"

과연 자신의 불길한 예감이 맞았음을 깨달은 황제는 허겁지겁 자신의 몸을 살펴보며 물었다.

"그럼 어떻게 해야 한단 말입니까? 아시다시피 옷을 하나도 입지 않고 있는 상태인데, 이대로 다른 사람들의 눈에 발각되기라도 한다면……."

나름대로 냉정함을 유지한 뮤스는 황제를 향해 말했다.

"세포들이 완전히 괴멸할 때까지는 5분 정도의 여유가 있습니다. 타인이 우리들의 형체는 식별할 수는 있겠지만 얼굴까지 알아보지는 못할 테니, 지금부터 숙소를 향해 열심히 뛰는 수밖에요."

"뛰더라도 5분 내에 숙소까지 도착하는 것은 무리지 않습니까?"

어깨를 으쓱거린 뮤스는 장난스럽게 입꼬리를 말아 올리며 대답했다.

"하핫, 하지만 나체로 이곳에 서 있을 바에야 시도라도 해보는 편이 좋겠지요. 그럼 서두르도록 하죠!"

말을 마친 뮤스는 황제에게 손짓을 하며 달려가기 시작했다. 뮤스의 뿌연 뒷모습을 보며 무거운 한숨을 내쉬던 황제는 어쩔 수 없이 그의 뒤를 따를 수밖에 없었는데, 이것이 바로 듀들란 제국 황실에서 대대로 전해질 '나체 유령 전설'의 바탕이 되는 사건이었다.

114장 제국 개발 사업 발표회

　동녘에 해가 떠오르며 제국 개발 사업 발표회 날이 시작되었다. 궁녀들은 발표회가 시작되기 전 귀빈들의 아침 식사를 준비하기 위해 궁내를 바쁘게 움직이는 중이었는데, 저마다 아침 식사의 성향이 달랐기에 가볍게 수프와 빵을 나르는 궁녀가 있는가 하면 만찬에 버금가는 화려한 요리들을 나르는 궁녀들의 모습도 눈에 띄고 있었다.

　비교적 일을 빨리 끝낸 궁녀들은 한숨을 돌리며 복도에 위치한 대기 장소에서 잡담을 나누고 있었다. 특별히 재미있는 일이 있을 리 없는 궁의 생활에서 짬짬이 하는 잡담은 그녀들의 유일한 여가 생활이라 해도 과언이 아니었는데, 오늘과 같이 연회가 있던 다음날이면 더욱 재미있는 이야깃거리가 쏟아져 나왔기에 그녀들의 입과 귀가 즐거웠다.

　분홍색의 리본을 머리에 묶은 궁녀가 동료 궁녀들을 바라보며 흥미

진진한 모습으로 대화를 이끌고 있었다.

"너희들 어제 로텐그라스 백작님 봤니? 아아… 소문대로 대단한 미남이시더라! 그 뽀얀 피부에 오뚝한 콧날, 멋진 수염… 나 정말 한눈에 반해 버렸어."

그녀의 말에 검은 머리의 궁녀가 피식 웃으며 말했다.

"풋! 물론 멋지긴 하지만 조심해야 할 거야. 로텐그라스 백작님이 여자 관계가 복잡하다고 소문이 자자하니까. 대부분의 잘생긴 남자들은 얼굴값을 하느라 제대로 된 사람이 없는 법이지."

"그럼 너는 누가 마음에 든다는 거니?"

동료의 물음에 검은 머리의 궁녀는 당연하다는 말투로 대답했다.

"나는 뮤스 드라켄 공학원 원장님이 제일 괜찮던걸? 그 눈동자를 보면 뭐랄까… 세상과 동떨어진 느낌이 들더라고. 사람을 잡아끄는 신비한 느낌이랄까."

하지만 분홍 리본의 궁녀는 심통스러운 얼굴로 말했다.

"뭐, 아무리 신비하고 사람을 잡아끌어 봐야 어차피 애인이 옆에 딱 붙어 있잖아. 카타리나라는 여자애 말이야."

그녀의 말에 피식 웃은 검은 머리 궁녀는 손가락을 내저었다.

"네가 뭘 몰라서 그러는 모양인데, 그 점이 더 마음에 든다는 말이야. 그런 대단한 사람이 한 여자만 바라보고 있다는 것은 대단한 일이거든. 요즘에 몇 안 되는 제대로 된 남자라니까?"

뮤스에 대한 예찬을 하며 환상에 빠져드는 동료를 보며 분홍 리본의 궁녀는 안타까운 듯 혀끝을 찼다.

"쯔쯧, 정신 좀 차리렴. 너는 너무 실속이 없는 게 탈이야. 매번 그렇게 남의 남자만 좋아하다간 시집도 못 갈 거라고."

"그러는 너도 나만큼이나 실속없잖니. 매번 혼자 좋아하다가 상사병이나 걸리면서."

조금 더 심한 말다툼으로 번지기에 충분한 분위기였다. 하지만 이러한 대화가 하루 이틀이 아니었던 듯 두 궁녀는 신세 한탄이 담긴 나직한 한숨으로 대화를 마무리 짓고 있었다.

"휴우… 하긴 틀린 말은 아니지."

"우리가 이러고 있는 게 벌써 몇 년째인지……."

대화가 잠시 소강 상태에 접어들고 있을 때 막 귀빈실에서 빈 접시가 담긴 손수레를 밀고 나오던 궁녀 한 명이 다급하게 그들에게 다가오며 입을 열었다.

"마침 여기 있었구나! 너희들, 어제 황궁에 유령이 출몰했다는 소문 들었니?"

유령이라는 말에 궁녀들은 눈을 동그랗게 뜨며 되물었다.

"유령이라니, 그게 무슨 말이니? 조금 더 자세하게 말해 봐!"

"아직 모르고 있구나! 어제 글쎄, 황궁 여기저기에서 유령들이 나타났다나 봐. 직접 목격한 사람들도 한두 명이 아닌데, 그중에 경비병 두 명은 정신까지 오락가락하는 거 같더라고."

궁녀들은 마른침을 꼴깍 삼키며 계속해서 그녀의 이야기에 귀를 기울였다.

"그리고 새벽까지 연회 뒷정리를 하던 북궁의 궁녀들도 여럿 그 유령을 봤다는데 글쎄, 옷을 하나도 안 걸친 총각 유령이었대! 그것도 최소한 둘 이상은 된다는 거야."

“뭐?! 옷을 안 입은 총각 유령?”

눈이 더욱 커진 궁녀들이 약속이라도 한 듯 입을 모으며 되묻자 이야기를 꺼낸 궁녀는 다시 한 번 확인이라도 시켜주듯 고개를 끄덕이며 말했다.

“응! 희뿌연 빛을 내는 투명한 몸을 가진 유령이었는데, 민망하게도 실오라기 하나 걸치지 않아서 못 볼 것까지 다 봤다고 하던걸? 내 친구들 중에 어렸을 때부터 유령에 대해 관심이 많은 애가 있는데, 그 친구가 말하기를 평생 여자 한 번 못 사귀어보고 죽은 청년의 영혼이 세상을 떠나지 못하고 여기저기를 돌아다니다가 궁녀들이 많은 황궁에까지 온 거래. 그러다가 마음에 드는 여자를 고르면 평생 그 여자 옆에 들러붙어 따라다닌다고 하더라구.”

그녀의 이야기가 들던 궁녀들은 머리끝까지 소름이 돋는 것을 느꼈고, 얼굴은 백지장만큼이나 하얗게 변해 있었다. 그렇게 신경이 잔뜩 곤두선 궁녀들의 등 뒤로 누군가의 목소리가 들려오기 시작했다.

“안녕하세요. 이른 아침부터 수고하시는군요.”

예의 바르고 매력적인 젊은 남성의 목소리였다. 하지만 인사를 건네는 시기가 그리 좋지 않은 듯했는데, 신경이 예민해져 있던 궁녀들은 그 목소리에 놀라 펄쩍 뛰며 혼백이 달아날 듯한 비명을 질러대는 것이었다.

“꺄아아악! 나체 총각 유령이다!”

“꺄악! 다가오지 마!”

“저리 가란 말이야!”

그리곤 뒤를 돌아보지 않고 달리기 시작했는데, 그야말로 전광석화라는 말을 무색케 하고 있었다.

이렇게 궁녀들이 사라진 복도에는 검은 예복의 청년만이 남게 되었다. 바로 간단히 아침 식사를 마치고 카타리나의 방으로 향하던 뮤스였는데, 그는 오히려 궁녀들의 비명 소리에 놀란 듯 멍한 표정을 짓고 있었다.

"뭐, 뭐지, 저 귀신이라도 본 듯한 반응은?"

궁녀들의 태도를 이해할 수 없었지만 그리 대수롭지 않게 생각한 뮤스는 문득 귀가 간지러워짐을 느끼며 다시금 걸음을 옮기기 시작했다.

단 몇 개의 하얀 조각구름만이 떠다니고 있는 맑은 하늘이었다. 햇살은 따사롭게 부서져 내리고, 습기를 품지 않은 선선한 바람은 포근한 느낌을 전해주었는데, 제국 개발 사업 발표회와 같이 국가의 중대한 행사를 치르기에는 더없이 좋은 날씨라 할 수 있었다.

황궁의 북쪽에 위치한 제국 개발 사업 발표회장 건물의 앞에 마련된 행사장에는 이미 많은 사람들이 모여들어 있을 뿐 아니라 사람들의 발길이 끊임없이 이어졌다. 아직 공식 행사를 시작하기 전이기에 한발 먼저 도착한 사람들은 발표회장의 주변을 둘러보며 신기한 건축 양식에 큰 호기심을 보였는데, 전날의 연회에서 안면을 튼 사람들과 그에 대한 이야기를 나누며 행사 시작 시간을 기다리는 중이다.

웅성웅성…….

그러한 사람들 중에는 뮤스와 일행 역시 포함되어 있었다. 그들은 루스티커와 함께 발표회장에 도착하였고, 발표회장 건물을 처음 보는 뮤스의 친구들은 신기한 눈으로 유심히 살피는 중이었다. 눈을 간질이는 햇빛을 손으로 가린 폴린은 발표회장 건물의 은백색 지붕을 올려다보며 입을 열었다.

"와… 정말 눈이 부시다! 저런 건물을 어떻게 만들었담?"

수염을 쓰다듬으며 주변을 둘러보던 루스티커가 그녀의 말을 들었는지 주름진 미소를 지으며 말했다.

"허헛, 저 건물을 세우는 데 상당한 고생을 했었다네. 처음 장영실 경이 설계도를 건네주었을 때는 우리도 반신반의했지. 한 번도 본 적이 없는 양식의 건물이었으니 말이야. 특히 대형 철골 작업과 건물의 외피를 입히는 작업에서 많은 고생을 했는데, 딱히 경험자가 없던 만큼 진척이 더뎌질 수밖에 없었던 것일세. 나중에는 꼭 저런 건물을 만들어야 하는가 하는 의문도 들었지. 하지만 몇 가지 이유 때문에 곧 수긍할 수밖에 없었는데, 바로 조립형 건물이기 때문에 언제든지 건물을 다른 곳으로 옮길 수 있고, 비슷한 크기의 벽돌 건물을 짓는 것보다 예산 또한 반 정도로 절감되니 황실의 입장에서 손해날 것은 없다고 생각한 게야. 또 채광이 유용하다는 것 또한 대단한 장점이었네. 천장 전체를 빛이 통과할 수 있는 천으로 만든 만큼 밝은 내부를 유지할 수 있으니 낮에는 따로 전뇌등을 밝히지 않더라도 작업하기에 적당한 환경을 마련할 수 있었던 것일세. 그만큼 불필요한 전뇌력 사용을 줄일 수 있었지."

루스티커의 이야기를 듣고 있던 폴린은 눈을 반짝였다. 크라이츠를 도와 공학원의 재무를 담당하던 폴린으로서는 귀가 솔깃한 내용이기 때문인데, 직업의 영향 탓인지 그녀는 자신도 모르는 사이 루스티커가 말한 내용을 찬찬히 돈으로 환산하기 시작했다.

"이 정도 규모의 건물을 설립하기 위해서는 설비를 제외한다고 해도 25만 겔피 이상이 드는 것이 보통인데 그 반이라면 12만 5천 겔피의 예산을 절약할 수 있고, 낮 시간 동안 전뇌등을 가동시키지 않는다 하면 일 년에 약 8천 겔피를 절약할 수 있는 셈이군요. 게다가 건물 이전이 가능하다면, 굳이 비싼 값을 주고 용지를 매입하지 않더라도 필요한 기간 동안만 용지를 임대할 수 있을 테니, 이것의 이익 역시 돈으로 환산한다면 상당할 거예요."

눈을 끔뻑이며 그녀의 중얼거림을 듣고 있던 루스티커는 혀를 내둘렀다.

"허헛! 대단한 아가씨구먼. 그 짧은 사이에 그런 계산을 해내다니."

하지만 루스티커와 달리 폴린의 곁에 서 있던 크라이츠는 그녀의 계산에 대해 조금 못마땅한 표정을 짓고 있었다. 팔짱을 낀 채 건물을 훑어보던 그녀는 폴린을 향해 부드러운 목소리로 입을 열었다.

"네가 말한 내역을 종합한다면 대략 34만 3천 겔피의 이득을 얻을 수 있단다. 하지만 건물을 둘러싸고 있는 외피 때문에 보통의 건물보다 보수 비용이 많이 발생하고, 건물 이전에 따른 인건비 또한 만만치 않을 테니 이 또한 계산에 포함시켜야 하지 않겠니? 뭐, 그렇다고 하더라도 15만 겔피 이상의 예산 절약을 할 수 있을 것 같으니 공학원으로서는 상당히 효율적인 건물인 건 틀림이 없구나."

폴린은 선생님의 이야기를 듣는 학생처럼 다소곳한 태도로 그녀의 이야기에 귀를 기울였고, 어디서 났는지 작은 쪽지와 펜을 꺼내어 그녀의 이야기를 받아 적기까지 했다. 너무나 자연스러운 모습으로 보아 이것이 크라이츠와 폴린의 일상인 듯했는데, 루스티커뿐 아니라 친구들 역시 폴린이 일을 하는 모습을 볼 기회가 없었던 만큼 신기한 눈으로 그녀를 바라보고 있었다.

돈 계산에 별다른 흥미가 없었던 켈트는 그 자리에 주저앉아 따분한 얼굴로 주변을 두리번거리고 있었다. 성격이 급한 드워프 족인만큼 기다리는 것에 쉽게 염증을 느낀 것이었는데, 아직 발표회가 시작될 시간이 아님을 알고 있음에도 불구하고 투덜거리기에 여념이 없었다.

"쳇! 뭘 이렇게 뜸을 들이는 거야, 그냥 문 열어놓고 둘러보라고 하면 될 것을. 아무튼 인간들의 격식이란 드워프들의 골치를 아프게 한단 말씀이야. 응?"

그러던 중 사람들의 시선이 발표회장의 입구 쪽으로 향하기 시작하는 것을 발견한 켈트는 반가운 표정으로 엉덩이를 털며 자리에서 일어났다. 하지만 안타깝게도 그의 시야에 들어오는 것은 사람들의 엉덩이뿐이었는데, 키가 작다는 신체적인 한계 때문에 아무것도 볼 수 없는 상황이었던 것이다. 일이 이렇게 되자 다른 방법을 강구할 수밖에 없었던 켈트는 서슴없이 벌쿤을 향해 몸을 날리며 외쳤다.

"벌쿤, 잠깐 목 좀 빌려야겠구나!"

"에? 뭐, 뭐라구요?"

벌쿤이 뭐라 대답하기도 전에 켈트는 날렵한 다람쥐마냥 벌쿤의 몸을 타고 그의 목으로 오르기 시작했다. 둔해 보이는 드워프의 신체 구조에서 나오는 동작이라고는 믿기 힘들 만큼 날쌘 동작이었다. 그로 인해 중심을 잃으며 몸을 기우뚱하던 벌쿤은 힘겹게 중심을 잡으며 외쳤다.

"으윽! 갑자기 이게 무슨 짓이에요! 빨리 내려오세요!"

벌쿤이 버럭 소리를 질렀지만 전혀 개의치 않은 켈트는 그의 목에 매달려 발표회장 건물을 가리키며 말했다.

"어이들! 이제 발표회가 시작하려나 보군. 저기 투르코스 재상과 장영실 경이 발표회장에서 나왔는걸?"

켈트의 말을 들은 뮤스와 일행은 그가 가리키는 방향을 바라보았다. 그곳에는 단상 위로 오르는 두 인물이 보이고 있었는데, 너무나 멀었기에 얼굴을 알아볼 수는 없었다. 눈에 힘을 주어 바라보아도 그들의 얼굴을 분간할 수 없자 히안은 인상을 찌푸리며 물었다.

"저렇게 멀리 있는 사람을 알아볼 수 있으시다는 거예요?"

켈트를 대신하여 뮤스가 대답해 주었다.

"드워프 족의 시력은 최대 인간의 다섯 배가량 되거든. 그래서 인간보다 정교한 세공에 능하다는 말이 있을 정도니까. 이 정도 거리쯤이라면 우리가 바로 눈앞에서 보는 것만큼 잘 보이실걸?"

그의 말에 뿌듯한 얼굴을 한 켈트는 가슴을 두들기며 말했다.

"역시 잘 알고 있군! 이 정도 거리에서는 투르코스 재상의 귓불에 있는 작은 점도 보인다고! 끌끌끌… 이제 확성기를 들고 무슨 말을 하려는 것 같구나!"

켈트의 말이 사실이라는 것을 대변하듯이 행사장의 곳곳에서 투르코스 재상의 목소리가 울려 퍼지기 시작했다.

―먼저 힘든 길을 마다하지 않고 이 자리를 찾아주신 타국의 사절, 그리고 본국의 귀빈 여러분들께 쟈트란의 전 시민들을 대표하여 감사 말씀 드리겠습니다.

그의 말은 한 구절씩 끝날 때마다 통역관을 통해 도이첸 제국어로 통역되었는데, 듀들란 제국어에 능하지 못한 이들 역시 충분히 알아들을 수 있도록 배려하고 있었다. 투르코스 재상의 간단한 인사말에 행사장에 모여 있던 사람들은 모두 단상을 주목했고, 그들을 향해 손을 한 번 들어 보인 투르코스 재상은 가벼운 미소와 함께 말을 이어갔다.

─잠시 후면 이틀 동안 이어질 제국 개발 사업 발표회가 시작될 예정입니다. 여러분께서 전혀 생각지 못한 놀라운 일정이 계획되어 있으니 큰 기대를 하셔도 좋으실 것입니다.

자신감이 가득 차 있는 투르코스 재상의 말에 사람들은 기대에 부푼 얼굴로 웅성거리기 시작했다.

"발표회장을 구경하는 것 외에도 다른 일정이 있다는 말인가?"

"이틀간 진행된다는 사실은 알고 있었지만 크게 생각지 않았는데, 뭔가 특별한 것이 있는 모양이군요."

"투르코스 재상님의 표정을 보니 평범한 것은 아니겠군요. 기대를 해봐도 좋지 않겠습니까?"

뮤스와 일행 또한 다른 이들과 다름없었는데, 어느 정도의 친분이 있던 투르코스 재상이나 장영실, 그 누구에게도 행사 일정의 세부 사항에 대한 이야기는 듣지 못한 상태기 때문이었다. 그런 만큼 일행의 시선은 자연스럽게 루스티커에게로 고정이 되었고, 그 시선이 무엇을 뜻하는 것인지 잘 알 수 있었던 루스티커는 손을 내저으며 입을 열었다.

"허헛! 그건 이번 행사의 일급 기밀이라네. 미안하지만 투르코스 재상이 직접 발표할 때까지는 말해 줄 수 없겠구먼. 내 입장을 이해해 주리라 믿네."

루스티커의 난처한 표정에 일행은 고개를 끄덕였다. 하지만 켈트만은 루스티커의 입장을 이해해 줄 생각이 전혀 없는지 벌쿤의 목에 매달린 채 바둥거리며 소리쳤다.

"우리 사이에 이럴 수가 있단 말인가! 자고로 술로 맺은 친구는 피를 섞은 형제보다 가깝다고 했거늘! 그러지 말고 사실대로 말해 주게나! 어차피 조금 있음 알게 될 사실이 아닌가?"

"허헛, 켈트님께서 그렇게 말씀하셔도 어쩔 수가 없답니다. 국가 기밀 누설죄라면 비록 황궁 수석 마법사라 하더라도 목이 달아날 수 있는 중죄이지 않습니까? 그러니 형제에게라도 말해 줄 수 없는 사항이랍니다."

"엄살 피우지 말게나. 듀들란 제국에서 누가 감히 자네의 목을 위협할 수가 있겠는가? 그러니 한 번만 선심을 써주면 안 되겠나?"

"허허헛!"

루스티커는 수염을 매만지며 너털웃음을 터뜨릴 뿐, 끝내 행사 일정에 대한 아무런 언급도 해주지 않았다. 그럼에도 불구하고 켈트는 끈질기게 보챘는데, 목이 뻐근해 오는 것을 느낀 벌쿤은 그를 잡아 붙들며 말했다.

"아저씨, 그만 좀 얌전히 계세요! 나잇값은 하셔야 할 것 아닙니까?"

"내 나이는 왜 들먹거리는 게냐! 그렇지 않아도 몸이 점점 말을 듣지 않아서 심란한 판국에!"

심술이 난 켈트는 벌쿤의 머리카락을 헝클며 심술을 부렸다. 이에 더 이상 참지 못한 벌쿤 역시 투덜거리며 켈트와 실랑이를 벌이기 시작했다.

"몸이 말을 듣지 않는 게 이 정도란 말이에요?! 거짓말하지 마시고 당장 내려와요!"

"아이고, 세상 사람들! 이 무식한 녀석이 늙은 드워프를 잡는구나!"

켈트와 벌쿤의 그러한 모습에 일행은 고개를 내저으며 나직한 한숨을 내쉬었고, 집중되는 주변의 시선을 피하기 위해 켈트와 벌쿤에게서 한 발자국씩 떨어지고 있었다.

켈트와 벌쿤의 투닥거림이 계속되고 있을 때, 단상 위의 투르코스 재상은 품에서 시계를 꺼내어 확인하고 있었다. 그리고 시침이 정확히 11시를 가리키는 것을 확인한 그는 주변을 둘러보며 발표회장의 곳곳에 자리 잡은 진행 요원들의 상황을 확인하였고, 다시금 확성기를 입에 대며 말을 이었다.

―주목해 주십시오! 이제 여러분께 공시해 드렸던 제국 개발 사업 발표회의 개막 시간이 되었습니다. 그럼 제국 개발 사업 발표회의 개회를 선언해 주실 본 듀들란 제국의 황제 폐하를 이 자리에 모시도록 하겠습니다. 영광스럽게 크로시드 3세 폐하를 여러분들께 소개해 드립니다!

투르코스 재상의 말이 떨어지기가 무섭게 사방에서 나팔 소리가 들려왔다. 그것을 시작으로 듀들란 제국의 황실에서 대대로 전해 내려오는 의례용 음악이 연주되며 황제의 존엄성을 높이는 데 한몫하고 있었는데, 듣는 이의 가슴을 한없이 떨어 울리는 장중한 음악이었다.

빠바바밤! 빠바바밤! 두두둥! 두두둥!

음악과 함께 수십 명의 의장대를 앞세운 긴 행렬이 행사장의 입구를 통해 입장하고 있었다. 그 모습을 본 사람들은 미리 준비라도 하고 있었던 듯 일사불란하게 좌우로 벌어지며 길을 만들었고, 검은 예복을 입은 두 명의 장정은 단상까지 이어지는 길 위로 금빛의 융단을 깔았다.

금빛의 깃털로 만든 모자를 쓴 의례관 한 명이 절도있는 모습으로 앞서 걸어나와 단상 아래에 멈추어 섰다. 그리곤 시선을 허공에 고정시키며 굵직한 목소리로 외쳤다.

"황제 폐하와 황녀님이 나오십니다! 귀빈 여러분들께서는 예를 표하여 주십시오!"

그의 외침과 동시에 행사장에 모인 사람들은 허리를 굽히며 황제에게 예를 표했고, 황제의 입장 행렬은 금빛의 융단을 천천히 밟으며 단상을 향하기 시작했다.

처억! 처억! 처억!

고귀함을 뜻하는 금빛의 모자와 예복을 걸치고 금으로 도금된 의장용 검을 허리에 찬 황제의 의장대가 발을 맞춰 행진했다. 그 뒤로 화려한 금관을 쓴 앳된 모습의 청년과 금실로 수를 놓은 흰색의 드레스를 입은 30대 중반의 여성이 조심스러운 걸음으로 따르는 중이었는데, 어느덧 청년기에 접어든 듀들란 제국의 황제인 크로시드 3세와 그의 누이인 케티에론 황녀였다. 황제와 황녀는 부드러운 표정을 지으며 먼 길을 찾아준 귀빈들을 향해 목례하며 가볍게 인사를 건네었고, 그들의 인사를 받은 사람들은 크게 황송해하며 더욱 깊이 몸을 숙이고 있었다.

몸을 숙여 듀들란 제국의 황제에게 예를 표하던 벌쿤은 곁눈질로 황제와 황녀의 얼굴을 살피며 나직한 목소리로 중얼거렸다.

"와… 듀들란 제국의 황제 폐하도 상당히 어리구나. 아직 스물도 안 되어 보이는데?"

벌쿤의 목소리에 맞춰 곁에 있던 세이즈가 설명을 위해 입을 열었다.

"응, 네가 드베인 숲에서 나오기 전에 듀들란 제국의 선황께서 몹쓸 병으로 세상을 뜨셨거든. 그래서 크로시드 3세께서 성년이 되기도 전에 황제의 위에 오르게 된 거야. 아직도 대륙의 많은 국가들이 일부다처제를 허용하긴 하지만, 듀들란 제국은 국법상 일부일처제이기 때문에 자녀가 저 두 분뿐이었지."

"이야! 역시 세이즈는 똑똑하구나. 그런 걸 다 어디서 알게 된 거야?"

벌쿤의 감탄성에 세이즈는 빙긋 웃으며 대답했다.

"언니가 책들을 많이 수집하기 때문에 아주 오래된 책들부터 근래의 책들까지 다양해. 그중 대부분은 지금 내 방에서 바람막이용으로 쓰고 있는데, 심심하면 가끔 꺼내어 읽기도 하거든. 그러다가 알게 되었어."

"호오… 그렇구나."

벌쿤과 세이즈가 대화를 주고받는 사이에 듀들란 제국의 황제와 황녀는 단상 앞에 도달했고, 단상 아래로 내려온 투르코스 재상과 장영실은 공손한 태도로 그들을 맞이하는 중이었다.

잠시 후 황제와 황녀는 단상 위로 올랐다. 그리고 투르코스 재상에게서 확성기를 건네받은 황제는 자신을 바라보고 있는 사람들을 향해 손을 들어 보이며 입을 열었다.

―본국을 찾아주신 많은 귀빈들께 듀들란 제국의 황제로서 감사하다는 말을 전하고 싶습니다. 이곳에 계신 모든 분들이 익히 아시다시피 본국은 공학이라는 새로운 개념의 기술을 바탕으로 하여 지난 4년

간 제국 개발 사업을 추진해 왔습니다. 그리고 짧은 기간이었지만 얼마의 성과를 이룰 수 있었기에 그것을 여러분들께 선보이고자 이러한 자리를 마련하게 되었습니다. 여러분들께 선보이기에 부끄러운 수준일지는 모르겠으나, 부디 행사가 끝나는 때까지 자리를 빛내주셨으면 하는 바입니다. 그럼 제국 개발 사업 발표회를 개회하도록 하겠습니다.

황제가 발표회의 개회를 선언하자 행사장에 모인 사람들은 모두 박수를 보내며 발표회의 시작을 축하하기 시작했다. 동시에 발표회장 건물의 주변에서 짧은 폭발음이 들려오며 십여 개에 달하는 오색의 연기 줄기가 하늘을 향해 뻗어 올랐는데, 그렇게 치솟은 연기 줄기들은 마치 하늘을 받치고 서 있는 굳건한 기둥과도 같은 모습을 이루고 있었다.

퍼버벙! 퍼벙!

사람들은 생각지 못한 폭발음에 잠시 놀라는 듯했지만 곧 신기하고도 아름다운 연기의 기둥을 올려다보며 감탄사를 내뱉기에 여념없었다. 이렇게 하여 제국 개발 사업 발표회의 화려한 막이 오르고 있었다.

＊　　　　＊　　　　＊

제국 개발 사업 발표회장이 개방되자 수백 명에 달하는 사람들이 발표회장의 안으로 입장하기 시작했다. 대부분 타국으로부터 온 사절들과 특별히 황실의 초대를 받은 듀들란 제국의 귀족들이었는데, 하나같이 눈을 휘둥그렇게 뜨며 발표회장의 엄청난 규모와 위용에 놀라는 중이었다.

발표회장의 내부는 밤에 보는 것과는 또 다른 모습이었다. 높은 천장에 설치된 전뇌등으로 실내를 밝히던 밤과는 달리, 하늘에서 내리쬐는 햇빛이 은은한 조명 역할을 하고 있었고, 그 빛은 천장에 걸린 형형색색의 천과 휘장을 통과하며 환상적인 실내의 분위기를 자아내고 있었다. 루스티커가 자랑했던 대로 전뇌등의 도움을 받지 않고서도 상당한 실내의 밝기를 유지하고 있었는데, 발표회장 전체를 통틀어 단 몇 개의 전뇌등만이 진열된 전시물들을 비추기 위해 가동되고 있을 뿐이었다.

흰색의 천으로 덮어씌워 놓아 무엇인지 알 수 없는 거대한 크기의 전시물을 중심으로 여러 가지의 전시물들이 발표회장의 곳곳에 진열된 상태였다. 진열된 전시물들의 앞에는 듀들란 제국어와 도이첸 제국어로 자세하게 쓰인 설명판이 위치하고 있었다. 이것들은 전시물들의 용도와 작동 방법을 설명하는 역할을 했으며, 사람들의 이해를 돕기 위해 간단한 그림을 포함하고 있었다. 그 외에도 전시물들의 주변으로 직접 전시물들을 사용해 보거나 작동 시범을 선보이는 자리가 마련되어 사람들의 큰 호응을 이끌어냈다.

뮤스 일행은 '순환 동력기'라는 이름이 붙은 전시물의 앞에 서 있었다. 특히 카타리나를 비롯해 세이즈와 히안은 순환 동력기의 개념 자체에 큰 관심을 가지고 있는 듯했는데, 라이델베르크 공학원에서 동력기에 대한 연구를 하고 있던 중이었기 때문이다. 설명판을 유심히 읽어보던 카타리나는 그 내용을 금세 이해했는지 나직한 탄성과 함께 입을 열었다.

"우와! 동력을 순환시켜서 전뇌력을 다시 만들어낸다는 개념이라니… 이런 것도 있었구나. 정말 대단한걸?"

곁에서 순환 동력기가 작동하고 있는 모습을 바라보던 히안 역시 카티라나의 말에 동의하듯 고개를 끄덕였다.

"동력을 순환시킴으로 인해 동력기의 출력이 떨어질 수는 있겠지만, 큰 출력이 필요없이 오랜 시간 지속되는 작업에는 아주 유용하게 쓰일 거야. 가사용 제품들에 적합한 동력기라고 할 수 있겠군."

카타리나와 히안의 대화를 들으며 순환 동력기를 살펴보던 세이즈는 어떠한 의구심이 생기는지 고개를 갸웃거리며 말했다.

"그런데… 듀들란 제국에서는 우리와 같은 마나구를 사용하지 않나 봐. 그럼 대체 어디서 전뇌력을 공급받는 거지?"

카타리나와 히안 또한 세이즈의 말에 의아함을 느끼며 전뇌력을 공급하는 마나구를 찾기 위해 눈동자를 굴리기 시작했다. 하지만 어디서도 마나구의 모습은 보이지 않았고 외부로 연결된 전뇌선 역시 찾을 수 없었는데, 결국 순환 동력기가 독립적으로 작동하고 있다는 것을 깨달은 그들은 놀라움을 감추지 못했다.

"정말이네! 마나구 없이 동력기가 작동하고 있어!"

"마나구가 없이 동력기가 작동할 리가 없어. 루스티커님께서 무슨 마법이라도 걸어놓은 게 아닐까?"

"그런 마법이 있을 리가 없잖아? 뭔가 다른 이유가 있는 거겠지."

친구들이 당황하는 모습을 보며 가볍게 웃어 보인 뮤스는 작동되고 있는 순환 동력기 쪽으로 다가갔고, 그들의 의문을 풀어주기 위해 입을 열었다.

"너희들의 생각대로 듀들란 제국의 공학원에서는 마나구를 쓰지 않

아. 대신 축전지라는 것을 사용하고 있지.”

뮤스의 말에 친구들은 약속이라도 한 듯 입을 모아 되물었다.

“축전지?”

“응. 전뇌력을 화학 반응으로 바꾸어 저장하는 장치를 말하는 것인데, 아무래도 이 순환 동력기 자체에 내장되어 있는 것 같아. 우리가 사용하고 있는 마나구에 비해 전뇌력의 축적 양이 한참이나 모자라기 때문에 자주 충전해 주어야 하는 데다가 전뇌력의 출력 면에서도 떨어진다는 단점이 있지만, 가격 면에서는 비교할 수 없으리만치 저렴하기 때문에 일반인들에게 보급하는 데 크게 유리하지.”

그리고 뮤스는 순환 동력기의 아랫부분에 설치된 금속 상자를 가리키며 말을 이어 나갔다.

“순환 동력기의 하단에 부착된 금속 상자가 그 축전지일 거야. 장영실 아저씨는 그 장단점을 잘 고려해서 이 순환 동력기를 만든 것 같아. 전뇌력의 축적 양이 적다는 단점을 극복하기 위해 동력을 순환시켜 축전지를 재충전하는 방법을 생각해 낸 것이겠지. 그렇게 된다면 축전지의 충전 횟수를 획기적으로 줄일 수 있고, 가격적인 면에서도 마나구에 비해 큰 우위를 점할 수 있을 테니까 말이야. 후훗, 과연 이곳에 모인 사람들 중에 이 순환 동력기의 효용성을 제대로 이해할 사람이 몇 명이나 될지 모르겠군.”

뮤스의 자세한 설명 덕에 쉽게 이해할 수 있었던 친구들은 답답했던 머리가 개운해짐을 느꼈다. 하지만 결국 듀들란 제국의 공학 기술력이 그들이 생각해 오던 것 이상임을 증명하는 내용이기도 했기에 가슴 한 구석이 찜찜해지고 있었다.

지이이잉! 지잉!

순환 동력기에 대해 이야기를 나누던 뮤스와 일행은 그들의 등 뒤로부터 들려오는 동력기의 시동음에 시선을 돌렸다. 그곳에는 다른 곳에 비해 많은 사람들이 몰려 전시물을 구경하는 중이었다. 호기심 어린 눈으로 잠시 살펴보던 크라이츠는 먼저 걸음을 옮기며 전시물이 있는 곳으로 향하였고, 일행은 천천히 그녀의 뒤를 따르고 있었다.

사람들의 사이를 헤치며 들어가자 길이가 2멜리, 높이가 1멜리가량 되는 검은색의 전시물이 그들의 눈에 들어왔다.

유선형의 날렵한 모양을 한 전시물은 앞쪽과 뒤쪽에 각각 한 개씩의 바퀴를 가지고 있었고, 그 중심에는 소형의 순환 동력기가 장착되어 있는 모습이었다. 마치 이륜의 전뇌거라고도 할 수 있었는데, 설명판에는 '전뇌마' 라는 이름으로 소개되어 있었다. 흰색의 가운을 걸친 한 청년이 전뇌마라고 부르는 낯선 기체 위에 앉아 그에 대한 설명을 늘어놓고 있었다.

"지금 선보여 드리고 있는 전뇌마는 열악한 환경에서 유용하게 쓰일 교통수단입니다. 전뇌거가 도로 위를 달리는 마차와 같은 역할을 한다면 이 전뇌마는 길이 좁은 숲이나 바위가 많은 언덕에서도 타고 다닐 수 있는 말의 역할을 하는 교통수단으로서, 앞쪽과 뒤쪽의 커다랗고 길긴 바퀴는 거친 땅에서 훌륭하게 적응되도록 고안되었습니다. 물론 마구간이 필요없을 뿐더러 여물을 먹이지 않아도 된답니다. 단지 사흘에 한 번 전뇌력을 충전해 준다면 시속 60켈리의 속도로 어디든지 달릴 수 있는 매력적인 제품입니다. 이륜으로 설계되어 있는 만큼 위험해 보이기도 하지만 조금의 연습이면 금방 안전한 주행을 할 수 있으니 걱정은 하지 않으셔도 좋습니다."

예전부터 달리는 일에 남다른 집착을 보이던 크라이츠였기에 자연스럽게 전뇌마에 큰 관심을 보이고 있었다.

"아하! 이 위에 올라타서 운전을 하는 것이구나! 폭이 좁아서 시내의 골목길도 달릴 수 있을 테니 전뇌거와는 또 다른 재미가 있겠는걸? 저, 속도 조절은 뭘로 하죠? 그리고 방향 전환은 어떤 방식으로 하게 되는 건가요?"

그녀는 전뇌마의 요모조모를 따져 보며 흰색 가운의 청년에게 여러 가지 질문을 던지기 시작했는데, 그 모습을 바라본 뮤스는 조금 걱정이 되긴 했지만 별일은 없을 거라 여겼기에 크라이츠를 뇌둔 채 친구들과 다른 곳으로 자리를 옮겼다.

각국에서 온 사절들은 발표회장의 전시물들을 관심 어린 눈으로 바라보는 중이었다. 그들은 자신들의 본분에 충실하려는 듯 조금이라도 많은 정보를 가져가기 위해 사소한 것 하나라도 놓치지 않으려 노력했는데, 작은 종이에 여러 가지 내용을 필기하는 이가 있는가 하면, 능숙한 솜씨로 전시물들을 종이 위에 그리는 이들도 있었다. 하지만 안타깝게도 공학 기술에 대한 지식을 가진 이들은 없었기에 정작 중요한 내용은 제대로 챙기지 못하고 있었다.

발표회장을 구경하느라 바쁜 사람들 사이에 초록색의 고급 예복을 입은 청년이 재채기를 하며 손수건으로 코를 풀고 있었다.

"에… 에… 에취!"

조금 왜소한 체구를 가진 청년은 다름 아닌 도이첸 제국의 젊은 황제였다. 그는 가엾게도 감기에 걸린 듯했는데, 초여름의 감기만큼 사람 속을 썩이는 것도 없었기에 표정에는 불만이 잔뜩 스며 있었다. 몸이 좋지 않은 만큼 발표회에 신경을 쓸 여유가 없었던 황제는 주변을 둘러보며 앉아 쉴 만한 곳을 찾기 시작했다.

"에휴, 사람이 많은 것을 보니 더 어질어질하군. 어디 의자라도 없는 것인가?"

혼잣말을 하며 발표회장의 구석구석을 둘러보았지만, 몸이 편치 않은 상태로 이렇게 넓은 곳에서 쉴 만한 자리를 찾는다는 것은 쉽지 않은 일이었다. 이에 절로 한숨이 나옴을 느낀 황제는 어깨를 축 늘어뜨리며 그 자리에 주저앉았다.

"차라리 약이나 먹고 누워 있는 편이 훨씬 좋을 뻔했군."

그가 후회 어린 중얼거림을 내뱉고 있을 때, 누군가가 뒤로 다가오며 낮은 목소리로 그를 불렀다.

"폐하가 아니십니까? 이런 곳에 앉아서 무엇을 하는 중이신지……."

귀에 익숙한 목소리에 황제는 뒤를 돌아보았다. 그의 시야에는 자신을 내려다보고 있는 뮤스의 모습이 잡히고 있었는데, 그를 향해 반가운 표정을 지은 황제는 힘겹게 손을 들어 올리며 인사를 건넸다.

"아, 뮤스 원장님이셨군요. 잘 주무셨습니까? 에… 에취!"

황제의 안색이 좋지 않음을 눈치 챈 뮤스는 급히 그를 살폈다. 손으로 이마를 짚자 약간의 미열을 느낄 수 있었다. 우려 어린 얼굴을 한 뮤스는 그를 부축하며 입을 열었다.

"이런! 아무래도 어제의 일 때문에 감기에 걸리셨나 보군요. 이 사실을 고듀트 외교 대신께서도 알고 계십니까?"

뮤스의 물음에 고개를 내저은 황제는 힘없는 얼굴로 대답했다.

"후훗, 제가 감기 걸린 사실을 고듀트 외교 대신이 알았다면 꼼짝없이 숙소에 누워 있어야 했겠죠. 오랜만의 휴가를 침대에 누워서 보내기는 싫답니다."

그의 심정을 이해 못하는 것은 아니었지만 이렇듯 몸을 소홀히 관리해서는 안 될 신분임을 알기에 그를 설득하기 시작했다.

"우선 몸부터 챙기셔야 합니다. 만약 쓰러지기라도 하시는 날에는 적지 않은 파급이 있음을 누구보다 잘 알고 계시지 않습니까?"

"크게 우려할 만큼 심한 것은 아닙니다. 조금 쉬고 있으면 괜찮아질 텐데 괜히 고듀트 외교 대신에게 알려 소란스럽게 만들기는 싫군요. 제 말뜻을 이해하시겠죠?"

황제가 뜻을 굽히지 않자 더 이상 어찌할 수 없었던 뮤스는 다른 방법을 강구해 보며 입을 열었다.

"정 뜻이 그러하시다면 잠시 쉬실 만한 곳이라도 찾아봐야겠습니다."

"후훗, 그렇게 해주시면 고맙겠습니다."

뮤스는 황제를 부축하며 앉을 만한 곳을 찾아 자리를 옮기기 시작했다.

그로부터 얼마 지나지 않아 뮤스와 황제는 발표회장의 구석에 마련된 의자를 발견할 수 있었다. 그곳에 황제를 편안하게 앉힌 뮤스는 어디선가 시원한 과실 음료를 가져와 건네며 말했다.

"이거라도 조금 마셔두도록 하십시오. 과실 음료를 마시면 감기에 효과를 볼 수 있답니다."

과실 음료가 담긴 잔을 건네받은 황제는 가벼운 미소로 고마움을 표했다. 그는 시큼한 맛이 나는 음료를 한 모금 마시며 입을 열었다.

"흐음, 그러고 보니 오늘도 혼자시군요. 다른 일행은 어디에 간 것입니까?"

황제의 물음에 머쓱한 웃음을 지은 뮤스는 볼을 붉적이며 대답했다.

"훗! 어쩌다 보니 또 혼자가 되었군요. 모두들 전시품을 구경하느라 정신이 없답니다. 스스로 생각할 수 있도록 잠시 자리를 비켜준 것이죠. 일종의 견학 수업이라고나 할까요? 아, 그보다 발표회가 시작되기 전에 폐하를 찾아보아도 모습이 보이지 않으시더군요. 조금 늦게 나오신 것입니까?"

뮤스가 되묻자 황제는 쓴웃음을 지으며 말했다.

"후훗, 시간에 맞추어 숙소를 나서는데 고듀트 외교 대신이 말리더군요. 정체를 숨기고 있는 이상 개회 행사에 참여하게 되면 듀들란 제국의 황제에게 예를 올려야 하는데 도이첸 제국의 황제가 타국의 황제에게 예를 올리는 일은 더없이 수치스러운 일이라는 것이죠. 그 덕에 뒤늦게서야 발표회장에 올 수 있었답니다."

"아, 그런 일이 있으셨군요. 하지만 고듀트 외교 대신님이 아니라 그 누구라도 같은 행동을 취하셨을 것입니다."

"아마도 그랬을 테죠. 아참! 혹시 오늘 황궁에 떠도는 유령에 대한 소문을 들으셨습니까? 하핫! 아주 황궁 안이 발칵 뒤집혔던 모양이더군요. 궁녀들에게 듣자 하니……."

뮤스와 젊은 황제는 화제를 이어 나가며 이야기를 주고받기 시작했
는데, 카일락스 리퀴드에 얽힌 이야기가 그 주된 내용이었다.

뮤스와 젊은 황제가 대화를 나누고 있는 자리로부터 조금 떨어진 곳
에서 일단의 행렬이 사람들의 사이를 가로지르고 있었다. 행렬의 선두
에는 투르코스 재상과 듀들란 제국의 황제, 그리고 케티에론 황녀가 있
었으며, 그 뒤로 몇 명의 수행원들이 따르고 있는 중이었는데, 전시물
들을 관람하기 위해 발표회장을 둘러보는 중이었던 것이다. 투르코스
재상은 쟈트란 식 전뇌거 앞에 멈춰 서며 황제와 황녀를 향해 자세한
설명을 건네고 있었다.
"폐하, 이것이 바로 본국의 공학원에서 제작한 전뇌거입니다. 현재
20여 대의 전뇌거들이 쟈트란의 귀족들에게 지급되어 실험 운행 중이
고, 아주 만족할 만한 성능을 내고 있는 중입니다. 게다가 도이첸 제국
의 전뇌거에 비해 그 가격이 저렴하기 때문에 서민들에게 보급하기에
도 큰 무리가 없어, 도이첸 제국의 교통망은 크게 발전하게 될 것입니
다."
투르코스 재상의 설명을 듣고 있는 황제의 얼굴은 더없이 진지해 보
였다. 비록 투르코스 재상이 자신의 숙부이긴 했지만, 유년 시절부터
철저한 교육을 받아온 황제였기에 공적인 자리에서만큼은 철저히 신하
로서 그를 대하는 모습이었다.
"본인 역시 전뇌거에 대한 이야기는 익히 들어서 알고 있다네. 전뇌
거의 가격이 저렴해진 이유가 바로 가격이 비싼 마나구를 대신하여 축
전지를 사용했기 때문이라고 하던데, 그에 대한 단점은 없는 것인가?"

투르코스 재상은 황제의 물음에 가볍게 웃으며 대답했다.

"본국의 전뇌거는 순환 동력기를 탑재하여 마나구에 비해 전뇌력의 축적 양이 적다는 축전지의 단점을 혁신적으로 보완하였습니다. 또 순환 동력기는 그 특성상 출력이 낮을 수밖에 없는데, 이 점을 보완하기 위해 전륜과 후륜, 총 두 개의 순환 동력기를 전뇌거에 탑재하여 전뇌거의 성능을 높였습니다."

"그렇다면 도이첸 제국의 전뇌거와 비교해 보더라도 전혀 손색이 없는 모양이로군. 아니, 오히려 뛰어나다고 볼 수 있는 것인가?"

"네, 그렇습니다. 그뿐만 아니라 중, 대형 도시의 도로를 새롭게 정비하여 전뇌거의 수가 증가할 훗날을 미리 대비할 예정입니다."

"역시 재상의 치밀함은 인정하지 않을 수가 없겠구려."

이번에는 황제의 곁에서 다소곳한 자세로 설명을 듣고 있던 케티에론 황녀가 입을 열며 물었다.

"그렇다면 이 전뇌거들은 언제쯤 듀들란 제국의 국민들에게 발매되는 것이죠? 소문으로는 이미 대량 생산 단계에 접어들어 상당히 많은 숫자의 전뇌거가 완성되었다고 하던데요."

케티에론 황녀를 바라본 투르코스 재상은 고개를 끄덕여 보였다.

"말씀하신 대로입니다. 대량 생산에 심혈을 기울인 결과 지금까지 1,500대의 전뇌거를 완성할 수 있었고, 공학원과 황궁의 창고에서 발매 날짜를 기다리는 중입니다. 전뇌력 충전 시설의 시험이 끝나는 다음 달 중순쯤 정식 발매를 할 예정입니다."

"앞으로도 투르코스 재상과 장영실 경께서 많은 수고를 해주셔야겠군요."

대화를 마친 황제와 황녀는 투르코스 재상의 안내를 받으며 전뇌거의 내부를 살펴보기 위해 전시되어 있는 전뇌거로 다가갔다.

바로 그때였다. 전뇌거가 전시되어 있는 곳에서 얼마 떨어지지 않은 곳에서 누군가의 요란한 재채기 소리가 들려온 것이었는데, 벽이 없는 발표회장의 구조 때문에 재채기 소리가 유난히도 크게 울리게 된 듯했다.

"에… 에취야!"

듀들란 제국의 황제와 황녀의 시선은 자연스럽게 그 요란한 재채기 소리가 들려온 곳으로 옮겨졌다. 그들의 시선이 닿은 곳에는 뮤스와 도이첸 제국 젊은 황제의 모습이 보이고 있었는데, 젊은 황제는 재채기를 한 주인공이라는 것을 나타내기라도 하듯 하얀색의 손수건으로 입을 막고 있었다. 그러다 말고 뜨거운 시선을 느낀 그는 자리에서 일어나 자신을 바라보고 있는 사람들을 향해 어색한 미소를 보이며 입을 열었다.

"이, 이런, 죄송합니다. 생각지도 못하게 실례를 해버렸군요. 변변찮게도 여름 감기에 걸려서 몸이 정상이 아니랍니다."

그의 사과에 듀들란 제국의 황제는 고개를 내저으며 나이답지 않은 차근한 말투로 대답했다.

"감기에 걸려 어쩔 수 없었던 것이니 그리 정색하며 사과하지 않아도 괜찮소. 발음을 보아하니 타국에서 온 사절인 듯한데 어디서 오신 누구시오?"

말투와 행색, 그리고 그의 옆에서 깍듯한 태도로 기립하고 있는 투르코스 재상을 본 도이첸 제국의 젊은 황제는 그가 듀들란 제국의 황제임을 직감하고 있었다. 하지만 별다른 동요를 보이지 않은 그는 가볍게 인사를 건네며 자기소개를 했다.

"만나뵙게 되어 영광입니다. 저는 도이첸 제국의 고듀트 외교 대신님의 조카인 카롯이라고 합니다. 오래전부터 듀들란 제국을 한 번 방문해 보고 싶은 염원을 가지고 있었는데, 마침 운 좋게 기회가 되어 숙부님과 동행할 수 있었던 것입니다."

카로이트라는 본명에서 따온 가명을 말한 그는 능청스럽게 연기를 했고, 그러한 사실을 꿈에도 모를 듀들란 제국의 황제는 고개를 끄덕이며 걱정스러운 표정을 지었다.

"오, 고듀트 외교 대신이라면 여러 번 만날 기회가 있었기에 본인도 잘 알고 있소. 그보다 본국에서 제대로 대접치 못하여 감기에 걸린 것이나 다름없으니 손님을 초대한 주인의 입장으로서 면목이 없구려."

"하핫, 아닙니다. 저의 불찰이었을 뿐이니 크게 심려치는 마십시오."

우연찮게 양국의 황제가 만나 대화를 나누는 모습을 보고 있던 투르코스 재상은 자신도 모르는 사이에 잔뜩 긴장한 얼굴이었다. 도이첸 제국 황제의 부탁이 있었던 만큼 그의 정체를 밝힐 수 없는 입장이었고, 그러한 사실을 모르는 자국 황제가 만에 하나 도이첸 제국의 황제에게 실수라도 하여 기분을 상하게 만든다면 양국 간의 적지 않은 외교 문제를 일으킬 수도 있기 때문이었다. 그런 이유로 투르코스 재상은 자국 황제의 주의를 돌리기 위해 뮤스를 가리키며 입을 열었다.

"폐하, 마침 소개시켜 드려야 할 사람이 이곳에 있었군요. 폐하께서도 그의 소문을 익히 들으셨을 것입니다. 이쪽의 젊은 청년이 바로 도이첸 제국 공학원의 원장인 뮤스 드라켄이라고 합니다.”

투르코스 재상의 의도대로 황제의 시선은 뮤스에게로 향해졌다. 평소 뮤스에 대한 소문을 많이 들은 터라 많은 호기심을 가지고 있었던 황제는 반가운 표정을 지으며 그를 향해 입을 열었다.

“아! 그대가 바로 소문의 뮤스 드라켄 원장이오? 입궁했다는 이야기는 진작에 들었는데 오늘에서야 그대를 만나게 되었구려. 본인에 비해 그리 나이가 많지 않은 듯한데 그리 대단한 업적을 이루고 있으니 정녕 놀라지 않을 수가 없소.”

투르코스 재상의 갑작스러운 소개에 조금 놀라긴 했지만 내색치 않은 뮤스는 고개를 숙이며 정중한 목소리로 입을 열었다.

“과찬이십니다. 그저 제가 하고자 하는 일을 열심히 노력했을 뿐입니다.”

“하핫! 겸손이 지나치면 욕이 되는 법이오. 어찌 그것이 노력만으로 되는 일이란 말이오? 아무리 생각을 해보아도 장영실 경이나 그대나 모두 주신께서 내려주신 인재임이 틀림없는 것 같소.”

그의 말에 뮤스는 빙긋 웃으며 대답했다.

“원래 고도의 공학 기술은 그에 관계되지 않은 이의 눈에는 대단하게 느껴지는 것입니다. 하지만 공학 기술 역시 인간이 가진 능력의 일부분일 뿐입니다.”

“오호, 그렇다면 본인도 그대나 장영실 경과 같은 일을 할 수 있다는 말인가?”

“물론입니다, 폐하. 일반인들에게 어려워 보일지는 몰라도 공학 기술이란 결국 도구의 사용 방법을 발전시키는 작업의 연속이지요.”

“그것참 흥미로운 발상이구려.”

문득 대화를 나누던 황제는 기분 좋은 얼굴을 하며 투르코스 재상을 향해 말했다.

“재상, 이 두 분과 함께 이후에 있을 행사에 참여하고 싶으니 자리를 마련해 주기 바라오. 이렇게 서서 이야기를 나누는 것보다 그러는 편이 훨씬 좋을 듯하구려.”

황제의 요청에 투르코스 재상은 적지 않은 당혹감을 표하고 있었다. 양국의 황제를 떼어놓기 위해 뮤스를 소개시켜 주었건만, 둘을 더욱 붙여놓는 결과를 만들어놓았기 때문이다. 하지만 황제의 요청을 거절할 수도 없는 일이었기에 투르코스 재상은 울며 겨자 먹기로 받아들여야만 했다.

“그, 그리 준비하도록 하겠습니다.”

그의 대답을 듣자 만족한 표정을 지은 듀들란 제국의 황제는 뮤스와 도이첸 제국 황제의 얼굴을 번갈아 보았다.

“지금 들었다시피 다음 행사를 두 분과 함께했으면 하오. 본인의 초청에 응해주시겠소?”

뮤스는 무엇이라 대답해야 할지 잠시 생각을 해보는 듯했지만 곁에 있던 도이첸 제국의 황제는 반갑게 그의 초청을 받아들이고 있었다.

“어찌 영광스러운 폐하의 초청을 거절할 수가 있겠습니까. 기꺼이 초청에 응하도록 하겠습니다.”

일이 이렇게 되자 뮤스는 어쩔 수 없이 그와 함께할 수밖에 없었기에 듀들란 제국 황제의 초청을 받아들여야만 했다. 그들이 자신의 초

청을 흔쾌히 받아들이는 것을 확인한 황제는 잠시 후에 다시 만날 것
을 기약하며 황녀와 투르코스 재상, 그리고 수행원들을 이끌고서 계속
하여 발표회장을 둘러보기 위해 자리를 옮기고 있었다.

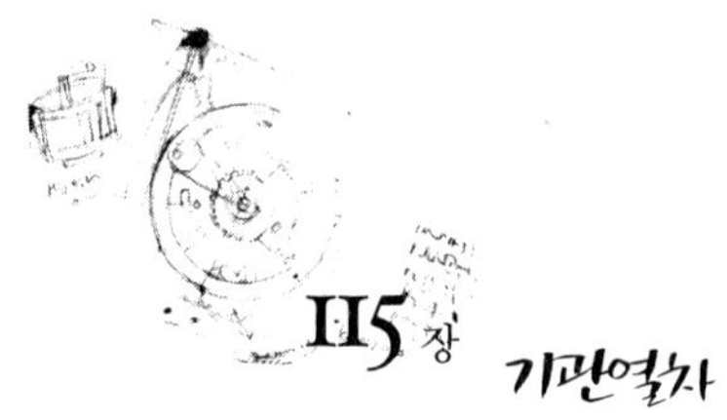

제115장 기관열차

　도이첸 제국의 젊은 황제는 발표회장의 한쪽에 마련되어진 푹신한 의자에 앉아 따뜻한 차를 마시는 중이었다. 듀들란 제국 황제의 지시가 있었던 듯 몇 명의 궁녀가 편안히 쉴 만한 의자와 감기에 좋다는 차를 가져다 준 것이었는데, 그 때문이었는지 황제의 감기 기운은 훨씬 덜해진 듯했다. 감기에 걸린 황제 덕에 발표회장에 편히 앉아 향기로운 차를 얻어 마실 수 있었던 뮤스는 느긋한 표정으로 바쁘게 움직이는 사람들을 구경하며 입을 열고 있었다.

　"차라리 어제 먼저 구경하지 않는 편이 좋았을 듯합니다. 막상 당일에 할 일이 없으니 따분하기 그지없군요. 게다가 폐하께서는 감기까지 걸려 버리게 되셨으니……."

　천천히 차를 마시며 뮤스의 이야기를 듣고 있던 황제는 따뜻한 미소를 입가에 걸치며 말했다.

"후훗, 아닙니다. 그 덕에 듀들란 제국의 황제와 자리를 같이할 수 있게 되지 않았습니까? 오히려 좋은 기회를 얻게 되어 다행이라고 생각하고 있습니다. 320여 년 전 상호불가침 조약 체결을 위해 양국의 황제가 대면한 일 이후로 처음 있는 일이랍니다. 그만큼 서로에 대한 견제가 심했고 감정이 좋지 않았던 것이죠. 일 년에 몇 번씩 사절들이 왕래하는 것을 제외한다면 직접적인 교류가 많지 않았기에 서로에 대해 너무나 모르고 있는 상태이니까요."

왠지 기뻐 보이는 듯한 황제의 얼굴에 뮤스는 은근한 목소리로 물었다.

"듀들란 제국 황제와의 대면이 기대가 되는 모양이십니다. 대부분의 도이첸 제국 사람들은 별다른 이유가 없더라도 듀들란 제국의 사람들을 달갑지 않게 생각하는 경향이 있는데, 폐하께서는 그렇지 않으신 듯하군요."

뮤스의 말에 황제는 쓸쓸함이 묻어나는 웃음을 지으며 입을 열었다.

"저 역시 얼마 전까지는 그러한 사람들과 다를 바가 없었습니다. 내색은 하지 않았지만 듀들란 제국을 경계하는 관습이 몸에 배어서인지 직접 해를 끼친 것이 없더라도 듀들란 제국의 인물이라면 그리 좋게 생각되지 않았으니까요."

"지금은 그리 생각지 않는다는 말씀이십니까?"

황제는 어느새 비워진 찻잔에 차를 따르며 뮤스의 물음에 답했다.

"후훗, 조금 생각이 바뀌었다고 할까요? 뮤스 원장님도 보셨을 것입니다. 일개 범인의 재채기 소리에 걱정스러운 눈빛을 건네는 듀들란 제국 황제의 모습 말입니다. 대제국의 황제라는 고귀한 신분을 가진 인물이 범인에게 그런 관심을 보내기는 쉽지 않은 일입니다. 그런 면에서 볼 때 듀들란 제국의 황제는 천성적으로 선한 인물이라는 느낌이 들더군요. 그래서인지 조금 더 그에 대해서 알고 싶다는 생각을 하게 되었답니다. 뮤스 원장님은 그를 어떻게 생각하십니까?"

황제의 물음에 잠시 생각해 보던 뮤스는 볼을 매만지며 말했다.

"뭐랄까… 폐하와 많이 닮은 점이 있다고 느꼈습니다."

"거참, 저와 듀들란 제국의 황제가 닮았다는 말씀이십니까?"

의외의 대답에 황제는 머쓱한 표정을 지으며 되물었고, 뮤스는 확인이라도 해주듯 고개를 끄덕이며 하던 말을 계속해 나갔다.

"비록 그분의 어투는 폐하에 비해 격식에 얽매이고 딱딱하여 정감없이 들릴 수도 있겠지만, 그 속에서는 천성에서 우러나오는 따뜻한 마음씨가 느껴졌습니다. 마치 그것은 폐하께서 풍기시는 느낌과 흡사하였는데, 권력으로 아랫사람을 짓누르기보다는 온정으로 아랫사람을 감복하게 만드는 분인 듯하더군요."

"어투야 서로 자라온 환경이 다르니 그럴 수밖에요. 하지만 천성만은 그 무엇으로도 가려지지 않는 법이니 뮤스 원장님께서 말씀하신 그대로인 듯합니다. 흐음… 철이 들기도 전에 황제의 위에 올라 주변의 강압적인 시선을 의식해야만 했던 그가 측은하게 느껴지기도 하는군요. 그나마 숙부인 투르코스 재상이 철저하게 그를 보좌하고 있다는 것이 다행입니다. 그렇지 않았다면 선황이 세상을 뜬 이후 황족들의 반란이 일어날 수도 있는 상황이었을 테니까요."

어느새 대화가 황실의 이야기로 이어지자 뮤스는 투르코스 재상의 얼굴을 떠올리며 황제의 말을 보충했다.

"듀들란 제국의 선황께서도 투르코스 재상님의 능력과 성품을 믿고서 아무런 걱정 없이 세상을 뜰 수 있었을 것입니다. 재상 직에 오르기 전에도 정치, 경제학자로서 상당한 입지를 굳히고 계셨고, 곧은 성품으로 주변의 존경을 한 몸에 받는 분이셨으니까요. 실제로도 재상 직에 오른 이후 그분의 노력으로 인해 황실의 기강이 오히려 선황이 살아 있을 당시보다 더욱 강화되었다는 평가가 지배적이랍니다."

뮤스는 숨을 한 번 몰아쉬었다.

"흠… 듀들란 제국의 황제께서 아직은 나이가 어리고 경험이 부족하여 투르코스 재상님의 도움에 의지하시는 모습이 간간이 보이지만, 앞으로 몇 년이 지나 장성하게 된다면 일국의 황제로서 손색없는 인물이 되실 것입니다. 게다가 투르코스 재상님이나 루스티커님과 같이 훌륭한 분들이 곁에서 보좌하실 테니 듀들란 제국은 흔들림없이 발전 일로를 걸을 것입니다."

한동안 뮤스의 이야기를 듣고 있던 황제는 어색한 웃음을 터뜨리며 머리를 긁적였다.

"하핫! 이것 참, 뮤스 원장님께서 듀들란 제국을 그리 높이 평가하시니 배가 아파오는군요. 그렇다면 저희 도이첸 제국은 어떻게 평가하고 계십니까?"

농담조로 던진 말이었지만 섣불리 대답할 수 있는 내용이 아니었기에 잠시 고심스러운 얼굴을 했다. 이를 금세 눈치 챌 수 있었던 황제는 뮤스와 시선을 맞추며 손을 내저었다.

"하하하! 그렇게 고심하지 않으셔도 괜찮습니다. 아무래도 뮤스 원장님은 다른 대륙에서 오신 분인만큼 양국의 차이를 객관적인 시각으로 보실 수 있을 듯해서 여쭙는 것입니다."

황제의 말에 고심의 무게를 조금 덜 수 있었던 뮤스는 호흡을 가다듬으며 진지한 어조로 입을 열기 시작했다.

"폐하께서 진정으로 바라시는 듯하니 짧은 소견으로나마 말씀드리도록 하겠습니다. 사실대로 말씀드리자면, 도이첸 제국의 정치적 기반은 듀들란 제국에 비해 한 단계 정도 아래의 수준입니다. 양국 모두 대제국으로서 대륙 전체에 위용을 떨치고 있긴 하지만, 듀들란 제국의 황실이 현재의 정치 체제를 기반으로 최대한의 효율을 이끌어내고 있는가 하면, 그와 흡사한 정치 체제를 갖춘 도이첸 제국은 그만큼 효율적이지는 못한 듯합니다."

잠시 말을 멈춘 뮤스는 걱정스런 마음으로 황제의 표정을 살폈다. 하지만 황제는 그의 우려와는 달리 담담한 태도를 유지하고 있는 중이었는데, 얼굴에는 여유로운 미소까지 떠오르고 있었다.

"계속해서 말씀해 주십시오."

차분한 어조로 말하는 황제를 보며 안심할 수 있었던 뮤스는 말을 이어 나갔다.

"이번 듀들란 제국의 제국 개발 사업만 하더라도 그것을 단적으로 보여주는 좋은 예라고 할 수 있습니다. 듀들란 제국은 도이첸 제국에 비해 일 년이나 늦게 공학 기술을 받아들였습니다. 하지만 황실에서 공학 기술이 이용되어야 할 부분에 대해 정확하게 인지하여 체계적으로 제국 개발 사업을 진행한 결과 최소한의 투자를 통해 공학 기술이 가진 최대한의 효과를 이끌어낼 수 있었던 것입니다. 반면, 도이첸 제국의 황실 역시 공학 기술의 중요성을 잘 알았기에 막대한 투자를 감행하였지만 정작 공학 기술이 이용되어야 할 부분을 제대로 인지하지 못하였고, 결국은 저희 공학원에 모든 것을 일임하게 되었던 것입니다."

뮤스는 씁쓸한 입맛을 다시며 이야기를 계속하였다.

"제가 가진 재주로 몇몇의 물건들을 만들어내어 사람들의 인정을 받았고, 운 좋게도 훌륭한 스승을 만나게 되어 일천하게나마 여러 가지 지식을 쌓을 수 있었지만, 저의 근본은 일개 공학도일 뿐 그 이상도, 이하도 아닙니다. 공학 기술이 나아가야 할 방향을 제시하는 것은 국가가 해야 할 일이고, 저는 그에 부합하는 공학 기술을 제공하는 입장인 것이죠. 바로 이러한 점을 미리 인지할 수 있느냐 없느냐가 듀들란 제국과 도이첸 제국의 차이점인 것입니다."

뮤스의 이야기로 인해 황제의 표정은 침중해져 있었다. 뮤스 역시 이러한 반응을 예상하고 있었지만, 황제 또한 알아두어야 할 사실이라 생각했기에 어느 정도의 역정을 감수할 각오까지 해둔 상태였다. 그러나 뮤스의 생각과는 달리 한동안을 침중한 표정으로 생각에 잠겨 있던 황제는 어느 순간 어두운 기색을 거두어들이며 뮤스를 바라보았다. 그리곤 볼을 긁적이더니 평소와 다름없이 밝은 표정으로 입을 열기 시작하는 것이었다.

"역시 뮤스 원장님께서도 본국의 정치 체제에 어떠한 문제가 있다고 생각하고 계신 모양이군요."

말인즉, 황제 역시 뮤스와 같은 문제점을 이미 인지하고 있었다는 것이라 이에 뮤스는 깜짝 놀라며 되물었다.

"그렇다면 폐하께서도 저와 같은 생각을 하고 계셨던 것입니까?"

황제는 멋쩍은 미소를 띠며 고개를 끄덕였다.

"도이첸 제국의 역사학자들은 인정하지 않고 있는 일이지만, 도이첸 제국이 건국될 당시 정치에 능하지 못했던 선조들은 국가의 틀을 잡기 위해 듀들란 제국의 정치 체제를 그대로 베껴 국가를 다스리는 데 이용하였습니다. 그러나 그 내용을 이해하지 못하고서 껍데기만을 가지고 온 것이기에 완전한 효율성을 낼 수가 없었는데, 부실한 벽이 금을 드러내듯 도이첸 제국의 정치 체제에 문제점이 하나씩 드러나게 되었던 것입니다. 그러한 사실을 선조들 역시 잘 알고 있었지만, 그 골격이 남의 것인만큼 어디서부터 문제점이 발생했는지 찾아낼 수 없었고, 결국 마땅한 해결 방안을 마련할 수 없었던 선조들은 본국의 치부가 타국에 드러나는 것을 우려하여 더 이상 언급하지 않은 채 자신들의 마음속에 묻어버린 것입니다. 이러한 껍데기 정치 체제가 천여 년이라는 세월을 전해 내려오면서 오늘날의 미흡한 정치 체제를 이루게 되었죠."

뮤스는 황제의 이야기 중 이해가 되지 않는 내용이 있는 듯 고개를 갸웃거리며 물었다.

"조금 이상한 점이 있습니다. 천 년이나 되는 긴 세월이 흐르는 동안 도이첸 제국에서도 뛰어난 두뇌들이 많이 출현했을 것입니다. 한데 그러한 문제점을 해결하지 못했다는 것은 쉽게 납득할 수가 없군요."

쓸쓸한 얼굴을 한 황제는 어깨를 으쓱이며 그에 대한 설명을 해주었다.

"물론 도이첸 제국에는 뛰어난 인재들이 많이 출현하였습니다. 그중 최고로 손꼽는 이가 바로 대현자라 불리우는 그라프 라듀아보님이십니다. 지금으로부터 몇 세대 이전에 활동하시던 분으로서 당시 대륙에 존재하는 대부분의 학문에 최고의 권위를 가진 대단한 분이셨죠."

그라프라는 이름이 황제의 입에서 나오자 뮤스는 눈을 반짝였고, 이어지는 그의 이야기에 더욱 관심을 기울였다.

"당시 대현자님께서는 황실과 밀접한 관계를 맺어 본국의 국정에 많은 신경을 기울이셨습니다. 그러한 와중에 대현자님은 본국의 정치 체제가 가진 문제점을 정확하게 지적하셨고, 그에 대한 해결 방법을 모색하여 황제께 안건으로 올리게 되었죠. 하지만 그 안건은 매몰차게 거부되었습니다. 바로 현존하는 도이첸 제국의 정치 체제를 모두 뜯어고쳐야 하는 엄청난 일이었고, 만에 하나 잘못된다면 황실의 존엄성까지 흔들리게 될 정도로 위험한 일이기 때문이었습니다. 후손 된 입장에서 할 이야기는 아니지만, 당시의 황제는 그만한 위험을 감수할 그릇이 되지 못했던 것이죠. 게다가 정치 체제의 중심을 이루던 황족과 황실의 귀족들은 대현자님께서 제창한 정치 체제 개편이 자신들의 입지를 흔들어놓게 되리라는 사실을 알고 있었기에 거센 반발을 하고 나선 것입니다. 이후로 어떤 일이 있었는지는 알 수 없으나 그로 인해 대현자님은 황실의 일에서 손을 뗐고, 사람들의 만류에도 불구하고 얼마 후 세상을 등지고서 은둔 생활을 하게 되셨다고 하더군요. 희대의 현자가 그런 식으로 사라지게 되었으니 참으로 아쉬운 일입니다."

"……."

황제의 입을 통해 그라프에게서 듣지 못했던 새로운 사실을 접하게 된 뮤스는 주름진 그의 모습을 떠올리며 안타까움이 섞인 한숨을 내쉬고 있었다. 그러한 뮤스의 속내를 알 수 없었던 황제는 그가 심란해하는 듯하자 등을 두들겨 주며 밝은 목소리로 입을 열었다.

"하핫! 어차피 지난 일이니 아쉬워해 봤자 소용없겠죠. 그 과정이야 어찌 되었든 간에 현 시점에서 도이첸 제국이 미흡한 정치 체제를 가지고 있다는 것은 변하지 않는 사실이니까요."

그리곤 가벼운 마음으로 허공을 바라보며 하던 이야기를 이어 나갔다.

"지금껏 누구에게도 직접적으로 드러내진 않았지만 황제 위에 오른 이후로 항상 정치 체제의 문제에 대한 걱정을 하고 있었더랬죠. 나름대로 해결 방법을 모색하기 위해 공부도 하였고 지난 몇 년간 여러 가지 일들을 해보았지만, 이렇다 할 효과가 나타나지 않아 초조해하던 중이었습니다. 후훗, 원장님이나 고듀트 외교 대신에게는 비행선 핑계를 대긴 했지만, 사실을 말씀드리자면 정치 체제의 문제로 듀들란 제국을 찾아오게 되었던 것입니다. 본국의 정치 체제의 뼈대가 되는 듀들란의 정치 체제를 간접적으로나마 살펴보기 위해서 말이죠."

그제야 황제의 진실된 속내를 들을 수 있었던 뮤스는 나직한 탄성을 터뜨렸는데, 어느 정도 짐작을 하긴 했지만 그토록 깊은 데까지 황제의 생각이 닿아 있음은 전혀 예상치 못했기 때문이었다.

"아! 남모르는 심중에 그런 깊은 뜻을 품고 계셨다니 정말 대단하시군요. 그토록 국가의 앞날을 위해 열과 성을 다하시고 계시니 반드시 조만간 만족할 성과를 얻을 수 있으실 겁니다. 아무리 어려운 일이라도 끈질기게 도전하는 이는 성취하게 되는 것이니까요."

뮤스의 격려에 기운이 돋는지 황제는 밝은 웃음을 지어 보였다.

"지금까지 이야기했던 바와 같이 비록 본국이 듀들란 제국의 정치 체제를 모방하긴 했지만, 끊임없이 보완한다면 듀들란 제국보다 더 완벽한 정치 체제를 마련할 수 있을 것이라는 신념을 가지고 있답니다. 그리고 그것을 위해 황제인 제가 더욱 노력해야겠죠."

뮤스를 처음 만났던 몇 년 전과는 비교할 수 없을 만큼 큰 그릇이 되어버린 황제는 주먹을 불끈 쥐며 자신의 신념을 굳게 다지고 있었다.

황제가 찻잔에 따라놓았던 차는 이미 차갑게 식어 있었고, 그만큼 뮤스와 황제의 대화는 길어진 상태였다. 오랫동안 혼자 앓던 속을 겨우 터놓은 황제였기에 그만큼 하고 싶은 이야기가 많았던 것인데, 뮤스 역시 싫은 기색 없이 흥미로운 태도로 그의 이야기를 들어주었다.

뮤스는 대화를 나누다 말고 목을 축이기 위해 차가워진 찻잔을 들어 올렸다. 그리고 입으로 잔을 기울이려 할 때 뮤스는 문득 기이한 느낌을 받게 되었다. 환하기만 하던 발표회장에 난데없이 짙은 그림자가 드리워지기 시작했고, 그로 인해 실내는 점차 어두워지고 있는 것이었다. 주변을 오가던 사람들 역시 갑작스러운 변화에 의아함을 느꼈는지 걸음을 멈추고 고개 들어 천장을 바라보기 시작했는데, 그중 먼저 눈으로 확인한 누군가가 천장을 가리키며 외치는 것이었다.

"검은 천이 천장을 뒤덮고 있는 것이로군! 이것이 어찌 된 일이란 말인가?!"

그의 외침대로 반구형의 천장 둘레로부터 중심을 향해 검은색의 차양막이 쳐지고 있었다. 비록 빠른 속도는 아니었지만 수분 내에 천장을 완전히 뒤덮기에는 충분한 속도였다. 황실 측은 이에 대한 어떠한 예고도 없었기에 발표회장 안은 순식간에 긴장감이 감돌기 시작했다.

웅성… 웅성…….

반면 뮤스와 황제는 별다른 동요 없이 상황을 주시하고 있었다. 그와 같은 식으로 차양막을 치기 위해서는 상당한 준비를 해야 했음을 알고 있었기 때문인데, 이번 발표회를 위해 미리 준비된 연출이라는 판단이 섰던 것이었다. 뮤스는 주변 사람들의 표정을 살피며 입을 열었다.

"아까부터 장영실 아저씨의 모습이 보이지 않더군요. 아무래도 지금부터 뭔가 새로운 이벤트를 준비하고 계신 듯한걸요?"

뮤스의 말에 뭔가 짚이는 것이 있었던 황제는 발표회장의 중심에 위치한 거대한 전시물을 가리켰다.

"이제 저 대형 전시물을 공개할 생각인가 봅니다. 이것이 투르코스 재상이 자신있게 말한 행사일지도 모르는 일이죠."

"후훗, 잠시 후면 알게 되겠죠."

몇 마디의 대화가 오고 가는 사이, 차양막이 반구형의 천장 전체를 뒤덮었다. 그로 인해 발표회장의 내부는 어둠에 물들었고 전시물을 비추고 있던 몇 개의 전뇌등에만 의존하고 있었는데, 그마저도 얼마 있지 않아 모두 꺼지게 됨으로써 발표회장 내부는 자신의 손조차도 볼 수 없을 정도로 깜깜해져 버렸다.

사람들이 어둠에 적응하지 못하며 술렁거리고 있을 때였다. 발표회장을 울리며 한 남성의 목소리가 흘러나오기 시작했다. 굵직하면서도 낮은 음색의 그 목소리는 듣는 이의 마음을 진정시켜 주는 듯했는데 그로 인해 사람들의 술렁임도 조금씩 잦아들고 있었다.

─지금부터 제국 개발 사업 발표회의 메인 이벤트를 시작하도록 하

겠습니다. 귀빈 여러분들은 발표회장의 중앙을 향하여 서주시길 바랍니다.

하지만 앞이 전혀 보이지 않는 어두움에서 발표회장의 중심을 찾기는 쉬운 일이 아니었기에 사람들은 우왕좌왕하며 주변을 둘러보기 시작했다. 그렇게 주변을 둘러보던 사람들은 적절한 때에 천장으로부터 쏟아져 내리는 강렬한 불빛에 눈부심을 느껴야만 했다.

파팟!

불빛은 정확히 발표회장의 중심을 비추었고, 사람들은 불빛의 인도를 따라 중심의 전시물로 시선을 모으기 시작했다. 그들의 시선이 멈춘 발표회장의 중심에는 흰색의 천을 덮어씌운 거대한 전시물이 자리 잡고 있는 상태였다. 이어 남성의 목소리가 계속해서 들려왔다.

―오늘 여러분께 소개해 드릴 마지막 전시품은 엄청난 자금과 인력, 그리고 기술력을 투입하여 완성한 것으로써 이번 제국 개발 사업의 가장 빛나는 결과물이라 감히 말씀드릴 수 있습니다. 이것은 듀들란 제국 전 지역의 일일생활권이라는 거대한 이상을 이루기 위한 첫걸음이며 나아가 듀들란 제국 전 지역의 생활 수준 균등화를 위한 초석이 될 것입니다.

귀에 익은 목소리라는 것을 느낀 뮤스는 황제를 향해 말을 건넸다.

"역시 장영실 아저씨의 목소리로군요. 듀들란 제국 전 지역의 일일 생활권이라는 말씀을 하시는 것으로 봐서는 아무래도 어떠한 교통 기관인 듯한데……."

뮤스의 이야기를 선뜻 이해할 수 없었던 황제는 호기심 어린 눈빛을 띠며 물었다.

"교통 기관이라니요? 저렇게 거대한 교통 기관도 있다는 말씀이십니까? 모습을 보아하니 마치 기다란 건물이라도 한 채 세워놓은 듯한데, 저것이 어떻게 움직일 수 있다는 것인지……."

"하핫! 저것보다 큰 비행선을 하늘에 띄우기까지 했는데 지상을 달리도록 만든다는 것이 뭐가 그리 어렵겠습니까? 다만 하늘과는 달리 지상은 산이나 숲, 강 등의 많은 장애물들이 존재하기 때문에 지역과 지역을 연결하는 교통로를 만들기가 쉽지 않다는 것이 큰 문제인 것입니다. 장영실 아저씨도 이 점을 간과하지는 않았을 텐데 과연 어떠한 형태의 교통 기관을 선보일지 기대되는군요."

뮤스는 대답과 함께 다시금 발표회장 중심에 위치한 전시물을 향해 시선을 돌렸고, 때를 같이하여 전시물의 개봉을 알리는 장영실의 목소리가 실내에 울려 퍼지고 있었다.

─더 이상의 설명은 잠시 뒤로 미루도록 하겠습니다. 이제 이번 제국 개발 사업 발표회의 마지막 전시물을 여러분의 앞에 선보여 드립니다!

장영실의 목소리가 떨어지기가 무섭게 전시물의 개봉을 알리는 나팔 소리가 발표회장 안을 가득 메웠고, 발표회장의 곳곳에 위치한 전뇌 등들이 순간적으로 점등되어 중앙에 위치한 전시물을 더욱 환하게 비추었다. 이어 거대한 전시물을 뒤덮고 있던 흰색의 천이 위쪽으로 끌어 올려지며 전시물은 가장 아래에서부터 그 실체를 천천히 드러내기 시작했다.

뺌빠밤~! 뺌빠밤~! 뺌빠빠뺌~!

흰색의 천 아래로 가장 먼저 드러난 것은 전시물의 바퀴 모양새였다. 놀랍게도 그 바퀴는 무쇠만으로 만들어진 듯 짙은 묵빛을 띠고 있었는데, 크기가 일반 전뇌거의 세 배에 달하여 그 무게 또한 엄청나 보였다. 마치 세상의 그 어떤 단단한 바위라도 간단히 부수고 지나갈 듯한 위용이었다. 그것을 얼핏 본 사람들은 마른침을 삼키며 나직한 목소리로 중얼거렸다.

"오오… 정녕 대단한 위압감이야. 저런 바퀴에 깔렸다가는 뼈 한 조각도 온전치 못할 것 같군."

"허, 뼈는커녕 살점 한 조각 남지 않을 듯합니다. 저런 무쇠 바퀴가 과연 구를 수 있을지 모르겠군요."

사람들의 탄성이 이어지는 동안에도 흰색의 천은 점차 끌어 올려졌고, 전시물의 기체가 조금씩 드러나고 있었다. 전시물의 기체는 거대한 망치로 내려치더라도 흠집이 나지 않을 듯한 두꺼운 철판으로 이루어져 있었다. 견고한 철판으로 겉을 두른 전시물, 그것은 마치 투박한 금속 갑옷을 걸친 기사를 보는 듯한 느낌이었는데, 전시물을 이루는 요소요소에서 강인함이 그대로 묻어나고 있었다.

이쯤 되자 그 위압감에 짓눌린 사람들은 탄성조차 지르지 못한 채 숨을 죽이며 전시물을 바라볼 뿐이었다.

흰색의 천이 굴곡을 따라 전시물을 쓰다듬으며 천장으로 끌려 올라갔다. 이로써 제국 개발 사업의 마지막 전시물은 자신의 실체를 모두 드러냈고 사람들의 시선을 즐기기라도 하듯이 그 자리에 당당한 모습으로 서 있었다.

사람들의 눈에 들어온 낯선 전시물의 전체적인 모습은 전뇌거의 그것과 비슷한 것이었다. 앞으로 돌출되어 있는 부분에는 전시물의 심장 역할을 하게 될 기관들이 위치해 있는 듯했고, 그 뒤쪽의 작은 공간은 전시물을 조종하는 사람들의 자리인 듯했다. 그야말로 전뇌거와 비슷한 형태였다.

하지만 딱히 전뇌거라 말하기에도 무리가 있어 보였다. 바로 그 크기와 바퀴의 형태 때문이었다. 전시물의 높이는 약 3멜리가량으로 일반 전뇌거의 두 배는 족히 되었고, 길이는 예의 일곱 배나 되는 20멜리에 달하고 있었다. 거기다가 상당한 크기의 무쇠 바퀴까지 더해진 만큼 보통의 길에서는 달리는 것이 불가능해 보였는데, 만약 이 전시물이 보통의 길을 달리는 일이 생기기라도 한다면 이 대륙에 존재하는 그 어떤 형태의 길이라도 잘 갈린 밭고랑 신세가 될 것임을 보지 않아도 뻔히 알 수 있었다.

이어 쥐 죽은 듯 조용해진 발표회장의 정적을 깨뜨리며 장영실의 목소리가 다시금 흘러나오기 시작했다.

─여러분의 눈앞에 있는 전시물은 바로 '기관열차' 라고 하는 것입니다. 이는 한 번에 수백 명의 인원까지 수용할 수 있는 대규모의 교통수단으로써 각 도시 사이를 거미줄처럼 연결한 철로 위를 시속 100켈리 이상의 속도로 달리게 됩니다.

장영실의 설명은 대단히 간단명료했고, 그만큼 이해하기 쉬운 것이었다. 하나 대부분의 사람들의 그가 말하는 내용의 개념을 잘 이해하지 못하고 있었는데, 그가 언급하고 있는 수치가 사람들의 상식을 벗어난 것이었기 때문이다.

"아무리 저 기관열차라는 것이 전뇌거보다 몇 배 크다고는 하지만 어떻게 수백 명이나 되는 사람들을 한꺼번에 실어 나른다는 말인가?"

"게다가 시속 100켈리라니. 고든 시에서 루베드 시까지 한 시간 반 만에 갈 수 있다는 말인가?"

"그저 이론일 뿐이겠죠. 전뇌거가 시속 60켈리 이상을 낸다고 하지만 도로가 마땅치 않아 최소한 하루 이상 걸리는 거리가 아닙니까? 뭐, 비슷한 개념일 것 같군요."

사람들 사이에서는 분분한 의견 교환이 일어나기 시작했다. 그러나 이러한 반응 역시 어느 정도 예견된 것이었기에 장영실의 목소리는 여유로웠다.

─지금 당장 귀빈 여러분들께서 기관열차의 효용을 이해하기는 쉽지 않으리라는 것을 알고 있습니다. 그런 만큼 듀들란 제국의 황실은 여러분들의 이해를 돕기 위해 아주 효과적이고 흥미로운 행사를 하나 준비하였습니다. 바로 기관열차를 이용한 1박 2일의 듀들란 제국 횡단 여행이 그것입니다. 저의 고향에는 백 번 듣는 것이 한 번 보는 것만 못하고, 백 번 보는 것이 한 번 행하는 것만 못하다는 말이 있습니다. 이 말과 같이 귀빈 여러분들께서 직접 기관열차의 효용을 느끼는 것이 가장 빠르고 정확할 것이라는 취지 하에 계획된 것입니다. 아무쪼록 모든 분들이 이번 행사에 참여해 주셨으면 감사하겠습니다. 그럼, 준비를 마칠 때까지 잠시만 자리를 지켜주시길 부탁드립니다.

장영실의 목소리는 어두운 허공 속으로 사라져 갔다.

장영실의 말을 듣고 있던 사람들은 자신의 귀를 의심하는 중이었다. 듀들란 제국의 영토는 대륙 전체의 3분지 1이나 차지할 정도로 광활한 것이었다. 말이나 마차를 타고 횡단하더라도 최소한 보름 이상이나 걸리는 험난한 길임을 이 자리의 모든 이들이 알고 있었는데, 1박 2일이라는 짧은 시간 동안에 듀들란 제국을 횡단하겠다는 말을 들었으니 믿기지 않는 것이 당연한 일이었다. 그러나 장영실의 말이 농담으로 들리는 것도 아니었기에 사람들의 머리는 더욱 복잡해지고 있었다.

뮤스와 황제가 기관열차를 바라보며 장영실의 목소리를 듣고 있을 때에 뮤스의 친구들이 사람들 사이를 헤치며 멀리서 다가오고 있었다. 그들의 얼굴 또한 여느 사람들과 다름없이 온갖 의혹에 가득 차 있는 듯했다. 히안의 손을 꼬옥 잡고 사람들 사이를 빠져나온 폴린은 뮤스를 발견하고는 손을 흔들어 시선을 끌었고, 급히 다가오며 입을 열었다.

"뮤스! 정말 저 기관열차라는 것이 장영실님의 말씀대로 시속 100켈리 이상의 속도를 낼 수가 있는 거니?!"

그녀는 뮤스의 옆에 황제가 있다는 것을 의식하지도 못한 듯했고, 카타리나를 포함한 다른 친구들 역시 다를 바 없었다.

"수백 명의 사람들을 동시에 수송할 수 있다는 것이 믿기지가 않아! 아무리 봐도 그만큼의 사람들이 탈 공간은 없는데 말이야."

"아! 또 철로 위를 달린다고 했는데, 그건 또 뭐니?"

아주 무례한 행동들이긴 했지만 황제는 그들의 궁금증을 충분히 이해했고, 자신 또한 뮤스에게 묻고 싶었던 내용이기에 크게 신경 쓰지 않고서 조용히 뮤스의 대답을 기다렸다. 한꺼번에 쏟아지는 친구들의 물음에 정신이 하나도 없었던 뮤스는 일단 그들을 진정시키며 대답했다.

"이것 참, 다들 그렇게 조급하게 굴지 말라구. 하나씩 물어봐야 대답해 줄 게 아냐. 우선은 철로라는 것부터 설명해 줄게. 철로라는 것은 말 그대로 철을 이용하여 만들어진 길이야. 다만 땅 전체를 철로 포장한 길이 아니라 기관열차의 바퀴가 닿는 부분에만 철을 가져다 댄 모양으로 일종의 안내선 역할까지 동시에 하는 것이지. 철로를 까는 것은 일반 도로를 포장하는 것에 비해 시간과 비용이 적게 든다는 장점이 있는데, 연결할 구간 사이의 땅을 다지고 그 위로 철로를 길게 연결하여 고정시키는 작업이 전부거든."

친구들의 얼굴을 한 번 둘러보며 뮤스의 설명이 계속되었다.

"실제적으로 전뇌거의 경우 최고 시속 100켈리의 속도를 낼 수 있다고 하더라도 주변의 환경에 큰 영향을 받기 때문에 평균적으로 시속 60켈리 정도의 속도밖에 낼 수 없어. 반면 기관열차의 경우 최고 속도가 시속 100켈리라면 그 속도를 충분히 낼 수 있는데, 철로가 거의 직선으로 놓여 있기에 최고 속도를 내기에 적합하고, 철로의 상태가 역시 일정하기 때문이지. 게다가 그 뒤로는 추가 차량들을 연결할 수 있으니 수백 명에 달하는 사람들을 태울 수 있을 뿐만 아니라 엄청난 양의 짐까지 실어 나를 수 있어. 후훗, 나머지는 장영실 아저씨의 말대로 직접 체험하고 느껴보도록 해. 비록 타국의 기술이지만 값진 경험이 될 테니까."

친구들의 질문에 대한 대답이 끝나자 마지막으로 황제가 한마디 던졌다.

"으음, 듀들란 제국은 철로로 각 도시의 사이를 연결한 모양이로군요. 그렇다면 정말 장영실 경이 말했던 대로 1박 2일 이내에 듀들란 제국을 횡단하는 것이 가능하다는 말입니까?"

뮤스는 고개를 끄덕이며 대답했다.

"아마도 그럴 것입니다. 이곳 쟈트란 시에서부터 듀들란 제국의 가장 동쪽에 위치한 트웨이드 항구까지의 거리는 대략 700켈리, 계산상으로 7시간이면 도착할 수 있습니다. 지금 출발한다면 이곳에 모인 모든 사람들이 그곳에서 저녁 식사를 할 수가 있겠군요."

"저, 정녕 놀랍다는 말밖에 할 수가 없군요. 그런 일이 가능할 줄이야……."

태연한 모습으로 일관하던 뮤스 역시 고개를 끄덕이며 황제의 놀라움에 동의를 표했다.

"후훗, 듀들란 제국이 기관열차를 개발할 것이라 어느 정도 짐작은 하고 있었습니다. 하지만 기껏해야 시범 운행 수준일 것이라 생각하고 있었는데 벌써 도시 간의 철로 연결을 끝마친 듯하니 놀랍기 그지없습니다. 장영실 아저씨와 듀들란 제국의 수완에 혀가 절로 내둘러지는군요."

나직한 감탄사와 함께 대충 이야기를 마친 뮤스는 잠시 주변을 둘러보며 카타리나에게 물었다.

"카타리나, 그보다 크라이츠 누님과 켈트 아저씨 못 봤어? 같이 있는 줄 알았는데."

뮤스의 물음에 덩달아 주변을 살펴보던 카타리나는 의아한 표정을 짓고 있었다. 분명 방금 전까지만 하더라도 자기들과 함께 있는 줄로만 알고 있었는데, 어느새 그들의 모습이 감쪽같이 사라져 버렸기 때문이다

"글쎄, 분명 크라이츠님이 우리와 합류했었는데 어디를 가셨지? 저 기관열차를 발표하기 전까지만 해도 함께 계셨었거든."

하얀 볼을 붉적이며 그들의 이야기를 듣고 있던 세이즈가 뭔가 생각나는 것이 있는지 입을 열었다.

"아, 그러고 보니 아까 크라이츠님이 켈트 아저씨께 뭐라고 귓속말하는 걸 본 것 같아. 무슨 말이 오간 건지는 잘 모르겠는데, 켈트 아저씨가 안색까지 바꾸면서 놀라시던걸? 그러다가 크라이츠님이 켈트 아저씨의 팔을 붙들고 어디론가 사라지신 것 같아. 아마도 확실할 거야."

목격자(?)의 제보를 들은 뮤스는 조금 불길한 느낌이 등줄기를 타고 흐르는 것을 느꼈다.

"설마 무슨 일을 꾸미고 계신 건 아니겠지? 이런 자리에서 문제를 일으키시면 안 되는데……."

그것은 지난 몇 년간 그들과 함께 생활해 오며 발달된 뮤스의 여섯 번째 감각이었는데, 지금껏 단 한 번도 빗나간 적이 없었기에 뮤스는 더 더욱 불안함을 느끼고 있었다.

뮤스와 일행이 주변을 두리번거리며 크라이츠와 켈트의 자취를 찾고 있을 때, 발표회장 전체에 걸쳐 거대한 진동과 함께 기계음이 전해져 오는 것을 느낄 수 있었다. 사람들은 또 한 번의 생각지 못한 현상에 놀라는 중이었고, 뮤스의 일행 역시 그들과 별반 다를 바 없었다.

구구구구궁—

의구심이 가득한 눈빛으로 발표회장 내부의 변화를 살펴보던 뮤스는 반구형의 천장이 점차 낮아지고 있음을 발견할 수 있었다. 천장이 낮아질수록 발표회장의 동쪽과 서쪽의 철골 벽이 아주 느린 속도로 열리기 시작했는데, 그 모습은 건물 전체에 설치된 초대형의 기관이 서로 연계되어 발동되고 있음을 확인시켜 주고 있었다. 한발 늦게서야 그것을 발견한 황제가 뮤스의 등을 두들기며 물었다.

"뮤스 원장님, 이것은 대체 무슨 일이랍니까? 천장이 조금씩 내려앉고 있는 듯하군요!"

뮤스는 황제의 물음에 속 시원히 대답해 주고 싶었지만 뮤스 그 자신도 생각지 못한 상황이었기에 얼떨떨한 표정을 지으며 고개를 내저었다.

"하… 글쎄요. 대충 천장의 철골 무게를 이용하여 건물 양측의 벽을 개방할 수 있는 설계인 듯합니다. 하지만 대체 무엇을 위해 이러한 준비를 한 것인지 감이 잡히지 않는군요. 단순히 사람들을 놀라게 하기 위한 연출은 아닌 듯한데……."

뮤스가 말을 내뱉는 도중에도 발표회장의 양측 벽은 계속해서 열리고 있었고, 그 열린 틈 사이로 눈부신 햇살이 새어들며 점차 실내를 밝히고 있었다.

차를 한 잔 마실 정도의 시간이 흐르자 발표회장의 양쪽 벽이 완전하게 개방되어졌다. 이어 검은색의 복장을 한 사람들이 발표회장의 어딘가로부터 뛰어나와 기관열차의 앞뒤에 서 있던 사람들을 통제하기 시작했는데, 그로 인해 발표회장은 기관열차를 중심으로 크게 양 등분되어졌다. 그리고 또 한 번의 진동.

구구구궁!

기관열차가 전시되어 있던 자리의 앞뒤 바닥이 갈라지며 그 틈으로부터 금속음과 함께 긴 사다리 모양의 철로가 나타나기 시작하는 것이었다.

철컹! 철컹!

그렇게 모습을 드러낸 철로는 놀랍게도 발표회장 바깥쪽까지 길게 이어져 있었는데, 이를 본 사람들은 연이어 계속되는 기현상에 입을 다물지 못하고 있었다. 하지만 이것은 단지 시작일 뿐이었다. 문득 발표회장의 서쪽 벽이 개방된 곳으로부터 동력기의 진동음이 들려오기 시작하는 것이었다.

지이이잉… 철컹! 철컹!

사람들의 시선은 자연스럽게 그쪽을 향하게 되었고, 땅을 울리며 모습을 드러내는 또 한 대의 기관열차를 발견할 수 있었다. 하지만 발표회장의 그것과는 또 다른 모습이었는데, 네모 반듯한 상자 모양의 차체가 십여 개나 연결된 형태로써 총길이가 100멜리는 족히 되어 보이는 것이었다.

새롭게 나타난 기관열차는 곧 전시되어 있던 기관열차와 맞닿게 되었다. 몇 명의 흰색 가운을 걸친 사람들은 급히 두 대의 기관열차가 맞닿은 곳으로 뛰어가 그 사이를 고정시키기 시작했는데, 이러한 일련의 작업이 모두 끝난 후 완성된 것은 그 길이가 무려 120멜리가량이나 되는 기관열차였다.

사람들은 순식간에 자신들의 앞을 가로막은 철벽을 보며 놀라움 이상의 감동을 느끼고 있었다. 진한 금속의 향기를 풍기는 투박한 기관열차의 모습에서 이유를 알 수 없는 아름다움을 발견한 것이었다.

"오오… 멋지군! 그 말 이외에는 할 말이 없을 정도야."

"으음, 범접치 못할 존재감. 그것이야말로 진정한 감동으로 전해지는 듯하군요."

"과연 대륙 전체를 누비기에 전혀 손색없는 위상일세. 허헛!"

사람들의 입에서 기관열차의 모습에 대한 찬사가 끊임없이 흘러나오고 있을 즈음 다시금 장영실의 목소리가 발표회장 내부에 울려 퍼지고 있었다.

―귀빈 여러분들의 눈앞에 놓여 있는 것이 바로 기관열차의 본모습입니다. 지금부터 이 기관열차에 탑승하여 본국의 최동단에 위치한 트웨이드 항구까지 이동하게 됩니다. 왕복 14시간에 걸친 긴 여행이 되겠지만, 기관열차의 내부에 각종 편의 시설이 마련되어 있으니 느긋한 마음으로 듀들란 제국 횡단 여행을 즐기십시오. 곧 탑승을 시작하도록 하겠습니다. 귀빈 여러분들께서는 안내인들의 지시를 따라주시기 바랍니다. 그럼 즐거운 여행이 되시길 바랍니다.

장영실의 이야기가 끝나자 회색의 제복을 걸친 사람들이 기관열차를 따라 길게 배치되었다. 그리고 사람들을 친절하게 객실의 안쪽으로 안내하기 시작했는데, 기관열차에 오르기 위해 줄을 선 사람들은 하나같이 소풍을 떠나는 아이마냥 설레이는 얼굴을 하고 있었다.

한편, 뮤스는 눈앞에서 펼쳐진 기관열차의 등장을 보며 자신의 이마를 두들기고 있었다. 비록 자신이 가진 공학 기술로 구현하지 못할 만큼 놀라운 것은 아니었지만, 그 발상만큼은 놀라운 것이었기에 새삼 장영실의 능력에 감탄을 표하는 중이었다.

"하… 과연 장영실 아저씨는 대단하시군. 실시간으로 발표회장 건물을 변형시켜 기관열차의 역사로 이용하다니. 이것이 바로 연륜의 차이라는 것인가?"

그렇게 뮤스가 혼잣말을 중얼거리고 있을 때 들뜬 표정으로 기관열차를 바라보던 카타리나는 급히 뮤스의 손을 잡아끌며 말했다.

"뮤스! 우리도 어서 가서 줄을 서야 할 것 같아. 늦으면 자리가 모자랄지도 몰라!"

다른 친구들 역시 카타리나와 별반 다를 것 없는 얼굴들이었는데, 서둘러 기관열차에 탑승하고 있는 사람들을 보며 자리가 모자라지 않을까 하는 걱정을 하는 중이었다.

그때, 문득 뮤스의 등 뒤로부터 듀들란 제국어의 발음이 섞인 남성의 목소리가 들려오기 시작했다.

"혹시 귀하들께서 카롯님과 도이첸 제국 공학원의 원장님인 뮤스 드라켄님이십니까?"

그 목소리에 뮤스와 황제는 동시에 몸을 돌려 뒤를 돌아보았고, 친구들 역시 궁금한 얼굴로 목소리의 주인공을 바라보았다. 그들의 시선이 닿은 곳에는 금빛의 실로 매의 문장을 수놓은 흰색 제복을 입은 한 남성이 있었다. 한눈에 매의 문장이 듀들란 제국 황제의 문장이라는 것을 알아본 뮤스는 잠시 잊고 있던 사실을 깨달으며 그들을 향해 되물었다.

"아! 혹시 귀국의 황제 폐하께서 보내신 것입니까?"

과연 그의 짐작이 틀리지 않았는지 흰색 제복의 남성은 고개를 한 번 끄덕이며 절도있는 목소리로 말했다.

"네, 그렇습니다. 황제 폐하께서 두 분을 특별 객실로 모시라는 명을 내리셨습니다. 지금 자리를 옮겨도 괜찮으시겠습니까?"

그의 말을 듣고 있던 도이첸 제국의 황제는 뮤스 일행을 가리키며 입을 열었다.

"실례지만, 이쪽에 있는 일행과 함께 자리를 할 수는 없겠습니까? 워낙 절친한 친구들이라 꼭 함께 기관열차 여행을 하고 싶습니다만……."

황제가 뮤스의 입장을 대변하듯 말하자 뮤스의 친구들은 간절한 기대감이 섞인 눈빛으로 그의 대답을 기다리고 있었다. 황제의 물음에 흰색 제복의 남성은 잠시 고민을 하는 듯했다. 그러기를 잠시, 모종의 결정을 한 듯 조심스러운 목소리로 대답했다.

"본국의 황제 폐하께 다시 여쭤봐야 할 사항이지만, 두 분의 요구를 최대한 들어주라 명하셨으니 간단한 절차를 통하면 가능하리라 생각됩니다. 그럼 일행 분과 함께 저를 따라와 주십시오."

그런대로 긍정적인 대답에 도이첸 제국의 황제는 흔쾌히 고개를 끄덕였다. 흰색 제복의 남성은 다시 한 번 황제와 뮤스 일행을 둘러보며 몸을 돌렸고, 먼저 앞장서 길을 안내하기 시작했다.

116장 듀들란 제국 횡단

기관열차의 가장 후미에는 흰색 제복을 걸친 이십여 명의 건장한 남성들이 도열해 있었다. 무표정한 얼굴로 기립 자세를 취하고 있는 그들은 하나같이 금빛 실로 수놓아진 매의 문장을 가슴에 달고 있었는데, 바로 듀들란 제국 황제의 신변을 책임지는 황제 직속 경호대의 인물들이었다. 이것은 즉, 기관열차의 가장 뒤칸이 바로 황제를 위해 준비된 특별 객실이고, 그곳에 지금 황제가 탑승해 있다는 것을 간접적으로 말해 주는 것이라 할 수 있었다.

안내에 따라 이곳까지 오게 된 뮤스와 일행은 특별 객실로 오르는 입구 앞에서 잠시 대기하고 있는 상태였다. 뮤스의 친구들은 이미 특별 객실에 동승할 수 있도록 듀들란 제국 황제의 허락을 받아낸 상태였는데, 별다른 문제 없이 쉽게 요구가 받아들여진 것으로 보아 투르코스 재상의 입김이 작용했음을 어렴풋이 짐작할 수 있었다.

뮤스와 일행은 탑승에 앞서 듀들란 제국 황제의 신변 안전을 위해 몸수색을 받아야만 했다. 조금이라도 빨리 기관열차의 내부를 구경하고자 했던 뮤스의 친구들로서는 귀찮게 느껴질 만한 일이었지만, 황제의 특별 객실에 탑승할 수 있다는 사실만으로 즐겁기만 한 듯 환한 얼굴들이었다. 그렇게 몸수색을 받은 이후에야 뮤스를 비롯한 일행은 흰색 제복을 입은 남성의 안내를 받아 황제의 특별 객실에 오를 수 있었다.

금속으로 만들어진 계단을 밟고 기관열차의 내부로 들어서자 응접실과도 같은 모양새의 객실이 일행의 눈을 가득 메웠다. 몇 개의 탁자와 이십여 개의 의자들이 서로 마주 보며 일정한 간격으로 배치되어 있는 모습이었는데, 여행이 이루어지는 동안 황제 직속 경호대가 대기할 외부 객실이었다.

외부 객실을 가로지르며 뮤스와 일행을 안내하던 흰색 제복의 남성은 객실 가장 안쪽에 위치한 문 앞에 멈춰 섰다. 목재로 만든 그 문에는 듀들란 제국의 황실 문장인 비상하는 매의 문장이 양각되어 있어 그 뒤편이 황제가 머물 객실임을 쉽게 알 수 있었다. 흰색 제복의 남성은 절도있는 동작으로 문을 열어주며 입을 열었다.

"안으로 드십시오. 잠시 후면 이곳에서 황제 폐하를 알현하실 수 있을 것입니다."

안내에 따라 뮤스와 일행은 걸음을 옮겨 내부 객실로 들어섰고, 그 모습을 확인한 흰색 제복의 남성은 금세 문을 닫으며 사라졌다.

뮤스와 일행의 시야에 들어온 내부 객실은 외부 객실에 비해 아늑한 느낌을 풍기고 있었다. 기관열차의 객실이라기보다 보통의 방과 다를 바 없는 분위기였다. 윤기가 흐르는 갈색 벽지로 객실 벽을 치장하였고, 햇살이 쏟아져 들어오는 창에는 순백의 실크 커튼이 걸려 있었다. 또 창이 나 있는 벽을 따라 몇 가지 장식장들과 편히 앉아 쉴 수 있는 푹신한 쿠션의 소파들이 길게 설치되어 있었는데, 소파들 사이에는 테이블이 설치되어 있어 간단한 식사를 하거나 대화를 나누기에 적합해 보였다. 마치 손님들을 위해 마련해 놓은 자리인 듯했다.

누가 보더라도 상당히 잘 꾸며진 공간이라 인정할 만했다. 하지만 대제국의 황제를 위한 객실이라 보기에는 무리가 있어 보일 정도로 수수한 모습이었는데, 다기들이 놓여 있는 탁자에서부터 물건들을 수납하는 장식장에 이르기까지 시내의 가구점에서 쉽게 볼 수 있는 평범한 것들이었기 때문이다.

두리번거리며 내부 객실을 살펴보던 폴린은 자신의 기대에 못 미치는 내부의 모습에 조금 실망한 얼굴을 하며 혼잣말처럼 입을 열었다.

"뭐야, 특별 객실이라고 해서 잔뜩 기대했더니 그리 특별할 것도 없네. 그냥 듀들란 제국의 황제 폐하와 자리를 함께하는 것으로 만족해야 하는 건가."

폴린의 말에 당황한 표정으로 주변을 살핀 히안은 그녀의 옆구리를 찌르며 낮은 목소리로 다그쳤다.

"그런 건 그냥 속으로 생각만 하고 있으면 안 되냐? 영광스럽게도 듀들란 제국의 황제 폐하께 초대받은 건데 그런 것쯤이야 아무렴 어때? 우리는 지금 양국의 황제 폐하들께서 만나는 역사적인 자리에 함께 있는 거라고!"

“아무려면 어떻다니? 그래도 명색이 대제국의 황제 폐하이신데, 황금으로 화려하게 치장된 곳에서 생활하시는 게 당연하잖아. 어렸을 때부터 꿈꿔왔던 환상이 무너지는 기분이라고.”

그녀의 이야기를 듣고 있던 도이첸 제국의 황제는 주변의 시선을 한 번 살펴보며 나직한 목소리로 입을 열었다.

“후훗, 사실 모든 황제들이 폴린 양이 생각하는 만큼 화려한 것을 좋아하는 것은 아닙니다. 역사를 되짚어본다면 오히려 화려한 것보다 이렇듯 평범해 보이는 것에 아늑함을 느끼는 황제들이 많다고 할 수 있죠. 아마 듀들란 제국의 황제도 그런 류의 사람인 듯하군요.”

황제의 말을 듣고서야 폴린은 수긍하는 듯 잠잠해지며 고개를 끄덕였다. 그리고 황제는 가까이에 위치한 테이블을 손으로 한 번 쓸어보며 말을 이었다.

“역시 제 생각대로 로멘듀아산 단풍나무 원목을 사용한 가구들이로군요.”

황제의 중얼거림을 듣게 된 세이즈가 나서며 되물었다.

“로멘듀아라면 오세프 국가연합 중 한 곳인 쟈멘그라드의 수도를 말씀하시는 것인가요? 그곳의 단풍나무가 아주 유명하다는 이야기를 들어본 적이 있는 것 같아요.”

그녀의 되물음에 황제는 나직한 탄성을 터뜨리며 고개를 끄덕였다.

“오호, 잘 알고 계시는군요. 로멘듀아는 대륙의 북쪽에 위치한 작은 도시랍니다. 그곳은 여름에도 두터운 외투를 걸쳐야 할 만큼 날씨가 추운 척박한 땅이죠. 하지만 신기하게도 따뜻한 기운을 내뿜는 단풍나무가 두루 자라나는데 그 단풍나무로 지은 집은 제아무리 추운 날씨에도 따뜻한 실내 온도를 유지한다고 합니다. 그 덕으로 척박하기만 하던 로멘듀아는 사람이 살 수 있는 땅으로 변할 수 있었던 것이죠. 상황이 그렇다 보니 로멘듀아 지방의 사람들은 그 단풍나무를 신이 내린 신성한 선물이라 여겨 타지방으로의 유출을 철저히 막았고, 그 희귀성으로 인해 타지방에서의 로멘듀아산 단풍나무 원목은 황금에 필적하는 가격으로 거래가 되고 있는 상황이랍니다. 즉, 이 객실 안의 평범해 보이는 가구 하나라 할지라도 로멘듀아산 단풍나무 원목으로 만들어진 이상 수천 겔피를 호가하는 초호화품이라고 할 수 있는 것이죠."

숨을 죽이며 황제의 이야기를 듣고 있던 벌쿤은 수천 겔피를 호가한다는 말에 믿기지 않는 표정을 지었다. 그리곤 눈앞의 가구들을 두들겨 보고 매만져 보며 고개를 내저었다.

"고작 나무로 만든 가구 하나가 전뇌거의 가격과 맞먹는다니… 이해가 안 되는군. 가구에서 조금 따뜻한 느낌이 나긴 하지만, 고작 그 이유 하나로 그렇게나 많은 돈을 내고서 사는 사람이 있다는 거야?"

말을 하지는 않았지만 다른 친구들 역시 벌쿤과 비슷한 의문을 품고 있는 듯했다. 이에 뮤스가 가벼운 웃음을 터뜨리며 그들의 이해를 돕기 위해 예를 들어주었다.

"후훗, 그렇다면 다이아몬드는 어떨까? 다이아몬드는 결국 따져 보면 탄소를 고압으로 눌러놓은 돌덩어리일 뿐인데 사람들 사이에서 엄청난 가격에 거래가 되고 있잖아. 물론 반짝이고 아름답긴 하지만, 가치에 비해 효용성은 거의 없다고 해도 과언이 아니지. 그와 같이 사람들은 희소성이라는 개념을 돈으로 환산하는 거야. 관심이 없는 사람들에게는 쓸데없는 낭비로 보일지 몰라도, 당사자는 큰돈을 지불하면서도 남들이 가지지 않은 것을 가졌다는 만족감을 얻으려 하는 것이지. 대상은 다르겠지만 대부분의 사람들은 모두 그와 유사한 욕구를 가지고, 너희들 또한 그럴 거야."

다른 친구들은 뮤스의 설명을 이해하는 듯했다. 하지만 벌쿤은 전혀 감을 잡지 못하고 있었는데, 오랜 세월을 미개척지에서 살아왔고, 공학원에 온 이후에도 직접 금전을 이용하여 거래할 일이 많지 않았기에 남들에 비해 금전에 대한 개념이 모자랐던 것이다. 그것이 몇 마디의 설명으로 이해시킬 문제가 아니라는 것을 잘 알고 있었던 뮤스는 시간이 해결해 줄 것이라 생각하며 대충 설명을 마무리 짓고 있었다.

대화가 끝나고 잠시간의 정적이 찾아오고 있을 때 미약한 마찰음과 함께 내부 객실의 안쪽 벽이 좌우로 갈라지며 열리고 있었다.

드르르륵—

그리고 그곳으로부터 눈에 익숙한 얼굴들이 모습을 드러내기 시작했는데, 듀들란 제국의 황제, 황녀, 투르코스 재상과 재상 부인, 그리고 미뉴엔느와 루스티커가 바로 그 주인공이었다. 막 내부 객실로 걸어 들어오고 있는 그들은 뮤스 일행을 향해 반가운 표정을 지어 보이는 중이었다. 그중 가장 앞에 서 있던 듀들란 제국의 황제는 뮤스 일행의 얼굴을 둘러보며 아주 능숙히 도이첸 제국어를 구사하며 인사를 건넸다.

"이런, 저희가 조금 늦었군요. 제 초대에 이렇듯 흔쾌히 응해주신 점 대단히 감사하게 생각하고 있습니다."

이상하게도 존칭을 쓰는 듀들란 제국의 황제였다. 전과 달라진 그의 태도에 흠칫 놀란 도이첸 제국의 황제는 뒤편에 서 있는 투르코스 재

상의 얼굴을 바라보았다. 듀들란 제국의 황제가 존칭을 쓰는 것으로
보아 투르코스 재상이 자신의 정체를 그에게 귀띔해 줬을 것이라 생각
했기 때문이다. 하지만 투르코스 재상은 그를 안심시키기라도 하듯 가
벼운 미소와 함께 눈짓을 해주었고, 편안한 목소리로 뮤스와 일행을 바
라보며 입을 열었다.

"어서들 오게나. 자네들의 눈에 조금 이상하게 보일지도 모르는 일
이지만, 이번 여행이 조금 더 편안한 자리가 되었으면 하는 뜻에서 우
리는 있는 그대로의 모습을 보여주기로 마음먹었다네."

하지만 투르코스 재상의 말을 쉽게 이해할 수 없었던 도이첸 제국의
황제는 손가락으로 볼을 긁적였다.

"저… 무슨 말씀이신지 잘 이해가 가지 않습니다만……."

"후훗, 쉽게 말하자면 우리가 듀들란 제국 황실의 사람이 아닌 평범
한 가족으로서 자네들을 초대한 것이라 생각하고 마음 편히 있어주었
으면 좋겠다는 것일세. 황제나 황녀, 재상이라는 직위를 잠시 접어두
자는 것이지. 그러는 편이 자네들이나 우리나 서로 편하지 않겠나?"

"그, 그런……."

전혀 생각지 못한 상황이 벌어지게 되자 뮤스와 그의 친구들, 그리
고 도이첸 제국의 황제는 얼떨떨한 표정을 지어 보이고 있었다. 그러
한 반응을 잠시 지켜보던 투르코스 재상은 듀들란 제국 황제의 어깨에
친근히 손을 얹으며 말을 이었다.

"다시 한 번 정식으로 소개를 하도록 하겠네. 이쪽은 본국의 황제인
동시에 나의 소중한 조카인 시너스라네. 공적인 자리에서는 목에 힘을
주지만, 이렇게 우리들과 있을 때에는 비슷한 또래의 소년들과 다를 바

가 없지. 아주 똑똑하고 착한 아이이니 자네들과도 제법 말이 통할 것이라 생각하네."

시너스라는 이름으로 불린 듀들란 제국의 황제는 가볍게 고개를 숙여 보이며 뮤스 일행에게 목례를 했다. 그는 뮤스 일행과 함께할 여행이 설레는지 한껏 상기된 얼굴이었는데, 투르코스 재상의 말대로 근엄한 얼굴은 온데간데없고, 또래의 소년들과 같이 해맑은 얼굴이 그 자리를 대신하고 있었다. 투르코스 재상은 다음으로 케티에론 황녀를 소개해 주었다.

"그리고 이 아가씨는 시너스의 누나인 케티에론이라네. 조금 도도한 면이 있긴 하지만, 일국의 황녀로서 그 정도는 당연한 것이 아니겠나? 지금은 나이가 나이인만큼 시집갈 날만 손꼽아 기다리고 있는 아가씨이지."

케티에론 황녀는 투르코스 재상의 소개에 얼굴을 빨갛게 물들였다. 콧대 높기로 유명했던 그녀는 과거의 모습을 모두 버린 듯했는데, 지금은 그저 다소곳하고 부끄러움 많은 보통 여인과 전혀 다를 바가 없는 모습이었다.

"처음 뵙겠어요. 케티에론이라고 합니다."

케티에론의 간단한 인사가 끝나자 투르코스 재상은 어깨를 으쓱이며 루스티커와 자신의 부인, 그리고 미뉴엔느를 바라보았다.

"흠, 루스티커님은 이미 안면이 있는 사이인만큼 따로 소개하지 않아도 되겠군. 우리 일가의 대부와 같은 분이시지. 이쪽 역시 알겠지만, 나의 아내와 딸이라네."

루스티커는 수염을 쓸어내리며 손을 들어 보였고, 재상 부인은 두 손을 모은 채 따스한 미소로 그들을 대했다. 또 미뉴엔느는 자신이 아는 얼굴들이 나타나자 반갑게 손을 흔들었는데, 투르코스 재상의 앞이어서인지 예전처럼 함부로 행동하지는 못하고 있었다.

한동안 투르코스 재상의 소개를 듣고 있던 도이첸 제국 젊은 황제의 머리 속은 점차 복잡해지는 중이었다. 투르코스 재상이 늘어놓은 설명이 제법 그럴싸하긴 했지만, 대부분의 국가가 자국 황실의 존엄성을 강조하기 위해 타국의 인물들 앞에서 권위적인 모습을 보여주는 것이 보통임을 감안한다면, 단순히 편의를 봐주기 위해 자신들의 속내를 모두 드러내 놓고 보여주는 그들의 태도를 도무지 이해할 수 없었던 것이다.

반면 투르코스 재상의 머리 속은 시원하게 뚫어짐을 느끼는 중이었다. 사실 그가 도이첸 제국의 황제에게 자신의 조카이자 듀들란 제국의 황제인 시너스의 본래 모습을 보여주는 데에는 나름대로의 이유가 있었는데, 바로 그를 신분을 숨기고 있는 도이첸 제국의 황제와 동등한 위치로 만들기 위한 것이었다.

도이첸 제국 황제의 신분을 밝힐 수 없는 상황에서, 자연스러운 대화의 장을 열기에는 그보다 좋은 방법이 없다고 생각했기 때문이었다. 즉, 상대를 나에게 맞출 수 없다면 나를 상대에게 맞춘다는 투르코스 재상의 치밀한 계책이었던 것이었다.

＊　　　＊　　　＊

수많은 사람들로 인하여 북새통을 이루던 발표회장의 내부는 어느새 정적이 감돌았고, 흰색의 가운을 입은 십여 명의 공학도들만이 발표회장에 남아 기관열차의 점검에 열을 올리고 있었다. 수백 명에 달하는 사람들이 모두 기관열차의 객실에 탑승한 상태였는데, 그들은 모자람없이 자신의 자리를 잡고 앉은 채 설레이는 표정으로 창밖을 내다보며 기관열차가 출발하기를 기다리는 중이었다.

기관열차의 가장 앞부분, 장영실이 차가운 금속 손잡이를 잡고서 기관실에 올라서고 있었다. 두 평 남짓한 좁은 기관실에는 이미 흰색 가운을 입은 두 명의 젊은 공학도들이 기관열차를 출발시키기 위해 준비하는 중이었는데, 장영실의 모습을 발견한 그들은 잠시 하던 일을 멈추며 인사를 건네고 있었다.

"어서 오십시오, 장영실 남작님."

"오늘 운행, 잘 부탁드리겠습니다."

인사를 받으며 밝은 미소를 지은 장영실은 그들의 어깨를 두들겨 주며 격려했다.

"후훗, 자네들이 수고가 많군. 힘들겠으나 내일까지만 수고를 해주게. 발표회가 끝나면 휴가와 함께 황제 폐하로부터 적지 않은 포상이 내려질 것일세."

장영실의 말에 공학도 중 한 명이 섭섭한 얼굴을 하며 말했다.

"수고라니 무슨 말씀이십니까? 저희는 그저 이 일이 좋아서 하고 있는 것이죠. 그렇지 않았다면 제아무리 많은 보상을 준다 해도 이렇게 고된 일을 몇 년 동안이나 하지는 못했을 것입니다."

다른 한 명의 공학도 역시 웃으며 맞장구쳤다.

"그럼요! 이 친구의 말이 맞습니다. 황실에서 주는 수백 겔피의 보상보다 공학 지식 한 가지를 깨우치는 일이 저희에게는 더욱 즐거운 일인걸요!"

듬직한 그들의 말에 장영실은 아무런 소리 없이 담담한 미소만을 지어 보일 뿐이었다.

이어 몸을 돌린 장영실은 기관열차의 조종석 앞으로 다가갔다. 그곳에는 기관열차의 현 상태를 나타내는 십여 개의 계기판들이 부착되어 있었다. 장영실은 신중한 표정으로 그것을 살펴보며 입을 열었다.

"흠, 기관열차의 기체에 특별한 이상은 없었던가?"

장영실이 물어오자 선반 위에 올려져 있던 서류 뭉치를 하나씩 펼친 공학도들은 그 안에 적힌 내용을 꼼꼼히 확인해 보며 대답했다.

"1번부터 12번까지의 순환 동력기 상태 이상 없습니다. 전뇌력 공급 상태와 윤활유 공급 상태, 공기 흡입 브레이크의 상태도 모두 양호합니다. 냉각 장치도 이상없이 가동되고 있습니다."

"객차 간 연결 상태 이상 무, 객실로의 전뇌력 공급 역시 이상 없습니다. 객실의 실내등 두 곳이 파손되었지만 금방 복구할 수 있었습니다. 후훗, 가장 중요한 차내식도 빠짐없이 준비된 상태입니다."

공학도들의 보고를 받은 장영실은 만족한 표정을 지었다. 그리고 그들과 눈빛을 한번 교환한 장영실은 조종석에 걸려 있는 확성기를 입에 가져다 대며 굵직한 목소리로 입을 열었다.

"저는 오늘 듀들란 제국 횡단 여행의 기관열차 운행을 맡게 된 장영실이라고 합니다. 이 여행은 본국의 수도인 쟈트란 시를 출발하여 동쪽 끝의 도시인 트웨이드 항구까지 이어지는 장거리 여행으로서, 왕복 14시간의 여행 일정을 가지고 있습니다. 긴 시간이지만, 최대한 편안하고 즐거운 여행이 되도록 노력하겠습니다. 불편하신 사항은 각 객차에 대기 중인 승무원들에게 문의하시길 바랍니다. 본 열차는 잠시 후 출발합니다."

확성기를 통과한 장영실의 목소리가 발표회장과 기관열차의 객실에 울려 퍼지자 그에 반응이라도 하듯이 사람들의 웅성이는 소리는 더욱 커졌으며, 그 소리는 결국 장영실이 있는 기관실에까지 닿았다.

사람들의 흥분된 모습을 눈앞에 떠올리며 흐뭇한 얼굴을 한 장영실은 시선을 정면에 고정시킨 채 입을 열었다.

"전뇌력 출력을 2할로 맞추고, 동력기를 가동시키게."

장영실의 말이 떨어지기가 무섭게 두 명의 젊은 공학도는 자신의 앞에 있는 손잡이를 정확한 수치에 맞추어 당겼고, 힘찬 손놀림으로 붉은색의 둥근 버튼을 눌렀다. 그러자 동력기가 작동되는 소리가 들려오기 시작하며 기관실은 잔잔한 진동에 휩싸였다.

구구구구구궁―

장영실은 눈앞의 계기판들을 다시 한 번 살폈다. 계기판 속의 붉은 바늘은 여러 번 도리질치더니 일정한 수치를 가리켰고, 그것들을 일일이 살펴본 장영실은 아무런 이상이 없음을 확인하며 금속으로 된 조종간을 천천히 몸 쪽으로 당겼다.

"흐음… 이제 출발하세나. 도심을 빠져나가기 전까지는 시속 20켈리로 속도를 고정시키게."

장영실의 나직한 목소리와 함께 거대하고도 육중한 기관열차는 느린 속도로 발표회장의 동문을 향해 나아가기 시작했다.

구궁. 구궁. 구궁.

조종간을 잡고 있는 장영실의 손을 타고 거대한 기관열차의 박동이

전해져 왔다. 그것은 마치 살아 있는 생명체인 양 웅장한 박동을 뿜어
내고 있었는데, 그 순간 장영실이 느끼는 희열은 세상의 어느 누구도
이해할 수 없으리만큼 가슴 벅찬 것이었다.

　하늘의 정상에서 해가 살짝 기울 무렵, 점심 식사를 마친 어른들은
따스한 햇살에 노곤함을 느끼며 낮잠을 즐길 시간이었다. 하지만 동네
아이들은 한숨의 달콤한 낮잠보다 뛰어놀기를 좋아했기에 짧은 낮 시
간을 최대한 즐기기 위해 오늘도 도시의 건물 사이를 누비고 있었다.
　뻐어엉!
　땀으로 갈색 머리를 적신 소년 한 명이 가죽으로 만든 공을 힘껏 찼
다. 아이의 발에 맞은 공은 건물의 벽들에 이리저리 튕기더니 알 수 없
는 곳으로 굴렀고, 또 다른 친구들은 그 공을 쫓으며 달음질을 치기 시
작했다. 어른들이 보기에는 아무런 규칙도 없고 목적도 없는 아이들만
의 놀이가 유치하게 보일지도 몰랐지만, 아이들에게는 그저 친구들과
함께 뛰고 있다는 이유 하나만으로 세상에서 가장 즐거운 놀이였다.
　뻐엉!
　어느새 아이들이 차고 놀던 공은 도시의 큰길에까지 이르고 있었다.
평소 부모님께 큰길에서 오가는 마차에 치이지 않도록 조심하라는 말
을 귀에 못이 박히게 듣긴 했지만, 제멋대로 움직이는 공에만 정신이
팔릴 대로 팔린 아이들의 머리 속에 부모님의 설교가 들어설 자리는
한 치도 없는 듯했다. 정신없이 공을 쫓아가 잡은 붉은 머리의 소녀가
입술을 질끈 깨물며 있는 힘껏 공을 차올렸다.
　뻥!

비교적 힘이 모자라는 소녀였기에 다른 소년들만큼은 아니었지만 공은 제법 높이 떠올랐고, 공의 자취를 쫓던 아이들은 동시에 공중으로 떠오른 공을 바라보고 있었다. 자신에게 가해진 물리력을 잃은 공은 포물선을 그리며 다시금 땅으로 떨어지기 시작했다. 아이들은 좌우를 살피지도 않은 채 떨어지고 있는 공만을 주시했고, 옆 걸음을 치며 공의 움직임을 쫓기 시작했다.

통. 통. 때구르르르…….

이윽고 공이 떨어져 멈춘 곳은 큰길의 중심에 설치되어 있는 철로 사이였다. 그것이 무엇인지도 알지 못하는 아이들은 누가 먼저랄 것도 없이 공을 향해 몸을 날렸고, 서로 공을 빼앗고자 웃으며 몸싸움을 벌이기 시작했다.

"이리 내! 나도 좀 차보자!"

"흥, 웃기지 마! 실력으로 승부를 보는 거야! 그렇게 달란다고 누가 줄 것 같아?"

"너희들은 매너라는 것도 모르는 거니? 숙녀에게 양보를 하는 거라고!"

"꼬맹이 주제에 뭐가 숙녀라는 거야!"

한참 동안 그렇게 땅을 구르며 얽혀 있던 아이들은 문득 지진이라도 난 듯한 진동이 몸 전체를 타고 전해오는 것을 느낄 수 있었다. 공에 정신이 빼앗겨 있던 아이들 역시 그 진동에만큼은 무관심할 수 없었는지 하던 행동을 멈춘 채 숨을 죽이기 시작했다.

구궁. 구궁. 구궁. 구궁.

일정한 빠르기로 들려오는 진동 소리는 아이들의 심장 소리와 장단을 맞추며 귀를 때리고 있었다. 그리고 왠지 모를 불안감을 느낀 아이들은 두려움에 찬 얼굴로 철로의 끝을 바라보기 시작했다.

구궁. 구궁. 구궁. 구궁.

아이들의 시선이 멈춘 곳, 그곳에서는 전신에 철갑을 두른 집채만한 무엇인가가 땅을 울리며 달리고 있었다. 한번 달리기 시작한 이상 절대 멈출 것 같지 않은 중압감을 풍기는 그것은 보란 듯이 철로 위를 달리는 중이었고, 그 연장선에 바로 아이들이 있었던 것이다.

아이들의 눈에는 점차 진한 두려움의 그림자가 내려앉았다. 철로에서 피하기 위해 몸을 움직여 보려 했지만, 몸을 얼어붙도록 만드는 두려움으로 인해 이미 다리가 풀린 상태였다. 게다가 서로 몸까지 얽혀 있었기에 철로 위에 누운 아이들은 옴짝달싹 못하고 있었다. 눈을 빤히 뜬 채 정체 모를 철갑괴물이 다가오는 모습을 바라보고만 있어야 하는 끔찍한 상황이었던 것이다.

철갑괴물과의 거리는 대략 30멜리. 그 거대한 크기로 인해 바로 눈앞에까지 다가온 듯한 느낌이었다. 이에 아이들은 난생처음 절망이라는 감정을 느끼며 자신도 모르는 사이 두 눈을 질끈 감고 있었다. 바로 그때였다.

푸쉬~! 키기기기기기깅!

철갑괴물의 양 옆으로 새하얀 수증기가 방출되는 동시에 철로를 깎아내는 듯한 요란한 금속의 마찰음이 들려오고 있었는데, 놀랍게도 돌진밖에 모를 것 같던 거대한 철갑괴물이 점차 움직임을 멈추는 것이었다.

눈을 감은 채 고개를 아래로 파묻고 있던 아이들은 시간이 충분히 지났음에도 아무런 일이 일어나지 않자 의아한 표정을 지으며 고개를 들었다. 그리고 10멜리가량 떨어진 곳에 떡하니 서 있는 철갑괴물을 바라보았는데, 그제야 안전하다는 것을 깨닫고 마음을 놓을 수 있었는지 반은 웃는 얼굴, 반은 우는 얼굴을 하며 자신들의 무사함을 자축하고 있었다.

"으아아아앙! 우리가 살았어!"

"아앙! 저 괴물이 멈춰주었어!"

"훌쩍! 좋은데 울긴 왜 울어! 웃어야지!"

"흑흑, 바보! 그러면서 너는 왜 우는데?"

아이들이 서로의 우는 모습을 보며 한마디씩 주고받고 있을 때, 철갑괴물의 옆구리가(?) 열리며 한 남성이 내려오고 있었다. 검은색 머리카락에 검은 눈동자, 그리고 180셀리쯤 되는 키와 넓은 어깨. 기관열차를 운전하던 장영실이었다.

그는 기관열차를 운전하여 쟈트란 도심을 빠져나가던 도중 철도의 먼발치에 몇 명의 아이들이 뒤엉켜 넘어져 있는 것을 발견하고는 크게 놀라며 기관열차를 멈춘 것이었는데, 아직도 그 놀람이 가시지 않은 듯 딱딱히 굳어 있는 얼굴이었다.

아이들에게 다가간 장영실은 철로 위에 주저앉은 채 일어나지 못하고 있는 그들을 내려다보았다. 또 아이들 역시 검은 옷을 입은 낯선 아저씨를 올려다보며 마른침을 삼켰다. 그에게 꾸중을 듣게 될지도 모른다는 걱정 때문이었다. 하지만 아이들이 우려하는 일은 일어나지 않았고, 낯선 아저씨는 오히려 자신들을 직접 일으켜 주며 따뜻한 목소리로 안부를 묻는 것이었다.

"너희들, 괜찮은 거냐? 어디 다친 데는 없고?"

그의 물음에 금세 환한 미소를 지은 아이들은 고개를 세차게 끄덕이며 대답했다.

"네! 저희는 멀쩡해요!"

"그럼요! 우리는 엄청 건강하다구요!"

아이들의 대답을 듣고서야 안도할 수 있었던 장영실은 철로 사이에서 구르고 있는 가죽 공을 주워 건네며 아이들의 머리를 쓰다듬었다.

"앞으로는 큰길에서 공놀이를 하면 안 된단다. 알겠느냐?"

장영실에게서 공을 건네받은 아이들은 방금 전의 무서운 기억을 잊었는지 다시금 신이 난 표정을 하며 제자리에서 폴짝폴짝 뛰었다.

"네! 앞으로는 꼭 조심할게요!"

"죄송해요!"

우렁찬 목소리로 대답한 아이들은 장영실을 향해 손을 흔들어 보였고, 마차가 오고 가는 큰길을 조심스럽게 건너 건물들 사이로 사라지고 있었다.

아이들이 사라지는 뒷모습을 바라보던 장영실은 스스로를 책망하기 시작했다. 자신의 생각이 조금만 더 깊었다면 이러한 문제가 생기지 않았을 것이라는 걸 알고 있었기 때문이다. 하지만 언제까지 그렇게 서 있을 수만은 없었던 장영실은 오늘의 소중한 경험을 가슴에 안고서 다시금 기관실에 올랐고, 그를 들뜨게 만들었던 희열감은 가슴 한구석으로 조용히 물러나 있었다. 기관열차는 장영실의 마음을 대변하기라도 하듯이 신중한 모습으로 천천히 나아가기 시작했다.

기관열차는 쟈트란 시의 절반쯤을 가로질러 달리는 중이었다. 일련의 사건으로 인해 속도는 이전보다 더욱 느려진 상태였지만, 오히려 승객의 입장으로서는 환영할 만한 일이었다. 덕분에 느긋한 기분으로 미처 둘러보지 못한 쟈트란 시의 전경을 구경할 수 있었기 때문이다.

그러한 기분은 타국에서 온 손님들에게만 해당되는 이야기는 아니었다. 특별 객실의 안락한 소파에 앉아 창밖을 내다보고 있던 듀들란 제국의 황제인 시너스 역시 그러했는데, 황위에 오른 이후 황궁 밖의 출입이 거의 없었던 그의 눈에는 자국의 수도인 쟈트란마저도 신기하게 비춰졌던 것이었다.

창을 두들기며 유려한 곡선형의 화려한 간판이 달려 있는 가게를 가리킨 시너스 황제는 한껏 들뜬 목소리로 물었다.

"저 포멜로안이라는 가게는 무엇을 파는 곳이길래 저리도 화려한 간판이 달려 있는 거죠?"

그의 물음에 자연스럽게 대답한 것은 다름 아닌 폴린이었다.

"아! 저 역시 저곳이 궁금하길래 들러보았는데, 귀족들을 대상으로 애견을 파는 곳이더군요. 애견의 먹이나 군것질거리들, 그리고 털을 가꾸는 용품들을 팔고 있답니다."

폴린의 대답에 시너스 황제 역시 뭔가 알겠다는 듯 고개를 끄덕이며 말했다.

"아하! 그런 가게도 따로 있군요. 가끔 귀족들이 황궁의 사교장에 들를 때 어린 강아지들을 데리고 오던데, 그것들 역시 저러한 가게에서 구입을 하는 모양입니다."

이번에는 히안이 입을 열었다.

"하지만 애견용품이라는 것이 여간 값이 나가는 것이 아니기 때문에 보통의 서민들은 꿈도 꾸지 못할 정도입니다. 애견의 먹이가 오히려 사람들의 식사 값보다 비싸게 나가는 경우도 종종 있으니까요. 돈 많은 상류층의 사치라고나 할까요?"

히안의 말에 시너스 황제는 짐짓 심각한 얼굴을 했다.

"흠… 그렇다면 애견을 키우는 것 역시 국가로서는 상당한 낭비로군요. 아직도 많은 국민들이 따뜻한 하루 식사를 마련하기 위해 품을 팔고 있는데, 상류 계층들은 자신들이 키우는 한낱 강아지들을 먹이기 위해 그러한 돈을 쓰다니… 숙부님, 이번 기회에 애견 사육을 금지시키는 것이 어떻겠습니까?"

별다른 생각 없이 던진 말이 이상하게 꼬이는 듯하자 히안은 식은땀을 흘리며 어색한 미소를 지었다.

"하… 하핫… 꼭 그렇게까지 하지 않아도 괜찮지 않겠습니까? 폐하께서는 너무나 적극적인 성격을 가지고 계시는군요."

"음… 하지만 아무리 보아도 바르지 못한 사회 현상이지 않습니까? 잘못된 점이라면 고쳐 나가야죠."

창을 통해 먼발치의 쟈트란 시내를 바라보던 투르코스 재상은 그들의 대화에 잠시 시선을 돌렸다. 그리고 가벼운 어투로 그들의 대화에 끼어들었다.

"후훗, 물론 눈앞의 문제점을 고치는 것도 좋겠지만 보다 근본적인 문제점을 찾아내는 것이 중요하단다. 네 말대로 지금 당장 애견 사육을 금지시켜 봐야 상류 계층 사람들의 반발심만 부추길 뿐 큰 효용을 이끌어낼 수는 없단다. 시간날 때 그 문제에 대해서 다시 한 번 생각해 보거라."

시너스 황제는 고개를 끄덕이며 투르코스 재상의 말을 머리 속에 잘 새겨 넣고 있었다.

자신의 한마디 말로 애견 사육 금지법이 제정될 뻔한 위기를 넘기자 히안은 나직한 한숨을 내쉬며 안도했다. 비록 투르코스 재상의 배려로 인해 시너스 황제를 편안하게 대할 수 있게 되었다고는 하지만, 현실적으로 가까이하기에는 너무나 먼 인물이라는 사실을 통감하는 중이었다.

사실 투르코스 재상의 언질이 있었다고는 하지만 일국의 황제와 편안히 말을 트기란 쉬운 일이 아니었다. 그런 만큼 기관열차가 발표회장을 출발한 이후에도 한동안 뮤스와 그의 친구들은 서로의 눈치를 보며 서먹한 분위기를 느껴야만 했다.

하나 도이첸 제국의 젊은 황제는 조금 다른 듯했는데, 어차피 듀들란 제국의 황제인 시너스가 자신과 비슷한 위치에 있는 만큼 말을 트더라도 큰 무리는 없어 보였기 때문이다. 얼마 지나지 않아 도이첸 제국의 황제는 시너스 황제에게 자연스럽게 말을 붙일 수 있었고, 그 덕에 눈치만 보고 있던 뮤스와 친구들 역시 도이첸 제국의 황제를 따라 편안히 이야기를 주고받을 수 있었던 것이다.

히안은 창에서 떨어져 객실 안을 둘러보았다.

뮤스, 카타리나, 도이첸 제국의 황제, 그리고 미뉴엔느와 케티에론 황녀는 작은 테이블을 사이에 두고 마주 앉아 간간이 대화를 나누며 차를 마시는 중이었고, 벌쿤과 세이즈는 벌써부터 배가 고팠는지 간단한 음식을 나눠 먹고 있었다. 또 투르코스 재상과 재상 부인은 오붓한 모습으로 이야기를 나누는 모습이었다. 투르코스 재상은 뭐가 그리 즐거운지 웃음이 끊이지 않고 있었는데, 이렇게도 웃음이 헤픈 그가 어떻게 30년이라는 긴 세월을 웃지 않고 살았는지 정녕 알 수 없을 지경이었다.

그렇게 객실 안을 둘러보던 히안은 수염을 쓰다듬으며 책을 읽고 있던 루스티커와 눈이 마주쳤다. 왠지 따분한 이야기를 꺼낼 듯한 루스티커의 얼굴을 의식한 히안은 은연중에 그의 시선을 피하려 했다. 하지만 루스티커는 마침 잘되었다는 듯 책을 덮었고, 흰색의 수염 사이로 드러난 입술을 움직이며 히안을 향해 입을 열었다.

"이보게, 거기 젊은 친구. 이름이 후안이라고 했었던가?"

이름마저 잘못 불리우자 결코 달가울 리 없었던 히안은 인상을 찌푸리며 대답했다.

"이, 이런, 후안이 아니라 히안입니다, 히안."

그의 대꾸에 루스티커는 너털웃음을 터뜨렸다.

"허헛, 자네도 나만큼 늙어보게나. 내 나이에 사람 이름 외우기가 얼마나 힘이 드는지 알게 될 것일세."

그리고 멋쩍은 미소를 짓던 루스티커는 객실 안을 한번 훑어보며 말을 이었다.

"그보다 아까부터 묻고 싶었는데, 크라이츠님과 켈트님의 모습이 보이지 않는군. 분명 발표회장에서 자네들과 함께 있었던 것 같은데……."

루스티커의 물음에 히안은 머리를 긁적였다.

"글쎄요. 저희들 역시 두 분의 모습이 보이지 않아서 찾았는데, 어디로 사라지셨는지 찾을 수가 없었어요."

다른 테이블에서 대화를 나누던 뮤스는 귓가로 흘러 들어오는 루스티커와 히안의 대화를 듣고서야 잠시 잊고 있던 크라이츠와 켈트의 일을 떠올릴 수 있었다.

"아! 잠깐 잊고 있었군. 정말 누님과 켈트 아저씨는 어디로 가신 거지?"

왠지 안절부절못하는 뮤스의 태도를 본 카타리나는 그의 심정을 이해할 수 없었기에 대수롭지 않다는 말투로 입을 열었다.

"뭘 그렇게 걱정하는 거니? 두 분이 한두 살 먹은 어린애도 아닌 이상 그렇게까지 걱정할 필요는 없잖니. 다른 객실에 타고 계시거나 바쁘게 다른 일이 있으셨던 거겠지."

그러나 뮤스가 정작 걱정되는 것이 바로 그 '다른 일' 이라는 것이었는데, 카타리나에게 이렇다 할 설명을 할 수 없었던 뮤스는 답답한 가슴을 억누르며 무거운 한숨을 내쉴 뿐이었다.

어느새 발표회장을 출발한 기관열차는 쟈트란 시를 빠져나가 들판을 가로질러 놓인 철도 위를 빠른 속도로 달리고 있었다. 기관열차는 웅장한 소리와 함께 바람의 저항에 당당히 대항하며 거침없이 질주하고 있었는데, 그로부터 멀리 떨어진 들판에서 소에게 풀을 먹이던 목동은 기관열차가 질주하는 모습에 크게 놀랐는지 두 눈을 휘둥그렇게 뜨며 소의 고삐까지 놓치고 있었다.

"대, 대체 저 괴물은 뭐지? 호, 혹시 샌드웜인가? 아냐, 샌드웜이 들판에 나타날 리가 없지. 그럼 대체 저건 뭐야?"

자신이 가진 온갖 지식을 짜내어봐도 저 멀리 쏜살같이 달리고 있는 괴물체의 정체를 알아낼 수는 없었고, 그저 자신에게 아무런 피해를 입히지 않고 지나간다는 사실만으로 만족하는 모습이었다.

특별 객실의 실내에는 이제 제법 오붓한 분위기가 흐르고 있었다. 시간이 지남에 따라 서로 주고받는 이야기가 늘어갔고, 그럴수록 어색함이 사라지고 친근감이 싹트기 시작했던 것이었다. 기관열차의 객실이라는 협소한 공간이 역시 그러한 분위기를 만드는 데 크게 기여하고 있었다.

미뉴엔느를 무릎에 앉힌 도이첸 제국의 황제는 빠른 속도로 지나가는 풍경들을 가리키며 말을 꺼냈다.

"이 기관열차라는 것이 정말 빠르긴 빠르구나. 이렇게 가다간 대륙의 모든 사람들을 다 만날 수 있는 날이 올 것 같지 않니?"

쿠키 조각을 한입 베어 문 미뉴엔느는 고개를 끄덕이며 또박또박한 말투로 대답했다.

"네! 맞아요. 마차보다 말보다 훨씬 빠른걸요! 이 모든 게 쟝 아저씨 덕분이에요."

"쟝 아저씨라니?"

황제의 되물음에 미뉴엔느는 그것도 모르냐는 듯이 새침한 표정을 지으며 작은 입술을 조잘거렸다.

"어? 쟝 아저씨도 모르세요? 장영실 아저씨 말이에요! 아저씨 덕분에 아이들이 밤에도 편안하게 그림책을 볼 수 있게 되었고, 학교에서 멀리 사는 친구들도 전뇌거를 타고 쉽게 등교할 수 있게 되었는걸요. 또 겨울에도 항상 따뜻한 물을 쓸 수가 있게 됐어요. 정말 대단하시죠?"

미뉴엔느의 설명을 듣고 나서야 그녀가 말하는 쟝 아저씨가 장영실이라는 것을 알게 된 황제는 나직한 웃음을 터뜨렸다.

"하핫, 장영실 남작님을 말하는 것이로구나? 말하는 것을 보니 미뉴엔느는 장영실 남작님을 굉장히 좋아하는 모양인걸?"

그의 물음에 미뉴엔느는 서슴없이 고개를 끄덕였다.

"네! 밍은 쟝 아저씨를 너무나 좋아해요! 그리고 저희 엄마가 말해 주셨는데, 케티에론 언니도 쟝 아저씨를 너무 좋아한다고 그러시던걸요? 그렇죠?"

미뉴엔느는 케티에론의 확인을 받고 싶었는지 고개를 돌리며 물었다. 이에 케티에론 황녀는 적지 않게 당황한 표정을 지었는데, 새하얀 얼굴이 금세 붉게 달아올라 있었다.

"그, 그건……."

그녀의 태도를 보며 대충 상황을 눈치 챌 수 있었던 황제는 미뉴엔느의 머리를 가볍게 쓰다듬어 주며 말했다.

"후훗, 그런 말은 함부로 하는 것이 아니란다. 미뉴엔느도 훗날 성숙한 숙녀가 되면 별로 남에게 밝히고 싶지 않은 비밀들이 생기기 마련이지. 그런 비밀은 누가 뭐래도 지켜줘야만 하는 것이란다. 알겠니?"

황제가 부드럽게 타이르자 미뉴엔느 역시 그의 말뜻을 이해했는지 고개를 끄덕였다. 또, 케티에론 황녀는 자신의 부끄러운 모습을 조용히 덮어준 도이첸 제국 출신의 낯선 청년을 호감 어린 눈빛으로 바라보고 있었다.

뮤스는 듀들란 제국의 시너스 황제와 대화를 나누는 중이었다. 시너스 황제는 오래전부터 투르코스 재상을 통해 뮤스에 대한 이야기를 들어왔기에 많은 궁금증을 품어온 듯했는데, 물 만난 고기마냥 그동안 품어왔던 질문들을 쏟아내고 있는 것이었다.

"숙부님께 듣자 하니 이번에 본국을 방문하면서 비행선이라는 것을 타고 오셨다고 하더군요. 놀랍게도 하늘을 날 수 있는 기계라고 하던데, 그것이 사실입니까? 좀처럼 믿기지가 않아서 말입니다."

시원한 음료를 한 모금 마신 뮤스는 가벼운 미소를 지으며 대답했다.

"투르코스 재상님께서 폐하께 거짓말을 할 이유는 없겠죠. 물론 사실이랍니다."

"오! 혹시 기회가 된다면 저도 그 비행선이라는 것을 한번 타볼 수 있겠습니까? 지금껏 수도 없이 하늘을 나는 꿈을 꾸어왔는데, 실제로 한번 하늘을 날아보고 싶군요."

"하핫, 폐하께서 부탁하시는데 어떻게 거절할 수가 있겠습니까? 저희들을 이렇듯 기관열차에 타게 해주셨으니 그만한 보답은 해드려야겠죠."

뮤스가 흔쾌히 승낙을 하자 시너스 황제는 기쁜 표정을 감추지 못하고 있었다.

사람들 사이에 이런저런 대화가 오고 가고 있을 때였다. 외부 객실로 통하는 문에서 가벼운 노크 소리가 들려오고 있었다.

똑! 똑!

가벼운 마음으로 포도주를 한잔 마시던 투르코스 재상은 의아한 표정으로 문 쪽을 향해 시선을 돌렸다. 특별한 일이 없는 한 내부 객실로의 출입을 금한다는 명령을 경호대의 대원들에게 내려놓은 상태였는데, 이렇듯 노크 소리가 들리자 무슨 일인지 궁금했던 것이다.

"무슨 일인가?"

투르코스 재상이 묻자 문밖으로부터 한 남성의 대답이 들려왔는데, 과연 무슨 일이라도 일어났는지 당황스러운 목소리였다.

"그, 그게… 너무나 황당한 일이라 뭐라 말씀드리기가… 아무래도 재상 각하께서 직접 나와보셔야겠습니다."

황제 직속 경호대라는 직분이 직분인만큼 웬만한 일로는 감정을 쉽게 표현하지 않는다는 것을 잘 알고 있었던 투르코스 재상은 이토록 당황하는 그의 태도에 더욱 깊은 의혹을 느낄 수밖에 없었다. 더 이상 두고 볼 것도 없었던 그는 직접 문을 열고서 객실을 나섰고, 대체 무슨 일인지 궁금했던 뮤스와 일행 역시 조심스럽게 그의 뒤를 따르기 시작했다.

시속 100켈리 이상의 속도로 달리고 있는 기관열차를 대등한 속도로 따르고 있는 물체가 있었다. 날렵한 유선형의 모양을 한 그것은 앞뒤로 한 개씩의 바퀴만 가진 기이한 형태의 전뇌거였는데, 그것은 다름 아닌 이번 제국 개발 사업 발표회장에 전시되었던 전뇌마였던 것이다.

전뇌마의 커다란 바퀴는 포장되지 않은 거친 땅을 아랑곳하지 않고서 내달리는 중이었는데, 기관열차 후미를 농락이라도 하듯 좌우로 요란하게 움직이며 따르는 중이었다.

부아아아앙!

동력의 굉음이 벌판 위로 울려 퍼지고 있을 때, 투르코스 재상과 뮤스 일행은 기관열차의 후미에 나 있는 창을 통해 밖의 상황을 내다보고 있었다. 그리고 이리저리 정신없이 움직이는 전뇌마의 모습을 발견할 수 있었는데, 그 모습을 본 이들은 하나같이 입을 쩍 벌릴 수밖에 없었다.

물론 발표회장에 얌전히 전시되어 있어야만 할 전뇌마가 이곳에서 달리고 있다는 사실이 놀랍기도 했다. 하지만 그보다 더 놀라운 것은 지금 전뇌마에 올라타 그것을 운전하고 있는 두 인물의 정체였는데, 바로 발표회장에서 사라진 줄만 알고 있었던 크라이츠와 켈트였던 것이다.

그 모습을 본 카타리나는 눈앞의 광경이 믿기지 않는 듯 손으로 두 눈을 부비며 뮤스를 향해 물었다.

"서, 설마 정말 저분이 정말 크라이츠님이니? 그리고 뒤에 계신 분이 켈트 아저씨? 내 눈이 뭔가 잘못된 건 아니겠지?"

켈트의 돌발적인 행동이야 평소에도 많이 보는 것이었기에 그러려니 할 수 있었지만, 늘 우아하고 고상한 모습만을 보여주던 크라이츠가 그런 모습으로 나타나자 카타리나는 믿을 수가 없었던 것이다. 뮤스 역시 카타리나의 심정과 별다를 바가 없었는데, 크라이츠와 켈트가 무슨 일을 꾸미고 있을 것이라 예상하긴 했지만 설마 이러한 모습으로 나타날 것이라고는 생각지도 못했던 것이었다.

한 손만으로 전뇌마의 운전대를 잡은 크라이츠는 뮤스와 일행을 발견하기라도 했는지 신나게 손을 흔들며 소리쳤다.

"야호! 뮤스, 이 전뇌마라는 게 상당히 재미있구나! 너희들도 한번 타볼래?"

반면 켈트는 썩 재미있지 않은 듯했다. 그는 애처롭게도 전뇌마의 기체에 굵직한 밧줄로 꽁꽁 묶인 모습이었고, 입에는 재갈까지 물려 있어 소리조차 지르지 못하는 상황이었는데, 눈물이 가득 맺힌 두 눈에는 어두운 죽음의 그림자가 드리워져 있었다.

"우우우움! 움움! 우우움!"

붉은 머리카락을 휘날리며 속도를 즐기는 크라이츠와 전뇌마의 뒷자리에 묶인 채 발버둥을 치고 있는 켈트의 모습을 바라보던 뮤스는 때 아닌 두통이 몰려옴을 느꼈다. 지끈거리는 머리를 매만진 뮤스는 혼잣말로 중얼거렸다.

"역시, 나의 불길한 예측은 정확하게 맞아떨어지는군."

다른 이들과 다름없이 어안이 벙벙한 표정으로 크라이츠와 켈트의 행각을 바라보던 시너스 황제는 혼잣말을 중얼거리는 뮤스를 바라보며 물었다.

"호, 혹시 아는 분들이십니까?"

이미 체념의 경지에 오른 뮤스는 그의 물음에 순순히 고개를 끄덕이며 땅이라도 꺼뜨릴 듯한 무거운 한숨을 내쉬었다.

"후우~ 저의 누님과 아저씨랍니다. 물의를 일으킨 점 어떻게 사죄를 드려야 할지 모르겠군요."

조금 놀라운 광경을 목격하긴 했지만 다른 이에게 별다른 피해를 끼친 것도 아니었기에 시너스 황제는 웃으며 손을 내저었다.

"하하핫. 그렇게 사과하실 것까지는 없습니다. 원장님의 누님께서는 상당히 재미있는 분이신 듯하군요."

"재미있다는 말로 어찌 설명을 다 할 수 있겠습니까?"

황제는 힘없는 목소리로 대답하고 있는 뮤스가 왠지 측은해 보인다는 생각을 했다.

뮤스가 심란해하고 있을 때 벌쿤은 그의 기분을 아는지 모르는지 크라이츠를 향해 신나게 손을 흔들어주고 있었다.

"큰누님! 아주 멋져요! 뭔가 멋진 묘기라도 보여주는 게 어때요?"

크라이츠와 켈트를 태운 전뇌마는 벌쿤의 요구에 호응하기라도 하듯 앞바퀴를 들어 올린 채 달리기 시작했다. 그러자 전뇌마의 뒤쪽에 묶여 있던 켈트는 머리가 땅에 닿을 지경이었는데, 이렇게 생과 사의 갈림길에서 방황하고 있는 켈트는 마음 깊은 곳에 벌쿤을 향한 복수의 칼날을 날카롭게 갈고 있었다.

한동안 그렇게 크라이츠를 향해 환호하던 벌쿤은 문득 이상한 점을 떠올렸는지 뮤스를 바라보며 물었다.

"아! 그런데 말야, 분명 아까 발표회장에서 전뇌마는 시속 60켈리 정도밖에 낼 수 없다고 말했는데, 크라이츠 누님이 타신 전뇌마는 어떻게 기관열차를 따라올 수 있는 거야? 적어도 시속 100켈리 이상으로 달리고 있는 것 같은데 말이야."

벌쿤을 비롯한 다른 친구들 역시 그 설명을 듣고 싶었는지 뮤스를 향해 시선을 돌렸다. 뮤스는 별로 말하고 싶은 기분은 아니었지만, 그들의 시선을 저버릴 수 없었기에 간단히 설명해 주기 시작했다.

"흠… 아주 간단하게 추론할 수 있는 문제야. 크라이츠 누님이 켈트 아저씨와 함께 사라진 것을 보면 그 해답을 알 수 있지. 바로 누님이 켈트 아저씨께 부탁해서 전뇌마를 개조한 거야. 우리 중에 전뇌마를 저만큼 개조할 수 있는 사람은 나와 켈트 아저씨뿐인데, 나한테 말해 봐야 해주지 않을 것이 뻔하니 켈트 아저씨께 부탁을 한 거지. 뭐, 켈트 아저씨의 모양새를 보아하니 부탁이 아니라 협박에 가까운 것 같지만 말이야."

"아하, 그렇구나! 그렇다면 또 하나의 의문점이 생기는군. 전뇌마에 들어가 있는 순환 동력기의 구조가 우리 공학원의 그것과 다른데 어떻게 개조할 수 있지? 그것도 몇 시간도 안 되는 짧은 시간에 말이야."

뮤스는 고개를 끄덕이며 대답했다.

"물론 짧은 시간에 순환 동력기를 개조할 수는 없지. 순환 동력기가 가진 한계 성능이라는 것이 있으니 개조를 한다 해도 큰 효과를 볼 수는 없어. 그럼 남은 방법은 하나지. 전뇌력의 출력을 높이는 것. 즉, 전뇌마에 장착되어 있는 축전지를 대신해서 우리 공학원에서 사용하는 마나구를 장착한 거야. 그렇게 되면 최소한 두 배에 달하는 동력을 얻을 수 있을 테니까.”

어깨를 으쓱이며 설명을 마친 뮤스는 다시 한 번 크라이츠의 모습을 바라보았다. 그녀의 얼굴에 떠올라 있는 천진난만한 웃음은 그녀를 처음 만났던 그때와 전혀 다를 바 없었는데, 비록 겉으로는 그녀의 행동이 골치 아프다 말하고 있었지만, 그러한 크라이츠의 모습은 뮤스에게 있어서 정겨운 기억 중의 하나였다.

가벼운 미소를 지은 뮤스는 전뇌마를 타는 크라이츠의 모습을 뒤로 한 채 몸을 돌려 객실로 들어갔다. 하지만 크라이츠의 새로운 모습이 마냥 신기하기만 했던 다른 일행은 그 자리에 남아 연신 그녀를 향해 환호했고, 이에 더욱 탄력을 받은 크라이츠는 놀라운 묘기들을 관객들(?)에게 선보여 주고 있었다.

수많은 사람들의 즐거움과 설레임을 가득 담은 기관열차는 지평선 위로 내려앉는 붉은 석양을 맞으며 듀들란 제국의 동쪽 끝을 향해 힘차게 달리고 있었다.

〈제10권 끝〉